황제의 검

임무성 신무협 장편 소설

3부

ORIENTAL FANTASY STORY & ADVENTURE

5

dream
books
드림북스

황제의 검 3부 5 _ 대천신응

초판 1쇄 인쇄 / 2009년 2월 7일
초판 1쇄 발행 / 2009년 2월 17일

지은이 / 임무성

발행인 / 오영배
편집장 / 김경인
펴낸 곳 / (주)삼양출판사 · 드림북스

주소 / 서울특별시 강북구 미아8동 322-10호
대표 전화 / 02-980-2112~4 팩스 / 02-983-0660
편집부 전화 / 02-980-2116 팩스 / 02-983-8201
홈페이지 / www.sydreambooks.com

등록번호 / 제9-00046호
등록일자 / 1999년 3월 11일

ⓒ 임무성, 2009

값 9,000원

ISBN 978-89-542-2989-0   04810
ISBN 978-89-542-2890-9   (세트)

* 지은이와 협의하에 인지는 생략합니다.
* 잘못된 책은 구입한 곳에서 바꾸어 드립니다.

황제의 검
皇 帝 劍
THE SWORD OF EMPEROR
3부
임무성 신무협 장편소설
ORIENTAL FANTASY STORY & ADVENTURE
5
대천신응

목차

제 1 장

검성을 파헤치는 사람들

한 사람은 하자고 하고 다른 사람은 하면 안 된다고 한다. 한 사람은 가자고 하고 다른 사람은 가면 안 된다고 한다. 사람들 사이에 의견은 이처럼 나뉠 수 있다.

사람은 누구나 자신만의 견해라는 것을 가지고 있기 마련이고 반드시 내 의견이 다른 사람의 의견과 같을 수는 없다. 다르다는 것, 이는 사람들 사이에서 얼마든지 일어날 수 있는 일이기에 특별할 건 없다.

그러나 다른 생각, 다른 주장, 다른 태도가 무리의 지도자에게서 발견된다면, 또한 그린 입장이 난치 의견에서 멈추는 것이 아니라 무리의 구성원들을 무시한 독단으로 흐른다면, 그 구성원들은 이를 대수롭지 않게 넘길 수 없을 것이다.

"후기지수를 배제하겠다."

검성의 그 발언은 진의가 어디에 있든 간에 여지없이 오해와 논란을 불러일으켰다. 지금껏 정파들이 십수 년 동안 일념으로 공들여 온 일을 한순간에 무위로 돌려버리는 발언이었기 때문이다.

검성은 후기지수들을 일선에 세우지 않겠노라는 뜻을 밝혔을 뿐인데 그 말이 당사자들에게까지 전해졌을 때는 상당부분 진의가 왜곡돼 있었다.

후기지수들의 실망과 충격은 이만저만 큰 게 아니었다. 그들은 가문과 문파의 어른들 앞에서 노골적으로 불만을 토해놓지는 못했지만 모이기만 하면 검성의 그릇됨을 성토하느라 열을 냈다.

전체적으로 보자면 정파의 분위기는 무척 안정돼 있는 듯이 보였다. 후기지수들의 작은 불만쯤은 전체 흐름에서 보자면 소소한 것일 수도 있었다.

비단 이번 경우뿐만 아니라 검성이 시도 때도 없이 파격적인 돌출발언을 하는지라 정파를 선도하는 명숙들 사이에 이로 인한 근심이 커져만 가고 있었다.

누구도 몰랐다. 설마하니 이런 작은 틈을 이용해 정파 내의 분열을 획책하고 명리에 대한 열정을 비틀어 제 야욕을 이루는 도구로 삼고자 하는 자, 아니 무리가 있다는 것을. 그 일은 어둠 속에서 은밀히, 그렇지만 너무도 뚜렷하게 태동하고 있었다.

"시작하라. 모래성을 허물고 그 자리에 우리의 철성을 세우자."

"태존께서 명하셨다. 그분의 기대를 저버려서는 안 될 것이야."

"우리의 의지는 곧 천명이니 장차 무림을 영구히 종속시킬 것이다. 이 일에 방해되는 자가 있다면 누구라도 심판을 면치 못할 것이다."

몇 사람이 머리를 맞대고 달뜬 신음을 토하고 있었다. 태존의 심복들이었다. 태존을 신처럼 떠받드는 추종자들은 그토록 오랜 기간 기다려왔던 일이 이제야 막 시작되려 한다는 기대감에 한껏 고무되어 있었다.

단태성이 알고 있는 태존의 제자는 다섯 명이다. 황금성의 수족인 태밀사의 총령 묵혼과 사사혈맹에 들어가 사황천사의 수족 노릇을 하며 결정적인 때를 기다리고 있는 사혼, 정파의 동향을 살피고 있던 철혼과 좌절감을 추스르고 최근 서장에서 돌아온 뇌혼은 그도 익히 알고 있던 인물들이다.

그 외에 태존의 비밀병기라고 할 수 있는 마혼이라는 자가 있다지만 지금껏 그를 대면할 기회는 없었다. 이 자리에도 참석치 않았으니 아마도 앞으로도 그를 볼 기회는 많지 않을 것이다.

단태성은 태존의 네 제자가 얼굴에 쓴 면구를 벗어 손에 들자 잠시 감회에 젖었다. 예전 자신의 손에 매달려 칭얼대던 소년들의 모습은 지금 어디서도 찾을 수 없었다.

제자들 중 가장 나이가 많은 묵혼이 오랜만에 자리를 함께한 형제들을 바라보며 흐뭇한 미소를 지었다.

"우리의 힘은 무림 전역에 미치지 않은 곳이 없다. 무림은 이전부터 우리 손 안에 있었고 앞으로도 그럴 것이다. 하자고 했다면 진즉 우리 것으로 만들 수 있었지만 태존은 때를 기다리라고만

하셨지. 이제 그때가 왔다."

뇌혼이 말을 이었다.

"그동안 수고들 많았어요. 이름도, 얼굴도 버리고 음지에서 애쓴 덕분에 우리가 이만큼……."

뇌혼의 말을 사혼이 자르고 나섰다.

"뇌혼, 아직은 그런 말을 할 때가 아니다. 이제 시작일 뿐이야. 우리가 그간 숨죽여 온 것은 환혼자들 때문이었다. 최소한 반수 이상을 확보하거나 망가뜨려 놓기 전에는 안심하기 이르다. 사황천사만 해도 사부님조차 승부를 장담할 수 없는 초인이다. 그런 자들을 상대하는 일이다. 자축은 후에 해도 늦지 않아."

뇌혼은 머쓱해졌지만 그다지 불만이 없는 듯 개의치 않는 눈치였다.

철혼이 물었다.

"단 노야, 당신이 맡은 일의 진척이 우리 중 가장 더딘 것 같은데…… 혹 대사에 지장을 초래하지는 않겠소?"

단태성은 철혼의 웃는 얼굴 속에 감춰져 있는 진심을 엿볼 수 있었다. 그것은 경멸의 빛이었다. 단태성은 조심스럽게 입을 열었다.

"소임을 다하지 못해 송구할 따름입니다."

"당신 능력이 그뿐이라면 어쩔 수 없는 일이지만 실망스럽긴 하군요. 권왕 단태성이라면 한 시대를 풍미했던 절대고수로 강호에 알려져 있거늘, 그 모두가 사실은 과장된 헛소문이었나 보오."

단태성의 눈빛은 철혼의 비난과 조롱에도 불구하고 처음과 다름없이 깊숙이 침잠돼 흔들림이 없었다. 태존의 제자들이 대개 그렇지만 그중에서도 유난히 자신을 무시하고 못살게 구는 사람이 철혼이었다. 나이로 보면 할아버지뻘이지만, 어쨌든 현실은 그가 받들어 모셔야 할 상관이었다.

허름한 검은색 마의를 걸친 볼품없는 노인이 한때 천하제일인이라 불렸던 권왕 단태성이라고 한다면 누구도 믿지 않으리라. 또 그런 그가 상전으로 모시는 사람이 한둘이 아니라는 사실 또한 얼른 납득이 가지 않는 일이리라.

단태성은 다시 한 번 고개를 숙여 보였다.

사혼은 무엇이 그리 못마땅한지 혀를 끌끌 찼다. 그 역시 단태성이 꼴 보기 싫은 건 마찬가지였다. 태존은 정예전력 결성의 중차대한 임무를 단 노야에게 일임했다. 그것만 봐도 단 노야를 향한 태존의 신임을 알 수 있지 않겠는가. 대개 그렇듯이 이번 회합을 주선한 이도 단 노야였다.

단 노야는 태존의 그림자나 다름없는 사람이었고 가장 충성스러운 종복이었다. 가장 가까운 곳에 있다 보니 자연스럽게 태존의 지시사항을 그를 통해 전달받을 때가 많았는데 이 또한 사혼은 거북하기 짝이 없었다.

여기 모인 사형제들 중에 단 노야와 친분관계를 유지하고 있는 사람은 오직 뇌혼 하나뿐이었다. 그는 유난히 단 노야에게 너그러운 편이었는데, 그 때문에 다른 사형제들에게 은근히 따돌림을 당하는 일이 잦았다.

단태성은 정작 자신이 이 모임을 소집했음에도 나서서 회의를 주재할 생각이 전혀 없는 것 같았다. 그는 늘 이런 식이었다. 사실 그의 처지에 대해서 조금만 관대한 입장에서 헤아려 본다면 누구라도 십분 이해할 수 있는 일이었다. 뇌혼을 제외한 나머지 세 사람이 단태성을 바라보는 눈길 속에는 경멸과 더불어 살의에 가까운 증오의 빛이 넘실거리고 있었다.

"언젠가 당신을 내 손으로 반드시 찢어 죽이고야 말 것이오."

묵혼이나 철혼, 사혼이 한 번씩은 단태성의 면전에서 그와 같은 비슷한 말을 한 적이 있었을 정도로 그들 사이는 원만치 못했다. 거기에는 나름 이유가 있었다. 태존의 제자가 되었을 때 누구라 할 것 없이 모두는 단태성의 조련을 거쳐야만 했다.

단태성은 쇠를 담금질하는 완고한 대장장이처럼 나약하고 부러지기 쉬운 그들을 강하고 질긴 사람들로 바꿔놓는 역할을 맡았다. 수련이라는 핑계로 인간이 감내할 수 없는 고통과 모멸을 동시에 준 대상을 그들은 아직까지 용서하지 못하고 있었다.

하지만 뇌혼만은 달랐다. 뇌혼은 단 노야가 어쩔 수 없이 그와 같은 악역을 맡을 수밖에 없었다는 사실을 충분히 납득하고 이해하고 있었다. 그래서 용서했다. 그 차이가 이들의 관계를 지금처럼 결정지은 것이다.

이들 다섯 사람이 한자리에 모이는 날에는 그래서 이런 묘한 분위기가 연출되고는 했다.

묵혼의 낮고 묵직한 저음이 실내를 우렁우렁 울렸다.

"지금 항주에는 최소 서른 명이 넘는 환혼자가 모여 있다. 대회 기간 동안 최소 반수 이상이 모일 것으로 추정된다. 나는 처음에 검성을 정파 내에서 고립시켜야 한다고 생각했고 그리 하는 것이 대업에 도움이 된다고 여겼다. 정파의 실권이 검성의 손아래 떨어지고 그들이 일사불란하게 조직을 기동할 수 있게 된다면 장차 대업에 큰 지장을 초래하게 될 터. 설사 우리 손으로 통제하지 못한다 해도 정파가 완벽하게 통합되는 것만은 막아야 한다고 그리 생각했지. 그런데 태존께서는 달리 계획이 있으신 듯싶다. 검성이 정파를 완벽하게 통제할 수 있도록 분위기를 조성하고, 필요하다면 적수를 제거하라는 지시다. 이번 기회에 지금껏 비밀스런 장막에 가려져 있던 마혼도 대면하게 될지도 모르겠다."

묵혼은 태존이 왜 그런 지시를 내렸는지 무척 궁금했다. 그의 시선은 정파를 담당하고 있는 철혼에게로 옮겨졌다. 철혼은 검성의 사람됨을 먼저 언급했다.

"그는 고지식한 사람이야. 원칙을 중시하고 잔정에 얽매이는 사람이 아니지. 그래서 그를 두고 비정하다고 하는 사람도 더러 보이더군. 나 또한 그리 생각해. 그는 정파인이지만 기존의 정파 사람들과는 여러모로 다른 성향의 위인이지. 목표를 정하면 수단에 구애받지 않는다는 면도 그렇고, 제 생각에 반하는 자를 용납하지 않는 독선적인 성품도 그렇지.

그와 맞설 수 있는 인사가 정파 내에서 없어서 문제일 뿐 그와 맞설 만한 역량이 있는 마땅한 인사가 있다면 분란을 조장하는 건 그리 어려운 일도 아니지. 아마도 그래서 이런 지시가 내린 게 아닐까? 그를 정파의 주재자로 만든 뒤에 대립할 만한 인사를 따로 내세워 분란을 조장하려는. 한방에 부숴 버리겠다는 뜻이 아닐까?"

"가만 둬도 검성이 최고 실권자가 될 가능성이 크겠지만 좀 더 확실하게 일을 마무리 짓기 위해서라도 만약의 사태에 대비해 둘 필요는 있을 거야. 정파 내에 검성과 견줄 수 있는 사람이 거의 없는 실정이고 그만한 사람이라고 한다면 정파 출신의 환혼자들 뿐이겠지. 그들 중 하나가 검성과 맞선다면 결과는 장담할 수는 없는 일이겠지. 그래서 말인데…… 흐름이 우리 생각처럼 되지 않을 때를 대비해서 단 노야를 투입하면 어떨까 싶은데."

모두의 시선이 일제히 단 노야에게로 집중됐다. 권왕은 묵혼의 얘기에 가타부타 말이 없었다. 묵혼은 단 노야의 의향이 궁금했다.

"이십 년 전 천하제일인이었던 권왕 단태성이 무림에 재등장한다면 그 파급력은 꽤 클 것이오. 게다가 당신은 정파 출신이니 그 영향력 또한 무시할 수 없을 것이고. 어떻소? 당신이 나서서 검성을 지지해 준다면 훨씬 수월해질 것 같지 않소?"

권왕 단태성은 감정의 기복을 전혀 느낄 수 없는 담담한 음성으로 대답했다.

"소인이 어찌 그와 같은 중임을 맡을 수 있겠습니까. 제 역량으로는 부족함을 느낍니다."

말은 그렇게 했지만 그의 담담한 표정만 봐서는 정말 그리 생각하는지조차 확신할 수 없는 일이었다. 철혼은 능구렁이 같은 단 노야의 심중을 헤아려 보다가 대뜸 못을 박듯 사안을 결정지어 버렸다.

"당신에게 맡기겠소. 그것이 최선인 듯싶소. 정파 내에서의 당신 영향력은 아직 사그라진 게 아니오. 당신을 존경하고 그리워하는 후배들을 부추겨 검성 편에 서게 한다면 확실하게 우리가 원하는 구도로 만들 수가 있을 것이오. 만약 그 일이 여의치 않다고 판단된다면 검성을 주축으로 한 분파라도 만들어서 정파 내의 분열을 가중시키시오."

묵혼은 철혼이 너무 앞질러 간다고 생각했다.

"그런 명령은 없었다."

"이거 왜 이래. 그 정도쯤 미리 헤아려서 진행시켜야지. 언제까지 시키는 일만 할 거야?"

이쯤 이야기가 진행되고 보니 단태성으로서는 거부할 수 없는 일이다. 그는 좋든 싫든 철부지들이 원하는 대로 힘을 보태야 할 것이다.

권왕 단태성은 무림에 재등장하게 되었는데도 별다른 감흥을 못 느꼈다. 그저 귀찮은 일 하나를 더 떠맡게 되었다는 생각만 들 뿐이었다.

"시키신 대로 하겠습니다만…… 저는 어디까지나 만약을 대비해 강호로 나가는 것뿐입니다. 계획에 차질이 없다면 저는 나서지 않겠습니다. 태존께서는 제게 늘 자중하라는 언질을 주셨습니다."

단태성이 말수가 적고 심중을 남에게 잘 드러내지 않는다는 것은 어제 오늘 일도 아니다. 그런데 오늘은 별일이다. 평소보다 많은 말을 한꺼번에 쏟아냈을 뿐만 아니라 자신의 뜻을 확실히 밝히고 있지 않은가. 철혼은 그것조차 눈에 거슬렸다.

이후 회의는 잠시 동안 권왕과 뇌혼을 제외한 채로 진행돼 갔다. 사사혈맹과 황금성의 사안은 일사천리로 진행됐다. 별다른 문제점이 발견되지 않았고 담당자인 묵혼이나 사혼이 그만큼 철저한 사람들인지라 상황변화에 따른 대처법을 미리 마련해둔 탓이 컸다.

이제 남은 건 마도에 관한 안건이었다. 담당자였던 뇌혼이 한동안 서장으로 떠나 있는 바람에 최근 동향에 대한 보고는 단태성이 대신했고 그 덕분인지 유난히 많은 질문들이 쏟아졌다.

"그래서 천마와 혈마가 어디로, 무슨 일로 사라졌는지 아직 밝혀낸 것이 없다는 뜻이오?"

"그렇습니다. 천마교와 혈마교의 핵심 고수들 중에서도 파악하고 있는 사람이 없는 것 같습니다."

"짐작 가는 바도 없소? 그들의 마지막 행적을 조사해 보면 알수 있는 일 아니오?"

"두 사람이 마지막으로 모습을 드러낸 곳은 천향루였습니다."

천향루는 태밀사의 총령인 묵혼도 주의 깊게 살펴보고 있는 곳이었다. 그뿐만 아니라 여기 있는 사람들 중에 천향루를 여느 향락가에나 있는 평범한 주루로 여기는 사람은 단 하나도 없었다.

"지금까지의 정보를 취합해 보건대 천향루가 환희궁과 밀접한관계가 있는 곳임에는 틀림없소. 천마와 혈마의 마지막 종적이거기에서부터 끊어졌다면 그들이 남의 눈을 속이고 뭔가 모종의일을 꾸미고 있다 여겨야 할게요. 더군다나 지금처럼 중요한 시기에 마도의 중추라 할 수 있는 두 사람이 자리를 비우면서까지선행해야 할 중대사가 생겼음이 아니겠소?"

거기까지는 누구라도 추론할 수 있는 부분이었다. 그 다음이문제였다. 별다른 정보가 없는 상태에서 더 이상의 전개는 쓸데없는 심력의 낭비였다.

"끙, 좋소. 천마와 혈마가 없는 천마교와 혈마교라면 이렇다 할기반이 없는 환혼자들에게는 탐나는 먹잇감이오. 그런데도 별다른 움직임이 없다는 게 신기한 일이군."

"그도 그럴 것이 현재 천마교와 혈마교는 하나의 조직처럼 보일 정도로 대외적으로 동맹을 과시하고 있습니다. 그들의 전력이 워낙에 막강한데다 몇몇 환혼자들까지 가세해 있는 실정인지라 누구도 섣불리 건들지 못하고 있습니다."

철혼은 빙긋 웃으며 말했다.

"천마와 혈마가 있다 한들 천하가 들썩이는데 별 재간을 부리지는 못하겠지. 장차 천하의 정세는 사사혈맹과 정파연합으로 나뉠 것인데, 마도가 또 한 축을 감당하기엔 여력이 부족하지 않겠는가."

천마교와 혈마교를 제외하고는 마도에 큰 문파가 없음은 누구나 알고 있는 사실. 그렇다고 해서 마도에 강자가 부족한 건 아니다.

문제는 대개의 마도인들이 연합이니 연맹이니 하는 형식에 익숙지 않은데다 웬만해서는 고개를 숙이지 않는다는 점이었다. 게다가 그들은 자유분방함을 버리고 제약에 얽매이는 건 죽기보다 싫어하는 성향을 지니고 있었다.

묵혼도 같은 생각이었다.

"천마와 혈마는 강하지만 그것만으로 마도 전체를 아우르는 맹주가 되기엔 여러모로 어울리지 않는다. 그렇다고 그들이 사파나 정파에 기대어 운명을 걸리라 보이지도 않고. 누군가 그들을 하나로 통합해 낼 수만 있다면 천하 판도의 중재자로 나설 수도 있을 거야."

회의는 막바지로 접어들었다. 서로 할 일을 다시 한 번 점검했고 사혼을 제외한 네 사람은 항주로 곧바로 떠나기로 했다.

난태성이 자리를 털고 일어서자 뇌혼이 그 뒤를 따랐다.

내실을 서둘러 빠져나간 단태성과 뇌혼은 정원을 가로질러갔다. 어깨를 나란히 하고 걷던 뇌혼이 문뜩 멈춰서며 말했다.

"노야께 청이 있습니다."

단태성의 경직돼 있던 얼굴이 처음으로 살짝 펴졌다. 입가가 실룩거리긴 했지만 그것을 미소라고 부르기엔 뭔가 어색한 감이 있었다.

"노야께서 일전에 하신 말씀을 곰곰이 되짚어 보았는데…… 최근에야 한 가지 사실을 깨달을 수 있었습니다. 제 무공이 더 이상 진전이 없고 답보상태에 이른 것은 노야의 말씀처럼 제가 얻긴 했으나 버리지 못해서라는 걸 알게 됐습니다. 하지만 어찌하여야 기존의 것을 버리고 새로운 것을 취할 수 있는지는 여전히 모르겠습니다. 부디 이 미욱함을 깨쳐 주십시오."

뇌혼은 다른 사형제들과는 달리 단태성이 비록 자신보다 지위가 낮다 할지라도 존장으로서 또는 무도의 길을 먼저 간 선견자로 존경한다. 그런 마음이 고스란히 말과 태도에 담겨 있었다.

단태성도 걸음을 멈췄다. 뇌혼이 무엇 때문에 고민하는지 충분히 헤아리고 있으나 이런 일은 자칫 그른 길을 가르쳐주면 헤어나올 수 없는 덫에 걸려들 수도 있었다. 그래서 조심스러웠다.

"흰 것과 검은 것이 합하면 회색이 됩니다. 어떤 것이 다른 것으로 변화하고 나아가려면 반드시 그에 작용하는 힘이 있어야 합니다. 공자님께서는 계속 새로운 것을 찾고자 애쓰시나 제 판단으로는 이미 공자님께서는 모든 것이 갖춰져 있는 상태입니다. 몸 밖의 것을 새로 들여와 새롭게 승화시키는 것도 가능하겠지만 그 길은 더 멀고도 험합니다. 차라리 이미 알고 있는 것들을 조합해 새로운 이치를 깨달아 가시는 게 수월하실 것입니다."

뇌혼은 제가 한 고백처럼 미욱한 사람은 아니다. 사형제들은 그를 두고 좀 모자란다고 여길지 모르지만 그것은 그의 성품이 그러할 뿐 실제로 그는 다른 사형제들보다도 오히려 더 현명한 사람이었다. 그는 단태성의 말에서 뭔가 깨달아지는 것이 있었다.

단태성의 말이 이어졌다.

"버린다 함은 집착하지 않는다는 뜻이지 몸에 익히고 마음에 새긴 이치마저 버리란 뜻은 아닙니다. 변형과 변질은 다른 것입니다. 버려야 얻는다지만 결단코 버릴 수 없는 진체(眞體)라는 것도 있습니다. 재주의 끝에 선 이가 버려야 할 바는 제 재주에 대한 교만한 마음이지 세월이 남긴 흔적은 아닐 것입니다. 다시 말해 재주 그 자체에는 문제가 없다는 뜻입니다. 더 이상 나아갈 수 없으면 지나쳐 온 길을 되짚어 보는 것도 좋겠지요. 현재의 자기로 이끌어온 틀을 깨부술 수 있다면 그때부터 마음의 길이 열리지요. 심도(心道)의 현상이 저마다 달리 나타나는 것이 그와 같기 때문입니다."

상념의 나락으로 빠져드는 뇌혼을 두고서 단태성은 이내 자리를 떴다. 뇌혼은 그 자리에 못 박힌 듯 꼼짝을 않는다.

*   *   *

권왕 단태성이 무림에 재등장하기로 작정하고 항주로 향하던 그 시간, 색향(色鄕)으로 명성 높은 항주에서도 천하의 운명을 결정지을 주목할 만한 흐름들이 요동쳤다.

메마른 삭풍이 분다. 불길한 바람은 짙은 피 냄새를 풍겼다. 북쪽 땅 끝에서 발원해 하늘에 맞닿을 법한 고산준령을 힘차게 긁어내린 바람은 칼날 같은 기세를 누그러뜨리지도 않고 항주까지 치달려왔다.

사람들은 그 불길함의 실체를 깨닫지는 못했지만 그 바람 속에 피 냄새가 섞여 있음을 본능적으로 감지할 수 있었다.

파천은 천향루의 현판을 올려다봤다. 항주에 있는 사람치고 이곳을 모르는 사람이 없고 항주를 찾은 시인묵객이나 색념(色念)에 몸을 맡긴 파락호치고 천향루를 동경하지 않는 이가 드물다.

항주 시내의 객점이고 주루고 간에 외지에서 온 사람들, 좀 더 정확하게 표현하자면 무림인들로 붐비는 탓에 어느 곳 할 것 없이 문전성시를 이뤘지만, 유독 천향루만은 다소 한적해 보일 정도로 오가는 손님들이 뜸했다.

그도 그럴 것이 천향루는 일반의 주루와는 격이 다른 곳이기 때문이다. 격이 다르다는 말이 신분을 가려서 손님을 받는다는 의미가 아님에도 터무니없이 높게 책정돼 있는 주대로 인해 누구나 쉽게 이용할 수 없다는 점에서는 분명 중원에서도 단연 최고라고 할만 했다. 설사 고관대작에 한 지방을 호령한 거부라 할지라도 천향루를 제집 측간 출입하는 것처럼 드나들 순 없었다.

파천이 천향루에 온 것은 여느 사람들처럼 중원 전역에 명성이 자자한 특급 기녀의 시중을 받으며 호사를 누리고자 함이 아니었다. 천향루는 환희궁과 접선할 수 있는 유일한 장소였다.

지금 파천에게 절실한 것은 만지면 묻어날 듯 뽀얀 살결을 지닌, 천상에서나 봄직한 절색의 미희, 가녀(歌女)들이 아니라 중원

전역을 세밀하게 감시하고 있는 환희궁의 정보력이었다. 혈마의 종적이 묘연한 이상 환희궁의 정보력을 이용하고 싶어도 방법이 없어 아쉬워하던 참에 인편을 통해 한 통의 서찰을 받은 것이다. 전날 혈마와 함께 대면한 적이 있던 환희궁주가 보낸 것이었다.

파천이 강호에 모습을 다시 드러낸 것이 고작 며칠 지나지 않았다. 게다가 뜬금없이 와룡장의 장주 행세를 하고 있던 참이었다. 이런 그를 찾아낸 것만으로도 환희궁의 눈과 귀가 얼마나 예민한지를 여실히 증명하고도 남음이 있었다. 어쨌든 파천으로서는 반가운 마음에 한달음에 천향루로 달려왔다.

천향루의 구조는 본각과 몇 개의 별원으로 구성돼 있었는데 모두가 쓰임새가 달랐다. 처음 천향루를 찾은 손님은 미리 예약을 한 경우가 아니라면 본각에서 대기해야 한다. 일반의 객잔과 비슷한 형태로 되어 있는 곳이면서 식사를 하거나 기녀를 동반하지 않고 술만 마실 손님들이 주로 이용하는 곳이었다.

파천은 본각의 이층에서 출타 중인 루주를 기다리고 있었다.

잔뜩 차려진 요리와 술은 거들떠보지도 않고 홀로 상념에 젖어 있는 파천에게 누군가가 다가와서 말을 걸었다.

"혼자이시면 잠시 합석해도 되겠소?"

파천은 다가온 사람을 찬찬히 살폈다. 한겨울에 옥으로 살을 댄 부채를 활짝 펼쳐서 살랑살랑 부치고 있는 태도가 어색하다는 것만 빼고는 한눈에 보아도 기품 넘치는 선비의 풍모였다. 빈자리도 많은데 굳이 합석을 청한 것은 상대가 자신에게 호기심을 느꼈다는 뜻이었다. 파천은 마침 무료하기도 한 참이었던지라 순순히 승낙했다.

"그러시지요. 저는……."

"와룡장의 신임 장주가 아니십니까?"

상대는 특별한 목적을 갖고 자신을 찾은 사람임이 틀림없었다. 자리에 앉은 사십대 초반 정도로 보이는 중년인은 부채를 소리나게 접은 뒤에 파천의 맞은편에 앉으며 말을 이었다.

"저는 등유운이라고 하는 사람입니다."

파천은 상대가 자신을 알고서 접근했다는 사실 때문에 신경이 곤두섰다.

"무슨 용건이시오?"

"그리 정색하실 필요는 없습니다. 제가 장주를 알게 된 건 우연이었습니다. 검성이 접촉하는 사람들을 일일이 관찰하고 조사하던 중에 장주를 알게 된 것이니 그리 경계하지 않으셔도 되오."

첩첩산중이었다. 이제는 검성의 신변을 조사했노라 밝히고 있지 않은가? 그것도 너무도 당당하기 그지없다. 이자가 대체 누구기에 이리 대담하단 말인가? 상대를 경계하는 마음 이전에 호기심이 먼저 기승을 부렸다.

등유운은 성격이 호탕한 편이었다.

"장주께 청이 있어 실례를 무릅쓰고 온 것이니, 이 사람이 예의를 모른다고 너무 나무라지 말았으면 좋겠소. 거두절미하고 단도직입적으로 물으리다. 장주께서는 검성을 어찌 생각하시오?"

너무도 생뚱맞은 질문이었다. 검성의 인물됨을 묻는 것이라면 일면식이 있을 뿐인 자신이 무얼 얼마나 알아 주절주절 떠들겠는가. 설사 잘 안다 한들 그것을 왜 묻는 것이며, 파천이 군이 대답해야 할 이유도 없는 것이 아니던가? 뜬금없는 질문이었지만 파천은 상대의 진지한 태도에 화를 낼 수도, 대답을 회피하기도 난감했다.

"검성은 심지가 굳은 사람이오. 헌데 그건 왜 묻는 것이오? 그것도 하필이면 내게?"

"정의맹과 사사혈맹 두 곳에 군자금을 대기로 했다 들었소. 그것도 막대한 금액을 말이오."

벌써 그것까지 알려졌단 말이던가? 세상에는 비밀이 없고 발 없는 말이 천리를 간다지만 어제 결정지은 사안이 외부인사가 분명해 보이는 사람에게 전달되기까지 채 하루가 걸리지 않았다는 것이 파천은 놀랍기만 했다.

파천은 이왕 알고 있는 사실이라면 굳이 감추거나 부인하고 싶지 않았다.

"사실이오."

"장주께서 검성을 돕는 것이 난세를 수습하는 일이 아니고 더 어렵게 하는 것인데도, 그것을 알고서도 군자금을 줘 그의 처지를 이롭게 할 생각이시오?"

물건의 모양새가 다르고 각기 그 쓰임새가 다르듯이, 사람 또한 그와 같아서 생김새가 제각각이고 성품 또한 다양하기 마련이다. 등유운이란 사람은 확실히 보기 드물게 성격이 직선적이어서 파천을 또 한 번 놀라게 만들었다.

파천은 이제 이 사람이 무슨 의도로 자신을 찾아왔는가에 대한 생각보다 그가 가진 검성에 대한 판단이 어느 쪽으로 기울어져 있는가가 더 궁금해질 지경이었다.

등유운은 아득한 과거의 일을 떠올리기라도 하는 사람처럼 깊은 한숨을 토해냈다. 파천은 이제부터 나올 이야기가 무척 중요하다고 생각했다. 아니나 다를까. 그의 입에서는 파천을 놀라게 할 만한 얘기들이 쏟아졌다.

"사황천사라는 사람을 아시오?"

"물론이오."

"사파의 조종인 그와 정파의 구성(救星)이라는 검성이 사전에 회합을 갖고 비밀스런 협정을 맺었다는 것도 아시오?"

청천벽력과도 같은 소리였다. 정파의 명숙 중 하나가 이 소리를 들었다면 아마도 등유운의 말을 곧이곧대로 믿기보다는 천하의 대협객인 검성을 모함한다며 분통을 터트렸을 것이다. 파천은 사람을 잘못 보았다고 화를 내기는커녕 그럴 수 있겠다는 생각을 먼저 했다. 두 사람이 만나 밀담을 나누고 협정을 맺었다는 것이 중요한 게 아니었다.

중요한 것은 그 협정의 내용이 무엇인가였다. 파천은 이왕 말이 나왔으니 계속해 보라는 듯이 입을 꾹 다물고만 있었다. 상대의 반응이 생각했던 것보다 더 담담하자 등유운은 눈앞의 사내가 과연 무림의 정세에 대해서 제대로 알고 있는 사람인가 의아심이 들 정도였다.

"그다지 놀랍지도 않은가 보오?"

"사람이 사람을 만나 약속을 했다는 게 무어 그리 놀랄 일이겠소이까. 다만 그 협정의 내용이 무언가가 중요할 뿐이지요."

"사황천사는 사파를 완전하게 장악했소. 무림 전체의 전력 중 삼분지 일을 거머쥔 셈이오. 사황천사는 검성에게 통보 없이 일방적으로 공격하지 않겠다는 제안을 했고, 검성은 그것을 받아들

임으로 해서 협정은 성사됐소."

"불가침 협정을 맺었다는 말이오?"

"그렇지요."

"사황천사는 왜 그런 제안을 했을까요?"

"검성이 정파를 통합하고 한 손에 거머쥐는 게 편하다고 보았겠지요."

"그걸 어찌 아셨습니까?"

"내가 어찌 알았는가는 그다지 중요한 일이 아닐 것이오."

"그래서요?"

이번엔 등유운이 놀랄 차례였다. 그 역시 오늘 이곳에서 와룡장의 신임 장주를 만날 것이란 기대는 하지 않았다. 그가 천향루를 찾은 것은 이곳에서 한 사람을 만나기로 약속해 놓았기 때문이다. 그는 파천에게 중요한 용무가 있었기에 천향루에서의 약속이 끝나면 와룡장을 직접 찾을 생각이었다.

파천을 만나고자 하는 용건은 간단한 것이 아니었다. 그 얘기를 꺼내자면 필연적으로 세상이 모르는 검성의 비밀을 들춰내야만 했다. 그런데 상대는 마치 세상이 어찌 돌아가든 자신과는 무관하다는 듯이 태연자약하기만 하다.

등유운은 와룡장의 신임 장주에 대한 지인의 평가가 잘못됐을지도 모른다고 생각했다. 두 사람은 이제 막 마주앉은 사람들처럼 서로를 탐색하느라 바빴다.

속마음이야 어떻든 두 사람의 표정에는 당황하는 기색 따위는 찾을 수 없었다. 검성은 이쯤에서 속내를 드러내지 않고는 상대를 납득시킬 수 없다고 여기게 됐다. 바로 그때였다.

"제가 좀 늦었군요."

두 사람이 앉은 곳을 향해 새로운 사람이 다가왔다. 이곳에서 등유운과 만나기로 한 사람이었다. 등유운은 자리에서 일어나지도 않은 채 새로 온 이를 반갑게 맞아들였다.

"늦었구나."

등유운의 일행은 여인이었다. 두꺼운 면사를 쓰고 있어 외모는 알 수 없었지만 음성이나 체형, 풍기는 분위기만으로 보아서는 서른은 넘지 않았으리라. 여인은 등유운의 옆에 앉은 뒤에 곧바로 파천에게 관심을 보이기 시작했다. 함께 있는 이가 누구냐는 눈빛이었다.

등유운이 제 실책을 깨닫고는 곧바로 파천을 소개했다.

"이분이 바로 와룡장의 신임 장주이신 파천 님이시다."

"아, 바로 요즘 화제의 중심에 서 계신 바로 그분이셨군요. 저는 천향이라고 합니다."

자신을 천향이라고 밝힌 여인을 향해 파천도 의례적인 인사를 했다.

"파천이라 합니다."

파천은 속으로 이 어색한 자리에 계속 남아 있어야 하는지를 따져 보았다. 한 가지 마음에 걸리는 것만 없다면 적당히 핑계를 대고 자리를 피했을 것이다. 이름 외에는 아는 것이 없는 사내가 귀 기울여 들어둘 만한 말들을 쏟아내지 않았다면 말이다.

"다른 분들은?"

"잠시 뒤 이곳에서 모이기로 하고…… 요 앞에서 헤어졌어요."

"그랬군."

파천은 등유운이 제 일행과만 얘기를 나누고 있자 그가 하려던 말을 재촉하고 나섰다.

"좀 전에 하던 얘기를 마저 듣고 싶은데, 괜찮겠습니까?"

등유운의 눈빛이 한층 더 심원해졌다.

"자세한 사정은 아직 밝힐 수 없지만…… 당분간 검성의 요청을 보류해 주셨으면 합니다."

파천은 난색을 표했다.

"이미 약속한 일입니다. 특별한 연유 없이 그리할 순 없습니다."

"천하를 위한 일입니다."

파천은 강경했다.

"나는 당신들이 누군지도 모르오. 그러니 당신들의 말도 신뢰할 수 없지 않겠소? 밝힐 수 없다는 그 특별한 사정을 듣는다 해도 거절하기 힘든 요청을 제가 어찌 무턱대고 받아들일 수 있겠습니까. 안 들은 걸로 하지요."

등유운과 천향은 이때 전음으로 서로 의견을 교환하고 있는 중이었다. 이 정도 반응은 예상했던 바였다.

『오라버니 어쩌죠? 이자의 뜻이 완고해 보이는데?』

『어떻게든 설득해 봐야지.』

『차라리 그간의 사정을 털어놓고 협조를 구해 보는 것이 어떨까요?』

『안 될 일이다. 이자를 신뢰할 수도 없을뿐더러 설혹 믿을 수 있는 사람이라 하더라도 이자의 안전을 장담할 수 없게 된다. 혹 비밀이 누설되어 살인멸구라도 당하게 된다면 괜히 엄한 사람의 인생만 망치는 꼴이 되지 않겠느냐.」

　두 사람은 빠르게 전음을 주고받았지만 정작 당사자인 파천을 어찌 설득해야 할지 몰라 난감하기만 했다. 등유운은 지금 검성에게 가장 절실한 것이 무언지를 정확하게 꿰뚫어보고 있었다.

　"검성은 정파 전체에 영향력이 지대한 사람이지만 또한 기득권을 누리고 있던 사람들에게는 경계의 대상이기도 하오. 그가 모든 사람들이 납득하고 이해할 수 있는 방식으로 원만하게 정파를 선도해 간다면 모를까…… 그가 힘을 앞세워 기존의 체제를 부정하려 든다면 그가 아무리 뛰어난 역량을 지니고 있다 하더라도 강력한 반발에 부딪히게 되어 있소.

　검성의 계획과 구상의 핵심에는 정의맹이 있소. 정의맹을 조직하고 유지하려면 막대한 경비가 필요한데 대문파들의 협조가 없다면 이를 검성이 어디에서 충당하겠소. 그렇다고 사사혈맹에 손을 내밀 수도 없는 일 아니겠소? 장주께 드릴 청은 약속을 저버리라는 것이 아니요. 단지…… 무슨 핑계를 대서라도 집행 날짜를 조금만 늦춰달라는 것이오. 검성에 대한 조사가 마무리 될 때까지만 집행 시기를 미뤄주시오."

　검성에게 미심쩍은 구석이 있으니 의혹이 풀릴 때까지 지체시켜 달라는 뜻이었다. 사실 하고자 한다면 그리 어려운 일도 아니었다. 지금 파천이 못마땅한 것은 등유운이란 사람의 태도였다.

　검성을 장막 뒤에 숨어서 음모나 획책하고 있는 마두쯤으로 둔갑시켜 놓고서는 그 근거를 밝히지 않는 미심쩍은 태도. 파천은 이런 상황에서는 어떠한 협조도 할 수 없었다. 등유운이란 사람의 진정한 신분도 모른 채 말 한두 마디에 현혹당할 만큼 파천은 어리석지 않다.

"참 억지스런 주장이구려. 당신의 말이 맞는지 그른지는 기다려 보면 안다고 했으니 그렇다고 칩시다. 검성이 어떤 식으로 정의맹을 이끌어가든 나는 관심이 없소. 그가 정파의 구심점이 되고 장차는 혈겁의 시대에 직면했을 때 큰 힘이 됨을 알기에 돕고자 하는 것뿐이오. 검성이 남에게 밝히지 못할 비리를 저질렀고 인면수심의 악인이 분명하다면 그 증거를 세상에 밝혀 보이면 되오. 인심이 이반되는 건 순식간의 일일 것이오. 그것이 순리에 맞는 처사가 아니겠소?"

한 사람을 납득시키지도 못하면서 정파인들을 어찌 설득할 것인가? 파천은 그 점을 꼬집었다.

"그래서 장주께서는 기어코 검성에게 거금을 쥐어줘 날개를 달아 줄 심산이오?"

"아마도 그리 되겠지요."

등유운은 길게 한숨을 내쉬며 무척 안타까워했다.

"지금은 아무것도 내어놓을 것도, 보여줄 것도 없소. 조만간 꼬투리가 잡히리라 믿소. 본인이 염려하는 건 제자리를 찾아가기 전에 검성이 천하의 향방을 엉뚱한 곳으로 이끌까 봐…… 그것이 걱정될 뿐이구려."

파천은 상대에게 확정적인 증거 따위는 없다고 생각할 수밖에 없었다. 그런 것이 있다면 밝히지 못할 까닭이 없지 않겠는가.

'이 두 사람의 정체가 대체 뭘까. 신분 내력이 평범하지는 않을 것이다. 이런 사람들이 허튼 말을 하기 위해 날 찾진 않았겠지. 검성이 천하를 희롱하고 농단한다는 확신을 지니고 있는 것 같

다. 어쨌든 그냥 넘길 일은 아니로군.'

파천은 검성과 대면했을 때를 다시 떠올렸다. 검성에게서 받은 인상과 이들의 확신 사이에는 너무나도 큰 격차가 존재했다. 파천이 그런 생각을 하고 있는데 등유운과 천향의 태도가 갑자기 돌변했다. 두 사람은 서로의 눈길을 찾더니 급하게 자리를 털고 일어서는 것이 아닌가? 두 사람은 별 말도 없이 그 자리를 서둘러 빠져나갔다. 어리둥절해져 있는 파천의 귓가로 등유운의 급박한 전음이 전해졌다.

『지금 긴박한 사정이 있어 떠나지만 차후 반드시 확실한 물증을 갖고 다시 찾겠소.』

올 때도 느닷없더니 갈 때도 마찬가지였다. 그저 황망할 따름이었다. 한편으로는 두 사람에게 무슨 일이 있는지도 궁금했다.

파천은 갈등했다. 언제 올지 모를 루주를 기다리고 있을 것인지, 아니면 저들의 뒤를 밟아볼 것인지를 놓고 망설였다.

파천의 망설임은 오래가지 않았다. 한 어여쁜 소녀가 다가와 출타한 루주가 돌아왔음을 알렸기 때문이다.

*   *   *

천향각의 본각 뒤편으로는 월동문과 낮은 돌담으로 구획된 독립된 별원들이 따로 자리 잡고 있었는데, 현재 상춘각(常春閣)을 제외한 별원들은 아직 이른 시간인지라 대개 비어 있는 실정이었다. 소녀는 파천을 이화원(梨花院)이라 이름 붙은 별원으로 데려갔다. 이화원은 천향루의 루주가 기거하는 곳이라 했다.

전각 안으로 들어가니 스물도 채 안 돼 보이는 미소녀들이 삼삼오오 모여 있다가 들어서고 있는 파천을 호기심 어린 시선으로 쳐다봤다. 그녀들의 복장과 태도만으로는 기녀로 보이지 않는다. 오랜 수련을 통한 절제된 동작이 엿보이는데다가 하나같이 기품이 있어 보이지 않는가.

이화원에는 유독 많은 앳된 소녀들이 모여 있었다. 이화원은 특이하게도 루주의 처소이기도 했지만 정식 기녀가 되기 전인 동기(童妓)들이 모여 있는 곳이기도 했다. 회랑 사이에 길게 늘어선 동기들 사이를 걷자니 파천은 기분이 묘해졌다.

저들이 지니고 있을 사연들이 저마다 다르겠지만 모두가 태어나던 순간만은 세상에서 가장 평안하고 행복한 축복을 받지 않았겠는가. 세상의 풍파를 겪고 모진 세월을 견뎌오면서 이곳에서 새로운 인생을 준비하고 있는 수련생들의 모습에서 파천은 저도 모르게 뜻 모를 탄식을 짓고 말았다.

파천은 자신 또한 담사황의 손에 거둬지지 않았다면 여기 있는 아이들보다 나을 것이 없는 처지에 놓여 있었을 수도 있겠단 생각이 언뜻 들었다.

파천을 이끌어 온 소녀가 복도 끝에 다다르자 걸음을 세우고 조심스럽게 내실을 향해 아뢴다.

"공자님을 모셔왔습니다."

"뫼시어라."

굳게 닫힌 문 너머에서 들려온 목소리는 환희궁주의 것이 아니었다. 파천은 고개를 가웃거렸다. 파천을 극진히 맞아들인 이는 아름답고 화사한 청의궁장의 미녀였다. 보는 것만으로는 나이를 짐작할 수 없었다. 많이 돼봐야 이십대 중반이나 되었을 법한데 천향루의 루주라니. 어쩌면 환희궁주의 후계자일지도 모르겠단 생각이 먼저 들었다.

파천은 특이한 구조로 돼 있는 내실을 둘러볼 생각도 못하고 문 앞까지 나와 고개를 숙이는 여인을 자세히 살폈다.

"궁주님께 말씀은 많이 들었습니다. 소녀 취연이라 하옵니다."

자신을 이곳으로 부른 사람이 환희궁주이고 환희궁주가 천향루의 루주일 거라고 미리 짐작했던 파천의 생각이 어긋난 것이다.

"파천입니다. 궁주께선…… 안 계십니까?"

취연은 파천이 어떤 생각을 갖고 이곳까지 왔는지를 짐작하게 됐다.

"궁주님께서 소협을 청하신 줄 아셨나 보군요."

"그게…… 으음, 저는 당연히 그런 줄 알았습니다."

"일단 안으로 드시지요. 드릴 말씀이 많습니다."

취연은 파천을 몇 개의 거실을 거쳐 가장 깊숙한 곳으로 이끌었다.

정성들여 차린 것으로 보이는 술상이 먼저 보였다. 파천은 말없이 자리에 앉은 후 천향루주를 바라봤다. 먼저 입을 열라는 무언의 압력을 받았지만 취연은 흐트러짐이 없었다. 나이가 어리지도 많지도 않은 파천이 이처럼 의지가 반듯하고 굳센 사내일 줄은 몰랐던지, 취연은 곱게 웃으며 술병을 손에 쥐었다.

파천은 그녀의 행동이 무엇을 뜻하는지 알고 있었지만 지금 한가하게 술이나 마시고 있을 마음의 여유는 없었다. 그럼에도 그는 무의식적으로 술잔을 손에 쥐고 말았다.

"궁주님께서 이르신 말씀이 하나도 틀리지 않군요."

딱 한번 대면한 것뿐인데 자신에 대해 무슨 말을 했단 말인가?

"뭇 사내들과는 많이 다르다고 하시더군요. 여색에 담담한 사내를 여태껏 보지 못했는데 여기서 뵙게 되는군요."

'여색에 담담하다고? 내가?'

파천은 기가 막히는 심정이었다. 여자 싫어하는 남자는 세상에 없는 법이다. 단지 좋아하는 정도의 차이가 다르고 경우를 따진다는 것만 다를 뿐, 파천 역시 별다를 바 없다.

천향루에 들어선 뒤 여기저기서 무차별적으로 침습하는 여인의 살 냄새와 지분 냄새에 마음이 살짝 흐트러져 있는 것도 그가 신체 건강한 사내이기 때문이었다. 그런데 자신더러 여색에 담담하다고 하니 이를 두고 웃어야 할지 울어야 할지 모를 일이었다.

잔에 따른 술을 단숨에 비워버린 파천이 취연을 다시 빤히 쳐다봤다.

"저를 부른 연유를 밝혀주셨으면 합니다."

술 먹고 농이나 지껄이면서 노닥거릴 때가 아니었다. 할 일이 산적해 있거늘 쓸데없는 일에 시간과 정력을 소모할 순 없는 일이었다.

그런 마음이 고스란히 파천의 태도에서 묻어났다. 취연도 그런 파천의 태도를 대하고 나니 더 이상 여유를 부릴 수가 없었다. 그녀는 한층 진지해진 태도로 입을 열었다.

"궁주님께서 공자님을 수소문해서 찾게 되면 이곳에 편히 모시라는 언질을 주셨습니다. 뿐만 아니라 상호에서 일어나고 있는 소소한 일까지도 공자님께 우선적으로 보고하라는 말씀도 함께

하셨습니다."

"궁주님은 지금 어디 계시오?"

"혈마님과 동행하셨다는 것만 알 뿐입니다."

"그들이 어디로 갔는지 짐작 가는 바도 없소?"

"거기까지는 모릅니다. 단지 제게는 한 마디를 더 남기셨을 따름입니다. 당신은 증인이 되고자 떠나는 것이며 돌아오지 못할지도 모른다고…… 하셨습니다."

증인? 당최 무슨 소린지 이해가 되지 않는 말이다. 그들에게 대체 무슨 일이 있었던 걸까? 파천은 골머리가 지끈거려왔다. 한 가지 분명한 사실은 혈마와 천마가 함께하지 않으면 안 되는 일이 발생했으며 환희궁주는 최악의 경우를 대비한 전달자로 데려갔을 것이란 짐작을 하는 게 고작이었다.

이어 환희궁주의 지시를 이행하고자 함인지 루주는 강호에서 일어나고 있는 주목할 만한 사건들을 하나씩 보고했다. 보고하고 있는 취연이나 듣고 있는 파천이나 지금의 상황이 곤혹스럽기는 마찬가지였다.

취연은 첩지가 담긴 상자를 열고 하나씩 들춰가며 설명을 했고 파천은 묵묵히 듣고만 있었다. 취연 역시 궁주의 지시였으니 이행하고 있지만 속은 그리 편치 않았다. 파천이란 사람이 정확하게 어떤 위치에 있으며 자신이 이런 보고를 직접 올려야 할 만큼 대단한 사람인가 싶었다.

"사파연합의 주재자가 사황천사로 밝혀지고 사사혈맹으로 개칭한 뒤부터 그들은 급속도로 세력을 확장하고 있습니다. 가장 먼저 한 일은 사사혈맹에 동참한 무인들의 직제를 개편하고 문파를 초월한 단일 조직으로 탈바꿈시켰습니다. 사사혈맹의 총인원은 대폭 줄었지만 정예로 이뤄진데다 배분과 지위를 무시하고 오직 실력에 우선해 조직을 개편한지라 예전보다 더 단단해진 느낌입니다. 낭인무사나 하급무사들 중에서 힘을 보태길 원하나 실력이 모자란 사람들은 남김없이 고향으로 돌려보낸 일도 매우 뜻밖의 처사로 여겨집니다."

파천도 의외라는 생각을 했다. 무림의 세력들이 가장 하기 어려운 일 중의 하나가 스스로 머릿수를 줄이는 일이었다.

전력에 그다지 도움이 안 되는 하급무사라도 쓰기에 따라 전력에 보탬이 되는 법이다. 파천은 사황천사의 결단에 신선한 충격을 느꼈다.

"사사혈맹의 총인원이 어느 정도 되는지 아시오?"

취연은 상자 안에서 사사혈맹에 대한 보고서를 정리해 놓은 묶음을 꺼내 뒤적이기 시작했다. 잠시 뒤 파천이 질문한 내용이 나오자 손가락으로 짚어가며 보고를 이어갔다.

"현재 사사혈맹의 총인원은 삼천 이백 명에서 사천 명 사이로 추산되며, 이는 열흘 전까지의 집계현황입니다."

취연은 파천이 직접 살펴보는 것이 빠르겠다 싶어 보고서 묶음을 통째로 넘겨줬다. 그 안에는 현재 사사혈맹에 소속된 주요 고수들의 지위와 짐작되는 무공수위가 상세히 기록돼 있었고 조직편제에 따른 변동사항까지 일목요연하게 정리돼 있었다.

취연은 다른 보고서 뭉치를 꺼내 파천 앞으로 내밀었다.

"사사혈맹의 행시를 은밀이 소사한 뒤에 분석한 자료들입니다. 최근 석 달 이내의 사항들만 간추려 엄선한 것입니다. 또 이것은 확인된 환혼자들의 명단입니다."

파천은 취연이 마지막에 내민 자료를 살펴보다 경악을 금치 못했다.

"이렇게나 많소?"

취연은 겉으로 드러내진 않았지만 속마음으로는 파천이 마치 강호의 정세를 좌지우지할 수 있을만한 실력자라도 된 양 호들갑을 떤다고 여겼다.

'참 재미있는 분이시네. 뭘 알고나 보는 걸까?'

파천이란 사람에 대해서 취연 자신이 아는 바가 없다는 점만 봐도 그가 강호의 유력한 실력자일 리는 없었다. 그런 그에게 이런 정보들이 무슨 도움이 될까 싶기도 했다.

'하긴, 신임 와룡장주가 되었으니 앞으로 처신하는데 여러모로 도움이 되긴 하겠군. 게다가 정파와 사파 양측에 모두 줄을 대고 있으니 더욱 그렇겠지만.'

취연은 파천에 대해 아는 바가 많지 않았다. 그의 용모파기를 지니고 있었던 덕분에 운 좋게 찾아낸 것인데, 뜻밖에도 신임 와룡장주가 되었다는 사실에 살짝 놀라긴 했다. 그러나 그것뿐이었다.

파천은 심각한 얼굴로 생각을 하더니 아예 상자를 통째로 제 앞으로 갖다놓고는 이것저것 살펴가기 시작했다.

반 시진은 족히 지났을 것이다. 그동안 파천이 손도 대지 않아 식어버린 음식들은 밖으로 내가게 했고 대신 그 빈자리를 서류철이 잠식해 갔다.

"더 없소? 강호의 주요 인물들과 환혼자들, 각 세력의 동태에 대한 자료라면 무엇이든 좋으니 다 가져다 주시오."

"네? 그 많은 것을요?"

"최근 석 달 내의 자료만으로도 충분하오만."

"석 달 내의 것이라고 해도 족히 한 수레 분은 될 터인데……."

"으음. 꽤 많구려. 그럼 날 그곳으로 안내해 주시오. 내 직접 찾아가서 살펴보리다."

취연은 파천의 말에 난처한 표정을 지어 보였다.

"왜 그러시오? 무슨 문제라도 있소?"

"그것이…… 조금 곤란한 일이 있어서 그렇습니다. 보통 한 분기마다 정보들을 정리해 기록실에 보관해 두는데…… 현재는 기록실을 폐쇄해둔지라 열 수가 없습니다."

파천은 얼른 이해가 안 갔다. 취연이 설명을 덧붙였다.

"현재 상춘각을 통째로 빌린 사람들이 있습니다. 그들 중에 특별히 조심해야 할 사람이 있어서 지하기록실을 임시로 폐쇄해 두었습니다."

뜻밖의 말에 파천은 관심을 보였다.

"자세한 사정을 들을 수 있을까요?"

취연은 한숨을 포옥 내쉬더니 보름 전부터 상춘각을 전세내고 제집인 양 나갈 생각을 않는 사람에 대해 파천에게 소상히 털어 놨다.

＊　　　＊　　　＊

"지존, 아무래도 다른 데로 거처를 옮기시는 것이 어떠실는지요. 이곳은 환희궁과 관련이 깊다는 소문이 있는지라."

청년은 보기 드물게 준수한 사람이었다. 푸른 눈을 지닌 색목의 이족인데다 풍기는 분위기 또한 범상치 않아 어떤 사람이라도 한번 보면 주의를 기울여 살필 만했다. 그는 북해를 떠나 중원으로 온 새외무림의 절대자인 잠마지존 나극찰이었다.

"그래서?"

"현 단계에서 지존의 신분이 드러나면 상황이 복잡하게 꼬일 수 있습니다. 그래서……."

나극찰의 한 손이 곁에 앉힌 여인의 옷깃을 들추고 가슴 속으로 불쑥 들어갔다. 이 여인은 천향루의 기녀도 아니고 그렇다고 나극찰의 수하는 더더군다나 아니었다. 중원의 풍요도 평화도 심지어 미녀조차도 나극찰에게는 마뜩치 않은 것이었다.

그는 눈에 보이는 것 모두를 파괴해 버리고 싶은 충동에 매일 시달리고 있었다. 그러다 서호에서 뱃놀이에 열중하고 있는 고관댁의 여식쯤으로 짐작되는 여인을 발견하게 됐는데, 나극찰의 눈에 띈 죄로 납치당하고 만 것이다.

나극찰은 북해검왕을 향해 차갑게 물었다.

"너는 내가 누구라고 생각하느냐?"

뜬금없는 질문이었다. 북해검왕은 숨죽이며 지존의 하문에 담긴 속뜻이 무얼까에 대해 고민했다.

"제게는 하나뿐인 주인이십니다."

"또?"

"장차 무림의 주인이 되실 신이십니다."

"그리고?"

"본교의 위업을 달성하실 위대하신 잠마지존이십니다."

푸시시식.

탁자를 짚고 있던 나극찰의 손 주변에서 별안간 매캐한 연기가 피어오르기 시작했다. 푸른 물이 뚝뚝 떨어질 정도로 새파랗게 변한 손 주변으로 역시나 푸르스름한 연기가 피어올랐다.

놀랍게도 그 연기에 닿은 탁자가 물처럼 녹아 바닥에 뚝뚝 떨어지고 있었다. 대리석으로 된 탁자가 두어 번 눈을 깜빡거리는 동안에 바닥에 흥건한 물로 변해 버린 괴사가 벌어졌다.

북해검왕은 잠마지존의 심기가 지금 매우 불편하다는 건 알았지만 이처럼 진노할 줄은 몰랐던지라 황급히 부복했다. 그는 그대로 바닥에 엎드리며 간청했다.

"노여움을 푸시옵소서. 속하 지존의 뜻을 제대로 헤아리지 못한 죄 죽어 마땅합니다."

나극찰의 눈에서 무시무시한 광망의 기운이 휘몰아쳐 나왔다.

"북해검왕, 너는 북해빙궁의 궁주이기 이전에 본교의 법사라는 신분이 우선됨을 잊지 마라. 그걸 잊어버리는 순간…… 네 목숨을 거둘 것이다. 이 손으로 직접."

북해검왕은 고개도 들지 못하고 전신을 부르르 떨었다. 죽는 것이 두려웠던 적은 없었다. 그러나 태양마교의 숙원을 이루느냐 마느냐 하는 중차대한 순간에 허무하게, 속절없이 사라져가기에는 그가 지닌 태양마교에 대한 충성심이 너무도 크고 깊었다. 원대한 꿈을 향해 한 발짝도 딛지 못하고 이렇게 가기엔 억울했다.

북해검왕은 잠마지존이 무엇 때문에 화가 나 있는지에 대해서는 누구보다도 잘 헤아리는 사람이었다.

나극찰은 지금 어쩔 수 없는 상황이긴 해도 몸을 웅크리고 숨죽이고 있는 자신의 처지에 대해 솔직히 화가 났다. 북해검왕은 이 정도쯤은 주인께서 이해해 줄줄 알았다. 그런데 이제 보니 그게 아니었다.

"속하 한시도 그 사실을 잊은 적이 없습니다. 뼈와 혼에 새기고 있습니다."

나극찰은 다소 누그러진 음성으로 말했다.

"언제까지 기다려야 하지?"

"현재 검성 주변으로 여러 명의 환혼자들이 선을 대고 있습니다. 또한 이번 대회에서 많은 환혼자들이 모습을 드러낼 것입니다. 검성을 필두로 한 정파연합과 사황천사를 중심으로 한 사사혈맹의 두 축이 가장 큰 세력을 이루게 될 것입니다. 지금 지존께서 나서면 득보다는 실이 큽니다. 저들이 혹 우리를 향해 이빨을 드러내기라도 한다면 원하는 것을 이루기도 전에……."

"그러니 나더러 잠자코 처박혀 있으란 소리냐?"

북해검왕은 일시 할 말이 떠오르지 않았다. 나극찰의 화급한 성미를 감안하건데 더 이상의 인내를 요구할 수 없을 것이란 생각이 문득 들었기 때문이다. 그렇다고 계획대로 하지 않으면 뭇매를 맞고 제일 먼저 낙화할 것도 틀림없었다.

그가 직접 겪어본 검성은 정말 강했다. 자신 역시 어느 정도 실력을 감추고 상대했다지만 검성의 무위는 설사 자신이 전력을 다 기울였다 해도 바닥을 드러내게 하기 힘들 정도였다. 놀랍게도 검성의 실력은 잠마지존에 필적하는 것이었다.

게다가 현 강호에서 경계해야 할 적수가 검성 하나가 아니라는 게 문제였다.

어찌해야 하는가? 마음 같아서는 잠마지존의 뜻을 이쯤에서 한번 꺾어주는 것이 후일을 위해 좋다. 그러나 그리 했다가는 불벼락이 떨어질 것 같았다. 북해검왕은 바닥에 부복한 채로 고개도 들지 못했지만 충심을 담아 절절한 음성으로 아뢰었다.

"지존이시여. 천하에 강자가 많다 하나 어찌 잠마지존의 적수가 될 것이며, 밤하늘을 밝히는 별들이 각기 제 빛을 뽐내지만 어찌 태양의 광휘에 비기리까. 중원이 지존 앞에 굴복하고 경배하는 날은 반드시 올 것입니다."

나극찰은 슬슬 짜증이 났다. 자신을 찬양하기 바쁜 북해검왕이 이제 무슨 말을 할 것인지 짐작이 간다. 지금부터 하는 얘기들은 틀림없이 제 심사를 어지럽힐 것이다. 북해검왕의 상투적인 수법에는 이골이 나 있던 터라 나극찰은 아예 두 눈을 감아버렸다.

"현재 중원의 전력은 무림사상 최강입니다. 우리를 드러내 저들을 자극하면 일천 용자로도 버티기 힘듭니다. 전면적인 힘겨루기는 계란으로 바위를 치는 격입니다."

나극찰은 눈을 슬며시 뜨고서는 여인의 가슴 속에 들어가 있던 손을 빼내 턱을 치켜들었다. 여인은 겁을 먹었는지 감히 눈도 마주치지 못하고 오들오들 떨고 있었다.

"그래서 어쩌자는 거지?"

"검성은 기존의 체제를 인정하지 않습니다. 정의맹을 문파연합의 성격이 아니라 기존의 조직들을 통폐합한 단일조직으로 만들고자 애쓸 것입니다. 사사혈맹이 그랬듯이 문파의 배분을 무시하고 실력을 기초로 한 직위개편을 통해 정의맹을 사상 최강의 조직으로 만들겠다는 복안이지요.”

“그래서?”

“다행스럽게도 북해빙궁의 제자들로 오인하고 있는 일천용자들은 현재 검성의 친위대나 마찬가지로 인식돼 있습니다. 검성이 전권을 장악하고 휘두르게 되면 그의 이름을 빌어 상당한 권한을 행사할 수 있게 됩니다. 기회를 틈타 지존께서 검성을 제압하면 별힘 들이지 않고 중원의 절반을 삼킬 수 있습니다. 그는 자신보다 뛰어난 사람이 나온다면 언제든 물러날 용의가 있다고 했습니다.”

나극찰은 메마른 웃음을 흘렸다.

“클클. 순진한 생각을 하고 있군. 뼛속까지 중화사상에 젖어 있는 한족이 오랑캐라고 손가락질하며 업신여기던 이족에게 머리를 숙인다고? 나이를 헛먹었군. 정신 차려. 검성이 그런 말을 했다고 해서 그가 정말 그럴 거라고 믿다니. 지금까지의 행보만 봐도 그가 어떤 사람인지 정도는 알 수 있지.

딱 한 가지 방법뿐이야. 절대적인 힘의 우위를 보여 주는 수밖에 없어. 말을 들어 처먹지 않으면 죽여 버리면 그만이다. 검성을 다른 사람으로 대체하면 정의맹을 부리는 게 무척 수월하겠지. 이 땅의 인간들은 철저하게 힘으로 다스리는 게 상책이다. 땅에 납죽 엎드려서 숨도 못 쉬게 해야 한다. 생명을 구걸하게 만들어야 제 처지를 이해하게 된다.

그 외에는 답이 없다. 숨통을 틔워 주면 어느 순간 머리 꼭대기에 기어올라 상전 노릇을 하려 드는 게 이들이다. 피로 씻어야 한다. 대륙 전역을 공포로 적셔야 한다. 그것만이 우리가 대업을 이루는 가장 빠르고 확실한 길이다. 다른 길은 생각지도 마라.”

나극찰의 극단적인 발언에 북해검왕은 숨죽이며 식은땀을 흘렸다. 어느 정도는 공감이 가는 견해였지만 현실적으로 그렇게 해서 성공할 가능성이 극히 희박했다.

북해검왕은 지극히 이해타산적인 사람이었다. 그는 절대로 도박하는 심정이나 요행을 바라는 처세로 여기까지 올라온 사람이 아니다. 안전한 길도 두드려보고 그것만으로도 안심이 안 되면 돌아서 가더라도 차근차근 단계를 밟아가는 길이 왕도라고 믿는 사람이었다.

하지만 그는 지금 자신의 주장을 끝까지 고집할 처지가 못 됐다. 그는 어디까지나 잠마지존의 충실한 종일 따름이었다. 최후까지 설득해 보고 그래도 안 된다면 잠마지존의 뜻에 따라야만 했다. 절로 한숨이 나오고도 남을 상황이었다.

"보름의 말미를 주겠다. 그 안에 이 답답한 상황을 타개할 묘안을 짜내지 못한다면 내가 직접 움직인다. 물론 그럴 경우 그간 허송세월을 하게 한 책임은 네가 져야 타당하겠지. 개죽음 당하기 싫으면 사력을 다해야 할 것이다. 나는 지금 한계상황까지 와 있다. 명심하도록!"

"조, 존명."

더 이상 거스를 수 없는 최후의 명령이 떨어진 것이다. 잠마지존은 제가 한 말은 반드시 지키는 사람이다. 그에게 자비를 기대할 수 없다는 걸 익히 알고 있는 북해검왕은 조바심이 날 수밖에 없었다.

'할 수 없다. 이렇게 된 이상 무리수를 두는 한이 있어도 계획을 앞당기는 수밖에.'

제
2
장

철우명

하남의 명문 중에 하나인 철가장(鐵家莊)은 낙양의 백마사 근처에 터를 다졌다. 철가장의 유래는 기이한 일화로부터 시작되었기에 지금까지도 세인들의 관심을 집중시켰다.

지금부터 삼백여 년 전의 일이다. 백마사 근처에는 정식으로 승적에 오른 적도 없지만 승려 행세를 하며 천하에 명성이 자자한 괴걸이 하나 있었는데, 그가 스스로 정한 법호는 묘각(妙覺)이었다.

묘각스님은 침술의 대가였다. 묘각스님은 스스로 고안한 구명침으로 무수히 많은 병자들을 낫게 했는데 그는 시술이 끝나면 반드시 대가를 요구했다.

가난한 자에게는 병자를 돌보며 봉사하게 했고 부자에게는 목숨 값에 상응하는 재물을 요구했다. 그 재물을 모아 헐벗고 가난한 자를 잠시나마 굶주림에서 벗어나게 해 주는 것이 절간에 들어앉아 염불을 외는 것보다 훨씬 유익한 일이라고 믿었던 사람이었다.

그러던 그가 하루는 길을 가다가 다 죽어가는 여인을 발견하게 됐다. 그런데 그 여인을 치료하고 낫게 해 줬더니 왜 살렸냐고 오히려 묘각스님을 원망하는 것이 아닌가.

그녀는 원수에게 부모와 형제자매, 심지어 재산까지 모조리 빼앗기고 저 혼자 간신히 살아남았지만 복수할 길이 없어 원통하고 분해 자결을 결심하게 되었다고 자초지종을 털어놨다. 그런 자신을 살렸으니 책임을 지라는 억지도 부렸다.

그랬던 그녀가 어떤 계기로 인해 변심하게 되었는지는 모르지만, 이후 그 여인은 묘각스님을 곁에서 수행하며 병자들을 돌보는데 평생을 다 바쳤다.

후에 그들은 부부의 연을 맺고 늙어 세상을 떠날 때까지 무수히 많은 선행을 펼쳤다. 후세의 사람들은 그들 부부를 위해 장원을 세워 생전의 공적을 기렸으니 이 장원이 철가장의 시초가 되었다.

철가장은 강호에서 두 가지로 독보적인 위치에 올라 있었다. 그 하나는 침술이었고 또 하나는 병기 제작이었다. 도저히 연관성 없어 보이는 두 가지 가업이 지금에까지 이어지고 있었다.

의술과 병기 제작에 있어서만은 지금까지도 천하제일이란 칭송을 들었으며 그 명성은 지금까지도 퇴색되지 않고 이어져 오고 있었다.

당대의 철가장주인 철검진천(鐵劍振天) 철우명(鐵優命)은 이제 나이 서른셋에 불과했지만 모든 사람에게 칭송을 받는 일대기협으로서 명성을 드날렸다.

그는 특히 역대 가주들과 달리 다섯 살에 화산파의 속가제자가 되어 전심으로 무공을 수련했고 열여섯 살 때부터는 가업을 잇는 동시에 화산파의 제일기재로 명성을 드날렸다. 고금45종 절학 중에 하나인 화산파의 매화육합검법(梅花六合劍法)을 스무 살이 되기 전에 체득한 최초의 사람으로 인정받기도 했다.

화산파의 대표적인 절학인 매화검법과 육합검법의 장점만을 추려 만든 이 검법은 난해하여 누구도 대성한 이가 없었다. 철우명은 화산파를 대표하는 고수이자 천하인들의 칭송을 한 몸에 받는 협객이었다.

철우명이 낙양을 떠나 이곳 항주로 온 건 사형이자 현 화산파 장문인인 태극일기(太極一氣) 곽자양(郭自養)과 검성의 부탁 때문이었다. 그는 현재 검성에게 가장 손쉽게 다가설 수 있는 디딤돌 같은 존재로 주변에 인식돼 있을 정도로 검성과 특별한 친밀감을 과시했다.

그런 그가 서호변에 위치한 태평루에 묵고 있다는 소문이 퍼지면서 그와 교분을 나누고 싶어 하는 후기지수들의 발길이 끊이지 않고 있었다.

나이가 그리 많지 않음에도 불구하고 정파 최고의 고수 중 한 사람으로 불리는데다 배분 또한 당대의 화산파 장문인과 같으니 아직 배움의 길에 있는 젊은 층에게는 선망의 대상일 수밖에 없었다.

철우명의 명성과 강호에서 차지하는 그의 지위를 고려해서인지 검성은 그를 극진히 대접하고자 태평루의 별전 하나를 통째로 빌려 묵게 했다.

파천이 태평루를 찾은 것은 중식 시간쯤이었는데 객점과 주루를 겸하고 있는 곳이라 그런지 자리가 없을 정도로 붐볐다. 구석 후미진 곳까지 살펴보아도 그가 만나기로 한 사람은 보이지 않는다. 이층을 둘러봐도 마찬가지였다. 삼층으로 오르는 계단으로 막 다가서는데 소식을 들었는지 태평루의 총관인 한석겸이 헐레벌떡 뛰어오는 게 보였다.

"대인, 전갈도 없이 어쩐 일이십니까? 미리 연락을 주셨으면 제가 마중을 나갔을 터인데 말입니다."

태평루의 주인인 한 노태야의 조카인 한석겸은 와룡장의 주인이 바뀌었다는 소식을 듣고 가장 먼저 인사를 하러 온 사람이기도 했다. 항주에서 장사하는 사람치고 와룡장의 도움을 한두 번쯤 받지 않은 사람이 드물 정도였으니 그에게 잘 보여 둬서 나쁠 게 없다는 계산이었을 것이다. 어쨌든 한석겸은 와룡장의 젊은 신임 장주가 대낮부터 객점을 찾은 일을 두고 미리 선약이 있었을 것이라 여긴 것이다.

한석겸은 두 손을 모아 쥐고 연신 허리를 숙였다.

"이곳은 번잡하니 별원으로 모시겠습니다."

"아니 됐습니다. 제가 미리 이곳에서 만나기로 한 사람이 있으니 총관께서는 신경을 안 쓰셔도 됩니다."

"그래도 어찌……."

"별일 아니니 바쁘실 텐데 가셔서 일 보십시오."

한석겸은 쭈뼛거리다가 결국 인사를 하고 물러났다. 파천이 이층으로 올라와 보니 한 총관의 말처럼 대충 둘러봐도 빈자리가 눈에 띄지 않는다.

"사람이 많긴 많구나."

파천의 시선이 이내 한곳에 고정됐다. 그는 멈춤 없이 곧장 구석진 자리까지 걸어간 뒤에 빈자리에 털썩 주저앉았다.

"내가 좀 늦었나?"

파천의 말에 상대는 언짢은 듯이 툴툴거렸다.

"시간이 금쪽이라고 한 사람이 그쪽이신 듯한데…… 제가 잘못 들었나 봅니다."

"면박을 줘도 할 말은 없군. 그래 지시한 일은 어찌 돼 가나?"

파천을 앞에 두고 있는 이는 다름 아닌 유백송이었다. 오늘 이곳에서 만나 상황보고를 하기로 했는데, 어찌 그의 얼굴이 그리 썩 밝지가 못했다.

"아무래도 못하겠소."

설마하니 당금 강호를 대표하는 삼대살성 중의 한 사람인 유백송의 입에서 못하겠단 소리가 나올 줄은 몰랐던지 파천은 어안이 벙벙해졌다.

"도움이 되는 일이라면 뭐든 하겠다더니, 왜 그새 마음이 바뀌었지?"

"제장, 당신이 나라도 마찬가지였을 거요. 이만한 일에 목숨을 걸어야 한다면 당신 같으면 하겠소? 내 능력 밖의 일이오."

유백송이 이러는 데는 이유가 있었다. 파천이 천황이라는 사실을 알고서 처음엔 그의 당부대로 해 볼 참이었다. 천황의 수족이 된다는 벅찬 감격 때문이 아니라 파천을 돕는 길이 곧 와룡장을 돕는 길이라는 확신 때문이었다. 그런데 이건 초장부터 벽에 가로막힌 기분이었다.

파천의 지시사항은 매우 간단했다. 항주를 찾은 숨어 있는 강자들을 찾아내 들썩거리게 만들라! 그들을 어떤 식으로든 끌어내 소란스럽게 만들라는 요구였다.

유백송의 날카로운 눈은 그런 자들을 어김없이 잡아냈다. 그들에게 접근도 했다. 여기까지는 별 문제가 없었다. 문제는 그가 목표로 한 사람들이 하나같이 자신의 역량 밖에 있는 초고수들이란 점이었다.

심기를 건들면 단매에 죽을 것 같은 압박감을 주는 상대들에게 시비를 거는 일조차 쉽지 않았다. 그렇게 망설이다가 하루를 허비하고 만 유백송은 어제의 기백은 어디가고 파김치가 된 듯 축 늘어져 있었다. 그만큼 심력소비가 컸다는 증거였다.

유백송은 제 꼴이 우습게 보인다는 걸 알았던지 재차 변명을 늘어놨다.

"생각해 보시오. 내 실력이 통해야 움쩍달싹이라도 해 볼 텐데…… 내가 이리 무력감을 느낄 줄은 나 자신도 몰랐던 일이오."

파천은 어찌됐든 유백송이 상대를 제대로 찾아냈을 거란 생각을 하게 됐다.

'하긴, 환혼자라면 아무리 못해도 유백송의 실력으로는 어림도 없는 일이지.'

파천은 아쉬운 대로 광마존을 대신할 사람 정도로 유백송을 선

택한 것이다. 그런데 이제 보니 자신의 기대가 너무 컸던가 보다. 파천은 생각을 고쳐먹었다. 유백송을 다른 용도로 써먹어야겠다고 생각한 것이다. 한참을 고민하던 파천이 유백송에게 전음으로 다음 할 일을 지시했다.

유백송은 파천의 전음을 듣는 내내 편치 않은 얼굴이었다. 몇 번인가 얼굴색이 바뀌더니 길게 심호흡을 하는 것이 아닌가.

"그것조차 쉽지 않은 일이구려. 그나마 눈치껏 하면 죽을 일은 없겠지만."

유백송은 긴말 하지 않고 자리를 박차고 일어섰다. 하지만 돌아서 나가는 유백송의 어깨는 좀처럼 펴지지 않는다.

유백송이 아래층으로 사라진 후 파천은 객점 내부를 찬찬히 살폈다. 삼층 창가 쪽에는 꽤 많은 일행들이 모여 앉아 아까부터 소란스럽게 떠들고 있었는데. 그들은 마치 이곳을 통째로 전세라도 낸 사람들처럼 주변의 시선에는 아랑곳없었다.

식탁 서너 개를 하나로 붙이고 앉은 사람들은 대개가 이십대 초반에서 서른이 안 넘었을 법한 무림인들이었다. 하고 있는 행색이나 태도를 보아 하니 명문의 후기지수들 같았다.

파천의 시선은 그들 중 가장 두드러져 보이는 한 사람에게 고정됐다. 그의 모습이 남달리 뛰어나서도 아니고 그와 일면식이 있어서도 아니었다. 단지 그의 목소리가 가장 컸기 때문이다.

"말이 된다고 생각하시오? 오랜 세월을 통해 수많은 사람들의 희생과 노고가 결집되지 않고서 명문은 만들어지지 않소. 당금 강호에 명문 정파이 대열에 낄 수 있는 곳이 몇 곳이나 되겠소? 정파에도 고작 스무 곳을 넘지 않고 강호 전체를 따져도 쉰 곳이 넘지 않을 것이오. 배분을 무시하겠다는 말은 명문 정파로 불리는 구파일방과 오대세가를 깡그리 무시하겠다는 발언과 다를 게 무어요. 난 결사반대요. 설사 제자가 스승보다 뛰어나다 해도 스승 위에 설 순 없소. 실력 우선으로 한다고 해도 결코 무시할 수 없는 정파만의 전통이란 것도 엄연히 존재하는 법이오. 실력이 좀 못하다 해서 윗사람이 아랫사람을 섬길 순 없는 것 아니겠소? 정파의 전통을 갈아엎는 처사가 아닌가 말이오."

결연한 의지를 보여주듯 주먹을 말아 쥐고 흔들고 있는 청년은 함께한 사람들의 동의를 구하려는지 연신 사방을 두리번거렸다. 열변을 토하고 있는 젊은이는 정파의 오백 후기지수 중에 포함돼 있는 사람으로, 섬서에 있는 작은 문파인 포현장 출신의 현상백이었다.

그는 비록 오백 후기지수 중에서는 그다지 큰 두각을 드러내진 못했어도 자파에 있어서는 보물과 같은 사람이었다.

사실 그는 명문 정파 출신도 아니고 이렇게 열을 내며 성토할 입장도 못됐다. 따지고 보면 실력을 우선하는 조직 체제를 반겨야 할 사람이었다.

그럼에도 현상백이 이리 열을 내며 검성의 견해를 성토하는 것은 후기지수 배제에 대한 위기감 때문이었다. 그것은 뼈를 깎는 심정으로 견뎌온 지난 세월을 무시하는 처사요 발언이었기 때문에 더욱 그랬다. 지금 현상백에게 오백 후기지수 중 한 사람이란 명예는 절대로 빼앗길 수 없는, 무슨 일이 있어도 사수해야 할 절대의 가치였다.

함께 동석하고 있는 젊은이들 역시 오백 후기지수들의 일원들로서 현상백과 같은 생각을 하고 있었다. 아무도 그의 말에 반대를 표하지 않는 것만 봐도 알 수 있는 일이었다.

파천은 더 이상 들을 것도 없다고 생각했다. 파천 역시 후기지수들을 일선에 세우지 않고, 중용하지 않겠노라는 검성의 견해에는 수긍할 수 없었다. 모용상인을 곁에서 지켜봐온 사람으로서 오백 후기지수들이 그간 어떤 심정으로 수련해 왔는지를 누구보다 잘 알기 때문이었다. 또한 그들은 당장 실전에 투입해도 될 만큼 잘 준비돼 있었다.

'검성은 반대에 부딪힐 걸 뻔히 알면서 왜 이렇게 강경하게 나가는 걸까. 여론을 무시한 독단으로 혁신을 이룰 순 없건만. 그의 의견 중 일부는 수용할 가치가 있지만 이번 실언이 결국 그의 입지를 좁히는 자충수가 될 것 같은데……, 대체 무슨 생각을 갖고 있는지 모르겠군.'

파천은 후기지수들을 스쳐지나 아래층으로 향하는 계단 앞에서 몸을 멈춰 세웠다. 막 삼층으로 올라서는 일행들이 있었는데 그중 한 사람은 익히 안면이 있는 인물이었기 때문이다. 아니나 다를까, 그쪽에서도 파천을 알아보고는 환히 웃으며 아는 척을 했다.

"모용 아우의 친구 분이신 파천 소협 맞으시지요? 저 알아보시겠습니까?"

파천도 반갑게 마주 인사했다.

"네, 맞습니다. 그간 별고 없으셨습니까?"

"하하. 더분에 잘 지냈습니다. 여기서 뵙게 될 줄은 몰랐습니다. 아 그러고 보니 막내에게서 미리 전갈을 받았나 봅니다?"

상대는 모용상인의 여섯 의형들 중에 셋째인 진청운이었다. 그는 천무오룡의 최종심까지 올랐다가 화급한 성격이 문제가 되어 아깝게 떨어졌지만 무공 성취만으로는 오룡에 못지않았다. 진청운은 암기술로 유명한 산동 진가의 후계자로서 다 쓰러져가던 가문의 위명을 다시 세우고 든든히 하고자 전심을 기울이고 있었다.

진청운이 한 뜻밖의 말에 파천의 얼굴에 의문이 가득했다.

"상인은 폐관에 들어가 있는 걸로 알고 있습니다만……."

최종적으로 천무오룡이 된 다섯 기재들에게는 고금45종 절학 중 하나씩의 무공이 전수됐고 그들은 그것을 다 익히기 전까지는 강호에 나설 수 없었다. 아직 최소 여섯 달 이상은 더 지나야 최초의 출관자가 나올 것이라 다들 예상하고 있었다.

"아, 저런 모르고 계셨군요. 며칠 전에 막내가 제일 먼저 출관을 했다는 반가운 소식을 전해 들었습니다. 이곳으로 출발했다고 하니 오늘이나 내일 중에 항주에 도착할 겁니다."

파천은 역시 모용상인이구나 싶었다. 그가 정파의 기재들만 모아놨다는 오백 후기지수들 중에서도 단연 수좌로 거론될 만큼 뛰어나다는 건 익히 알고 있는 사실이었지만 이리 이른 시간에 출관하게 될 줄은 파천도 예상하지 못했던 일이었다. 문득 얼마 떨어져 있지 않았는데도 벗인 모용상인이 그리웠다.

더 이상 여기 있어야 할 이유가 없어 객점을 나서려는 파천을 진청운은 한사코 못 가게 막았다. 이대로 보내기에는 그도 어지간히 섭섭했던가 보다. 하는 수 없이 파천도 진청운과 함께 후기지수들과 동석하게 됐다. 통성명이 오가기 시작했다.

"파천이라고 합니다."

진청운이 파천을 일러 모용상인의 하나뿐인 벗이라고 소개를 덧붙였음에도 사람들의 관심은 시큰둥했다. 스무 명 남짓 모여 있는 사람들 중에 파천에게 관심을 보인 사람은 고작 서너 명에 불과했을 정도다. 파천은 진청운의 옆에 앉아 꿔다놓은 보릿자루처럼 구경만 해야 했다.

열띤 토의가 이어지고 있었지만 대책이라고 할 게 없었다. 맹주가 누가 되느냐에 따라 검성의 의견은 정파의 공식적인 입장이 될 수도 있었고 아닐 수도 있었기 때문에 아직은 기다려봐야 할 상황이었다. 지금까지의 정파 분위기만 봐서는 검성 이외에는 달리 두각을 보이는 인사가 없다는 점도 후기지수들의 마음을 무겁게 하는 부분이었다.

"단체행동도 불사해야 합니다. 우리가 가만히 있으면 검성의 의견을 수용하는 것으로 비춰질지도 모릅니다. 우리의 뜻을 확실하게 보여줄 필요가 있습니다."

"사문에 청을 넣어서라도 검성을 압박해야 합니다."

"정 안되면 검성이 맹주가 되지 못하도록……."

한 사람이 거기까지 말하다 실언이라고 생각했던지 입을 꾹 다물어 버렸고 좌중의 분위기도 찬물을 끼얹은 듯 갑자기 싸늘해졌다. 넘지 말아야 할 선이란 것은 분명 있었다. 검성은 어찌됐든 이들 후기지수들이 마음 놓고 씹어도 되는 존재는 아니다.

더군다나 맹주가 되지 못하도록 수를 쓰자는 말은 밖으로 흘러나가면 큰 변고를 초래할 수도 있었다. 다들 검성을 반대하는 입장이지만 정파 내에서의 영향력과 위치만은 확고했기에 다들 두려워하는 마음이 생긴 것이다.

모용상인의 의형제들이 소수파의 수장 격이었는데 그 위치는 지금까지도 공고했다. 진청운이 입을 열기 시작하니 다들 그에게 집중하는 모습에서 그런 분위기는 확실해 보였다.

"우리가 오늘 여기 모인 것은 철 대협의 지지를 얻어내고자 함이 아니었소? 여기서 더 이상 시간을 소모할 게 아니라 철 대협을 뵙시다. 그분이 나서준다면 우리에게 큰 힘이 될 것입니다."

"하지만 그분은 검성의 심복이라는 말까지 나돌 정도로 교분이 두텁지 않습니까?"

"맞습니다. 심지어 저는 수족이라는 이야기도 들었습니다."

진청운은 고개를 가로저었다.

"설사 그렇다고 해도 그분만큼 검성과 격의 없이 논의할 수 있는 분도 드뭅니다. 우리가 반드시 만나 뵙고 자문을 구해야 할 분입니다. 직접 도와주지는 못해도 방책을 일러주시리라 믿습니다."

진청운의 한 마디에 후기지수들이 자리를 박차고 일어났다.

"그럽시다. 철 대협께서는 분명 우리 입장을 지지해 주실 것이오."

그들이 막 자리를 뜨려는 찰나 아까부터 정파의 후기지수들을 고깝게 노려보고 있던 사람들 중에 하나가 결국은 참지 못하고 아니꼬운 투로 말했다.

"하여간 정파의 얼간이들은 이리저리 몰려다니면서 않는 소리 하는 데는 일가견이 있다니깐."

그것은 그리 큰 소리도 아니었지만 자기네들끼리 소곤거리는 정도의 크기도 아니었다.

"그러게 말이야. 어련히 윗분들이 알아서 결정할 일을 아랫것들이 설치고 다니면서 분란을 조장하고 있으니…… 우리로서는 상상도 할 수 없는 일이지. 이것만 봐도 정파의 기강이 얼마나 해이한지 알만 하지."

후기지수들은 누구라 할 것 없이 모두 몸을 움찔거렸다. 파천도 절로 시선을 돌려 소리의 출처를 찾을 정도였으니, 당사자들인 후기지수들은 오죽 했을까.

그때 아미파 계열의 문파로 사천성에서는 명문이라 자처하고 있는 백화문의 제자인 화지령이 얼굴을 찌푸리더니 버럭 고함을 질렀다.

"감히 누가 정파인들을 모욕하는가!"

현재 모인 후기지수들은 모용상인의 의형제들을 중심으로 모였던 소수파의 사람들이었다. 이들 중에 명문 대파의 제자는 단 하나도 없다. 개천에서 용이 났다 해도 과언이 아닐 정도로 고만고만한 규모의 문파를 배경으로 두고 있었다.

그럼에도 자신들이 비록 규모는 작다 할지라도 정파의 맥을 잇고 일조하고 있다는 자부심만큼은 대파의 제자들 못지않은 사람들이었다. 정파를 싸잡아서 비하하는 말을 듣고도 가만있을 사람들은 못됐다.

천무오룡에 뽑힌 악다문, 백초림, 모용상인이 돌아오기 전까지 소수파 후기지수들의 지도자 역을 자임해 왔던 진청운이 얼른 나서서 화지령은 말렸다. 혹 일기늘 이기지 못한 후기지수들이 공개된 자리에서 소란을 부리기라도 하면 큰일이 아닐 수 없었다.

"어느 방면의 고인이신지 모르나 말씀이 지나치시군요."

진청운이 바라본 곳은 실내에서도 위치상으로 보자면 가운데쯤 되는 지점이었다. 진청운이 평소의 화급한 성미와 어울리지 않게 점잖게 상대하고 나선 것이 유효했던지 좀 전까지 흥분을 감추지 못하던 후기지수들이 어느새 냉정을 되찾고 있었다.

진청운은 상대들의 나이도 얼추 자신들과 비슷하다는 점을 알아보았지만 결단코 경거망동하지 않았다.

삐이익.

아마도 마지막에 말을 한 사람인 것 같았다. 앉은 채로 절반쯤 몸을 돌리고 있었는데 의자 다리가 바닥을 긁으며 내는 소리가 길게 실내를 울렸다. 무례한 자가 아닐 수 없었다. 게다가 진청운을 정면으로 쳐다보지도 않고서, 어느 집 개가 짖느냐는 식의 성의 없는 반응이 되돌아왔다.

"하여간 나이에 어울리지 않게 고리타분하기는. 왜 우리가 근본 없는 삼류무사면 잘나신 배경을 들먹이며 겁이라도 주시려고?"

이쯤 되면 명백한 시비가 아닐 수 없다. 진청운은 한 번 더 인내심을 발휘했다.

"못 들은 걸로 하겠소. 운이 좋은 줄 아시오. 정파의 단합을 위해 모인 자리가 아니었다면 이 정도로 끝나지는 않았을 것이오."

삐이익.

소름이 돋는 듣기 싫은 마찰음이 또다시 바닥을 긁어내리는 순간 상대가 완전히 돌아앉았다. 진청운은 상대가 많이 돼봐야 자기 또래라는 것을 알아보고 어이가 없을 지경이었다. 현재 항주에는 정파인들만 와 있는 것이 아니다. 정파인들이 주축을 이루고 있지만 마도와 사파, 정사지간의 고수들이 한데 뒤섞여 있었다.

제 견문이 대단한 것이 아니니 혹 교류가 없는 강호의 선배일지도 몰라 일단은 몸을 사린 것인데, 이제 보니 그도 아닌 것 같았다. 물론 나이가 지위나 배분을 결정하는 절대적인 기준은 아니지만 대개는 크게 벗어나는 경우가 드문 편이었다.

진청운이 자기 입으로 못들은 걸로 하고 끝내겠다고 한 말은 그저 한 말이 아니다. 그런데 상대는 그러고 싶은 마음이 없는 것 같았다.

"운이 좋은 게 너희들일지도 모르지. 이것 봐, 정파의 샌님들. 싸움다운 싸움은 해 봤나? 동료의 목이 떨어지는걸 본 적이나 있어? 한줌의 내력도 남겨 둘 수 없는 혈전을 치른 뒤에 진흙탕을 구르며 초식이고 나발이고 필요 없는, 그야말로 누가 더 삶에 대한 욕구가 강한가에 따라서 죽고 사는 것이 결정되는, 그런 치열한 싸움은 해 봤나? 여기까지 젖비린내가 물씬 풍기는데 그런 경험을 해 봤을 턱이 있나. 솜털도 가시지 않은 애송이들이 함부로 주둥이를 놀리고 다니다가는 쥐도 새도 모르게 저승으로 가는 수가 있다."

"저 곱상한 얼굴하며 한껏 멋을 낸 차림새하며…… 이래서 내가 정파인들을 싫어한다니깐."

"낄낄. 하여간 어느 놈들은 팔자가 좋아서 실전 한번 겪어보지도 않고서 신진고수 행세를 하고 다니고, 어떤 놈들은 피를 철철 흘리면서 하나씩 배워가야 하고…… 세상 참 불공평하군."

일행 넷 중 세 사람이 죽어 맞아 낄낄거리며 조롱을 퍼붓는다. 확실히 그들의 태도는 정파의 울타리에서만 지내온 후기지수들에게는 무례하기 짝이 없는 것이었다.

"죽고 싶어 환장한 놈들이로군."

화지령이 분기를 참지 못하고 지른 소리에 시비를 건 청년들의 얼굴이 싸늘해졌다. 의자 등받이에 두 팔을 포개고 턱을 괴고 있던 청년이 키득키득 웃기 시작했다.

"클클클."

그 웃음소리는 참으로 묘해서 듣는 사람으로 하여금 절로 소름이 돋게 만들었다.

파천은 그 소리에 담긴 살의를 읽고서는 상황이 묘하게 돌아간다고 생각했다.

상황은 매우 엉뚱했다. 저쪽은 고작 네 명뿐이고 이쪽은 스무 명도 넘는다. 그런데도 분위기는 완전히 네 사람이 압도하고 있지 않은가?

파천은 지금 웃고 있는 청년에게서 묘한 인상을 받았다. 광마존이나 유백송같이 실전을 통해 완성되어 가고 있는 고수들은 뭔가 달라도 다르다. 그들은 대개 투박하고 거친 야성의 분위기를 풍기고 다녔다. 그와 비슷한 분위기가 청년에게서 감지된다는 것은 그가 무심코 한 말이 허언이 아님을 증명하는 것이었다. 매우 흥미로운 일이었다.

'재미있게 됐군. 한쪽은 정파가 오랜 세월 심혈을 기울여 키운 후기지수들이고, 다른 한쪽은 험난한 강호에서 실전을 통해 실력을 쌓아왔고…… 실력이 어느 쪽이 우위일지 모르나 일단 기세싸

움에서는 승패가 갈린 셈이군.'

"죽일 자신이 있으면 말로만 떠들지 말고 달려들어. 그것이 사내고 그것이 무사다. 무사는 칼로 제 자신을 증명해야 하는 것이다. 어때, 정파 애송이들! 특히 너! 자신 있으면 덤벼봐. 눈치 볼 것 없다. 여기서 네 손에 내 목이 달아나도 아무도 뭐라 할 사람은 없을 거다. 그 반대의 경우라면 내가 좀 골치 아파지겠지만 말이야."

그가 가리킨 사람은 화지령이었다. 화지령은 얼굴이 시뻘개져서는 숨을 헐떡거렸다. 흥분을 주체하지 못해서 전신을 부들부들 떨고 있었다. 화지령의 오른손이 허리에 찬 검집을 꽉 움켜쥐었다.

그걸 본 진청운이 말리려다가 그만 둔 것은 화지령의 얼굴을 보고나서다. 이건 말려서 될 일이 아니었다. 상대는 화지령을 직접 지목했고 대결을 요청했다.

이런 경우에는 사문의 존장이 와서 말리지 않는 한 누구도 나설 수 없는 일이기도 했다. 그것 자체가 화지령에게는 모욕을 주는 일일 수도 있는 일이었다. 진청운은 그 자신이 같은 상황이었어도 참지 못했을 것이라고 생각했다. 화지령은 순간 이성을 잃어버린 사람 같았다.

"애송이인지 아닌지는 겪어보면 알 일. 대결을 원한다면 얼마든지 상대해 주겠다."

"뭔가 착각하고 있군. 대결이라……. 네게 가르침을 주려는 것이다. 아니지 거기 죽 늘어서 있는 온실 속 화초들에게 강호가 어떤 곳인지를 가르쳐 주려는 것이지. 죽이지는 않으마. 아직 설익은 너를 죽여 버리면 사람들이 날 매정한 놈이라고 손가락질 하겠지. 클클."

"닥쳐라. 네놈이 방금 한 말이 얼마나 가당찮은 헛소리였는지를 깨닫게 해 주겠다."

이제는 누가 와도 두 사람의 대결을 막을 수 없을 것 같았다. 자리에 앉아 있던 청년이 여전히 웃는 낯으로 천천히 몸을 일으키는 순간 두 사람 사이에 껴 있던 사람들이 부리나케 일어나 자리를 피했다. 주변에 있는 사람들은 숨을 죽이고 누가 웃고 누가 울 것인가에 관심을 기울였다.

화지령이 검을 빼 든 순간까지도, 그리고 그가 화산파의 낙영검법(落英劍法) 중 호약어림(虎躍於林)에 이은 선풍요압(旋風搖壓)의 쾌검식을 펼치는 중에도 상대는 태연자약하기만 했다.

초식의 이름처럼 호랑이가 숲으로 뛰어들 듯이 단숨에 거리를 좁힌 화지령의 검이 허공에서 십여 개의 검영을 만들어내고 나서야 상대의 신형이 움직이기 시작했다. 아니 움직였다 느낀 순간 그의 몸은 순간적으로 화지령의 시야에서 종적을 감춰버렸다.

화지령은 이내 정신이 번쩍 들었다. 상대의 수를 보지도 않고 상대가 어떤 종류의 무공을 장기로 삼는지도 모르면서 무작정 허공으로 뛰어오른 것은 위험천만한 도박이 아닐 수 없었다.

그런 생각이 든 순간 화지령은 검을 회수해 뒤로 물리며 멀찍이 물러설 작정을 했다. 처음부터 다시 침착하게 상대를 살피며 상대하려는 속셈이었다. 그 순간 검영이 휘몰아치고 있는 위험천만한 공간 안으로 시커멓고 커다란 손 하나가 불쑥 뻗어오는 것이 보였다. 화지령은 그 순간 초식의 연계를 생각해낼 수 없었다.

너무도 급박했던 나머지 손목을 비틀어 검을 바깥쪽으로 크게 회전시켰을 따름이었다. 이제 곧 손이 날카로운 검 날에 싹둑 잘려 나가리라. 지켜보던 사람들의 대개가 그리 예상했을 때였다.

"어어."

어처구니없게도 상대의 큼지막한 손은 너무도 간단하게 화지령의 검을 쥔 손목을 움켜잡고 말았다. 졸지에 손목이 잡혀버린 화지령은 대경실색하며 손목을 틀어서 빼려고 시도했지만 그럴 수가 없었다.

그때는 이미 사내의 오른쪽 발이 매서운 바람을 일으키며 화지령의 두 발을 걸어 차올린 뒤였기 때문이다. 화지령의 몸이 손목을 중심으로 팽그르르 회전하더니 꼴사납게 바닥에 처박힌 것은 순식간의 일이었다.

침 삼키는 소리마저 들릴 정도로 장내는 일시에 조용해졌다. 놀라운 일이 아닐 수 없었다. 등에 큼지막한 칼을 매고 있는걸 보면 화지령을 제압한 자가 익힌 무공은 도법일 가능성이 컸다.

그런 그에게 도법도 아닌 금나수에 이리 맥없이 당할 줄은 화지령도. 그가 패하지 않을 거라고 철석같이 믿고 있던 후기지수들도 미처 예상하지 못한 일이었다. 화지령을 보기 좋게 바닥에 패대기친 청년이 한 걸음 뒤로 물러난 순간 그의 일행들의 입에서는 듣기 민망한 비웃음 소리가 흘러나왔다.

"풋. 정파가 십오 년간 공들여 키워 세상에 내놓은 오백 후기지수들이라더니 소문만 요란했지 이제 보니 무공의 기초도 제대로 익히지 못한 얼뜨기들이었구먼."

"푸하하하. 그러게 말이야. 이건 뭐 장터에서 재주를 부려 생계를 이어가는 약장수만도 못한 실력이라니, 해도 너무 하는군."

그들의 말은 분명 지나친 감이 있었지만 방금 전의 한수는 변명의 여지가 없는 완벽한 패배였다. 파천은 실소를 금할 수가 없었다. 화지령을 단숨에 제압한 상대는 놀랍게도 정파의 장로급에 해당하는 고수였다. 정파의 후기지수들 중에 그 정도 성취를 이룬 사람은 열 명도 채 안 된다. 진청운도 같은 생각을 하고 있던 참이었다.

'내가 나선다 해도 승부를 가늠할 수 없을 정도의 고수다. 대체 이자는 누구란 말인가?'

화지령은 큰 부상을 당한 것이 아니기에 벌떡 몸을 일으켰다. 그는 수치심에 얼굴이 발갛게 상기돼 있었다. 그가 재차 앞으로 돌진해 가려는 것을 본 진청운이 전음으로 말리고 나섰다.

『화 형, 놈은 고수요. 이길 수 없는 상대요.』

참으로 냉정한 말이 아닐 수 없었다. 네 실력으로는 절대 이길 수 없는 실력자다. 그런 말이 하필이면 진청운의 입에서 나왔기에 망정이지 다른 사람이었다면 화지령의 검이 그쪽을 먼저 향했을지도 모를 일이었다.

화지령은 진청운의 판단을 신뢰할 수밖에 없었다. 그렇다고는 해도 이대로 물러서고 싶지도 않았다.

처음과는 달리 차분하게 상대를 마주보고 있는 화지령을 보며 진청운은 낮게 한숨을 흘려냈다. 아까처럼 허망하게 패하는 일은 없을 것이다. 그렇다고는 해도 화지령이 이길 수 있는 상대가 아니라는 생각에는 변함이 없었다.

"나는 산동 백화문의 장령제자인 화지령이다. 너는 누구냐?"

"나? 나는 능추풍이다."

능추풍이란 이름이 흘러나오는 순간 주변에 있던 구경꾼들 중에 누군가가 신음하듯 중얼거리는 소리가 들렸다.

"잔백혈환(殘魄血丸) 능추풍(凌秋風)이다."

그 파장은 실로 대단했다.

오혈신교의 교주에게는 직속 친위대인 충성스런 조직이 둘 있었다. 그 조직은 각기 혈죽(血竹)과 홍매(紅梅)를 상징으로 하기에 혈죽단(血竹團)과 홍매단(紅梅團)이라고 불렸다.

그들은 모두 오혈신교에서 가려 뽑은 신진고수들로 구성되었으며, 실전을 통해서 고수가 된 사람들이기에 오혈신교 내에서도 자부심이 유독 강한 무사 집단이었다.

혈죽단과 홍매단의 지휘부는 오혈신교를 구성하고 있는 문파의 수장들과 관련이 깊은 사람들이었다. 제자도 있고 직계 혈족도 있었다.

그들은 모두 열서너 살이 되기 전에 오혈신교의 교주에게 보내졌고 이후 그들은 얼토당토않은 방식으로 생존력을 시험받아야만 했다. 오혈신교와 별 관련이 없음에도 불구하고 싸움이 있는 곳이라면 어디든 보내져 용병노릇을 하며 생존력을 시험받아야 했다.

그들은 당시의 실력으로는 도저히 죽일 수 없는 사람을 죽이라는 살인청부 명령을 받고 대책 없이 강호로 떠밀려야만 했다. 임무를 완수하면 교주는 상으로 무공을 하나씩 전수해 줬는데 그들은 피를 많이 흘릴수록, 더 많은 임무를 수행해 올수록 점점 강해져갔다.

오혈신교의 젊은 제자들이 우선적으로 목표로 삼는 곳이 혈죽단과 홍매단이고 보면 이들이 오혈신교에서 차지하고 있는 비중이 만만치 않음을 알 수 있다. 능추풍은 홍매단의 부단주 직책에 올라 있는 막강한 고수였는데. 그런 사람이 정파 후기지수들에게 시비를 걸고 나선 것이다.

　　상대가 잔백혈환 능추풍이란 사실을 알아버린 화지령은 얼굴이 창백하게 질려갔다. 상대는 이미 십여 년 전부터 강호에 명성을 날리고 있던 대표적인 신진고수였다.

　　아무리 자신이 정파가 공들여 키워온 오백 명의 기재 중 하나라고 해도 아직은 상대에 비해 중량감이 떨어지는 것이 사실이었다. 게다가 상대하기 껄끄러운 점은 그는 나이에 어울리지 않게 무수한 혈전을 치른 백전노장으로 취급받는다는 사실이었다.

　　사태의 심각성을 깨달은 진청운이 다급하게 진화에 나섰다.

　　"이제 보니 오혈신교가 자랑하는 홍매단의 능추풍 부단주셨구려. 인사드리겠습니다. 저는……"

　　"네가 누군지는 그다지 궁금하지도. 듣고 싶지도 않다. 네가 대신할 게 아니라면 참견 마라. 자. 이제 내가 누군지도 알았으니 좀 더 힘을 내야 할 게야. 나도 이제는 장난으로 대하기엔 글러 먹었으니 말이야. 홍매단에는 아주 고약한 규칙이 하나 있지. 홍매단의 이름으로 개입한 일은 잡음이 있어서는 안 된다는 것이다. 네겐 무척 불운한 일이다만 이제는 내가 죽든…… 네가 죽든 해야 할 것 같다. 날 원망 마라. 날 알아봐 버린 저자를 원망하도록."

　　중인들 사이에 숨어 이 흥미진진한 대결을 관전하고 있던 사람 하나가 얼굴이 사색이 되어서는 부리나케 아래층으로 사라지는 모습이 보였다.

잔백혈환 능추풍이 뜻을 분명히 하자 후기지수들이 분통을 터 트렸다. 한편 능추풍의 일행들도 상황이 엉뚱하게 전개되고 있다 고 느꼈던지 당황을 금치 못하고 있었다. 그들은 능추풍의 원래 사문인 혈랑곡의 제자들로서 능추풍이 오혈신교의 총단으로 보 내지기 전까지 어린 시절을 함께 했던 친구들이었다.

그가 비록 지금은 홍매단의 부단주로 자신들의 위치에서는 바 라볼 수 없는 까마득히 높은 곳에 자리한, 핵심적인 고수반열에 올랐지만 그런 것과는 관계없이 그들은 언제든 만나면 반가운 벗 일 따름이었다. 능추풍이 일을 너무 크게 벌리는 듯하자 친구들 이 말리고 나선 것이다.

"이것 보게 추풍이. 이만 하지. 장난이 과하면 뒷수습을 어찌 하려고 이러는가?"

"그러세. 정파와 본교가 힘을 합하기로 한 이 시점에 정파의 후 기지수들을 상하게 한다면 자네 입장도 곤란해질 게 아닌가? 이 쯤에서 그만 두세."

두 사람이 능추풍을 말리고 나선 것과는 대조적으로 일행 중 홍의여인은 오히려 능추풍을 부추기는 발언을 했다.

"겁쟁이들. 뭐가 무서워서 그래? 이럴 거면 시작을 말든가. 우 리가 언제부터 정파인의 눈치를 보면서 살았다고 그래? 정당한 대결에서 죽어나가는 건 비일비재한 일. 오혈신교의 신진고수를 대표하는 능추풍이 이깟 조무래기들을 겁내서 꼬리를 만다면 모 두가 비웃을 거야."

능추풍은 일행들의 대화를 귓등으로 흘리며 큰 소리로 말했다.

"뭐하고 있는 거냐? 나 능추풍은 싸울 의사도 없는 자를 죽였다는 소리를 듣고 싶지는 않다."

화지령은 도살장에 끌려가는 소처럼 어쩔 수 없이 앞으로 나섰다. 그는 솔직히 마음속으로는 나서고 싶지 않았다. 누가 말려줬으면 하는 바람도 간절했다. 아무리 생각해 봐도 승산이 없는 싸움이었다. 아직은 명성이 주는 부담감을 떨쳐낼 정도는 못됐던 것이다.

그때 별안간 진청운이 후기지수들을 향해 외쳤다.

"우리는 모두 생사고락을 함께하기로 한 동지다. 삶도 죽음도 함께한다."

놀라운 일이었다. 스무 명이 넘는 정파의 후기지수들이 비장한 얼굴로 병기를 뽑아든 것이다. 상황은 급박하게 돌아가고 있었다.

화지령을 홀로 죽게 하지 않겠다는 후기지수들의 결연한 의지는 오혈신교 고수들을 압박하기에는 매우 시의적절한 수단이었다. 다른 사람은 몰라도 능추풍의 반응은 확실히 달랐다.

"클클, 좋아. 모두 한꺼번에 덤비겠다고? 아직 젖도 못 뗀 어린아이를 죽이는 것 같아서 찜찜했는데 차라리 이게 훨씬 낫겠군. 좋다. 모두 한꺼번에 와라."

진청운도 제 자신이 동류들 중에는 꽤 뛰어나다는 자부심을 갖고 살았지만 저 정도의 과대망상을 품어본 적은 없었다. 솔직히 제 능력이 능추풍에 비해 크게 떨어진다는 생각은 들지 않았다.

막상 붙어보기 전에는 아무도 모르는 일이지만 기껏 차이가 나봐야 반수 정도일 것이다. 그런 걸 감안하면 지금의 저 태도는 무사의 꺾이지 않는 투혼쯤으로 봐주기에도 민망했다. 한마디로 정신 나간 사람처럼 보였다.

"능 선배, 진정 끝까지 피를 봐야만 하겠소? 장차 이 사건의 여파가 두 세력의 동맹에 지장을 초래한다 해도 후회하지 않을 자신이 있소?"

"내 알 바 아니다."

참으로 이상한 대답이 아닐 수 없었다. 오혈신교 교주의 친위대라는 홍매단의 부단주씩이나 되는 사람의 입에서 저런 무책임한 말이 나올 수 있다니.

능추풍의 등에 매어져 있던 칼이 저절로 빠져나와 주인의 손에 사뿐히 안착하는 것을 본 후기지수들의 얼굴엔 긴장감이 서렸다. 방금 펼친 한수만 보아도 그가 지닌 무위를 가늠할 수 있지 않겠는가.

진청운은 능추풍의 무기가 구환도라는 사실을 알고서 그의 외호가 왜 잔백혈환이라 불리는지 짐작할 수 있었다. 아직 초식을 펼치지도 않았는데도 칼등에 매달린 쇠고리들이 일제히 흔들리며 마치 방울을 흔드는 것 같은 소리를 내고 있었다. 그 소리를 듣고 있자니 이상하게도 자꾸만 가슴이 진탕되고 호흡이 거칠어지는 걸 느낀 진청운이 소리쳤다.

"소리에 현혹되지 마라. 저 소리에 마음을 빼앗기면 진기가 흐트러진다."

진청운이 경고를 했음에도 불구하고 그다지 큰 효과는 없었다. 구환도에서 울려 피지는 소리가 점차 커져갈수록 후기지수들 중 상당수가 집중을 못하고 애를 먹고 있었다.

능추풍은 뒤에 있는 옛 벗들에게 일렀다.

"너희는 이 일과 관련이 없으니 물러들 나라."

그들은 어찌할까 망설이다가 결국은 능추풍의 말에 따르기로 했다. 능추풍과는 달리 자신들은 정파인들과 충돌해 소란을 부리면 당장 목이 달아날지도 모르는 처지였다. 항주로 출정하기 하루 전 혈랑곡의 전 제자에게 하달된 주의사항 중에 누누이 강조됐던 부분이 여하한 경우라도 정파인들과 충돌하지 말라는 것이었다.

이유여하를 막론하고 소란을 부리는 자는 엄벌에 처해질 것이라 하지 않았던가. 그들은 목숨이 여벌로 있는 것이 아닌 이상에는 능추풍을 도울 수도 없는 입장이었다. 그들은 몇 걸음 물러서긴 했지만 마음만은 편치 않았다.

파천은 냉정하게 현 상황을 살폈다.

'능추풍이란 자는 강하긴 하지만 이들 모두를 물리칠 정도의 절세고수는 아니다. 능추풍도 무사할 수 없고 후기지수들도 반수 이상이 다치거나 죽거나 하겠군. 쓸데없는 자존심 싸움에 하나뿐인 목숨을 걸어 버린 건가? 한심하군. 이런 자들을 한 우리에 몰아넣는 일이 과연 가능하긴 한 걸까?'

파천은 제가 앞으로 하려는 일을 생각하자니 한숨부터 나올 지경이었다.

팽팽하게 대치하고 선 두 기운의 가운데로 파천이 걸어 나갔다. 딱 중간이었다. 파천의 느닷없는 행동은 팽팽하게 당겨져 있던 긴장감을 다소 완화시키는 작용을 했다. 의외의 인물이 의외의 순간에 나서자 모두는 어안이 벙벙해졌다.

그럼에도 서로는 끌어올린 기운을 도무지 회수할 생각은 없는 듯싶었다. 양측의 무사들이 뿜어내는 살기와 내력이 유형화 된 벽처럼 맞물려 있는 바로 그 지점에 태연하게 서 있는 파천을 수 상쩍게 생각하는 사람이 단 하나도 없었다. 파천은 특정인을 지목하지 않고 대치하고 선 양측 모두에게 충고했다.

"그만들 두는 게 어떻겠소? 여기서 누구 한 사람이라도 죽어나간다면 이쪽이나 저쪽이나 곤란한 입장에 처하는 건 마찬가지일 터. 명예로운 일에 고집을 부리는 것은 장하고 대견해 보이지만 이만한 일에 목숨을 거는 것은 스스로에 대한 모독이 아니겠소? 무사의 혼은 이런데 발휘하는 것이 아니라 생각하오만?"

나지막한 소리였다. 꾸짖음도 아니다. 비난도 아니었다. 그저 충고를 했을 따름이다. 사실 여기서 누가 죽어나가든 파천으로서는 아쉬울 일도, 안타까워할 일도 아니다. 제 일이 아닌 까닭이다. 신경 안 쓰면 그만이다.

대부분의 사람들이 제 일이 아니면 신경도 쓰지 않는다. 그런데 파천은 그럴 수가 없었다. 파천이 나서지 않아도 될 일에 나선 것은 그 자신에게 하필이면 이 상황을 반전시킬 능력이 있었기 때문이다.

그가 나서지 않으면 죽지 않아도 될 사람들이 죽는다. 그래서 나선 것이다. 만약 다른 마땅한 적임자가 있어 나서 주었다면 파천은 방관자로 남아 있었을 것이다.

이런 파천의 마음을 알 바 없는 사람들에게 파천은 그저 귀찮은 방해꾼일 따름이었다. 파천이 입을 열려는 찰나 삼층 입구 쪽에서 위엄이 서린 외침이 터져 나왔다.

"오혈신교의 제자들은 혈죽령을 받들라."

홍매단의 부단주에 이어 이번엔 혈죽령이란 말인가? 진청운을 비롯한 정파 후기지수들의 얼굴이 일그러졌다. 혈죽령이라면 혈죽단의 단주를 상징하는 영패였다.

홍매단의 단주와 혈죽단의 단주가 누군지를 아는 사람은 많지 않았다. 홍매단의 부단주인 능추풍이 강호에 알려져 있는 것에 비하면 매우 이상한 일기도 했다.

혈죽령과 홍매령은 동등한 권위를 지니고 있었지만 오혈신교 내의 서열상으로는 혈죽단의 단주가 앞서 있었다.

능추풍뿐만 아니라 그의 일행들 셋의 고개가 동시에 계단 쪽으로 급하게 돌아갔다. 그곳에 등장한 사람들은 뜻밖에도 파천도 본 적이 있는 인물들이었다.

혈랑곡의 오혈랑인 부벽철이 창신문의 제자로 있을 때 맺었던 원한을 갚고자 객점에서 난동을 부리자, 오혈신교의 엄격함을 입에 올리며 단죄한 청년과 그 청년의 주인인 듯싶었던 취의궁장 소녀가 다시 모습을 보인 것이다. 파천은 그들이 오혈신교에서 꽤 높은 직위에 있는 사람들일 거란 짐작을 했지만 설마하니 혈죽령의 주인일 줄은 예상치 못했던 일이다.

저 어린 소녀가 혈죽단주라면 누가 믿을 것인가? 뭔가 특별한 사연이 있지 않고서는 있을 수 없는 일이었다. 파천이 오혈신교의 내부사정에 대해 도통 아는 바가 없으니 그 이상을 짐작하기는 힘든 일이었다.

어쨌든 청년의 입에서 혈죽령이란 말이 나온 것은 틀림없었고 그 말을 들은 능추풍의 얼굴에 언뜻 당황하는 기색이 떠오른 것도 사실이었다.

혈죽령을 입에 올리며 능추풍 등에게 다가서고 있는 청년은 천후영이었다. 천후영은 부벽철을 한줌의 혈수로 녹여버렸을 때보다도 더 화가 나 있었다. 천후영이 능추풍이 비밀리에 항주로 잠입했을 거란 보고를 접했을 때 가장 먼저 떠올린 생각은 어쩌면 귀찮은 일이 생길지도 모르겠다는 염려였다.

아니나 다를까. 그 생각을 한 지 채 하루도 안 돼서 능추풍을 이런 불편한 자리에서 대면하게 된 것이다. 천후영이 능추풍을 알고 있듯이 능추풍도 천후영을 잘 알고 있었다. 서로는 잘 알고 있을 뿐만 아니라 앙숙과도 같은 사이였다.

능추풍은 언제나처럼 천후영을 철저하게 무시했고 천후영은 그런 능추풍을 잡아먹을 듯이 노려봤다. 능추풍의 시선은 자연스럽게 천후영을 지나쳐 뒤쪽에 서 있는 아름다운 소녀에게로 향했다. 혈죽령이라는 소리에 능추풍을 제외한 오혈신교의 제자들이 무릎을 바닥에 대며 권위에 복종한다는 뜻을 표했지만 능추풍만큼은 여전히 허리를 꼿꼿이 세우고 미동도 않고 있었다.

"영주께서…… 여긴 웬일이시오?"

능추풍은 애써 천후영을 무시하고 혈죽령의 주인을 바라봤다. 천후영의 검미가 꿈틀거린 것은 그가 자신을 무시했기 때문이 아니라 혈죽령에 경의를 표하지 않는 능추풍의 불손한 태도 때문이었다.

"능추풍, 무엄하다. 홍매단의 단주라 할지라도 혈죽령에는 존경을 표해야 한다는 길 모른단 말이더냐?"

"미친놈! 얼빠진 소리를 하는 것은 여전하군."

"죽고 싶은 게로군."

"네놈이야말로 영주가 아니었으면 진즉 내 손에 절단이 났을 것이다."

"누가 할 소리를 하는지 모르겠군. 영주께서 말리시지 않았다면 네놈이 지금까지 멀쩡했을 리가 없잖아."

취의궁장 소녀는 능추풍을 향해 똑바로 걸어가더니 이윽고 그 앞에 우뚝 섰다. 키가 작은 소녀가 키 큰 능추풍을 올려다보더니 해쭉 웃어 보였다.

짝.

예쁘고 작은 소녀의 손바닥이 능추풍의 뺨을 사정없이 후려친 소리가 장내를 맑게 울렸다. 설마하니 이리 느닷없이 제게 손찌검을 할 거라고는 생각지 못했던 능추풍은 속절없이 뺨을 얻어맞고야 말았다. 예상하지 못했다 해도 상대에게서 전혀 그런 기미조차 느끼지 못한 능추풍은 이 순간 내심 적지 않은 충격에 빠져들었다.

'궁단주의 무공이 어느새…… 이런 경지에…….'

고개가 휙 돌아간 채로 능추풍의 얼굴은 굳어버렸다.

소녀는 더 이상 능추풍에게는 관심도 없다는 듯이 병장기를 빼들고 있는 정파의 후기지수들 쪽을 바라봤다. 그녀는 서너 걸음 앞에 서 있는 파천을 향해 살짝 고개를 숙여 보였다. 파천은 그녀의 행동이 어떤 뜻을 담고 있는지 얼른 짐작이 가지 않았다.

"또 뵙는군요."

"그……렇구려."

파천은 그녀가 자신을 기억하고 있었다는 사실이 반갑기도 하고 놀랍기도 했다. 그런 내심의 변화에 파천은 당혹할 수밖에 없었다. 이런 상황에 그런 생각을 먼저 하는 걸로 봐서는 파천 역시 범인의 남자들과 다를 바가 없었다. 태고로부터 아름다운 여자를 대하는 사내의 태도는 별반 다를 게 없었다.

"저는 오혈신교의 제자인 궁서린이라 합니다."

"저는…… 파천입니다."

궁서린은 보통 사람이 이해하기에는 너무나도 엉뚱했다. 지금이 서로 통성명이나 하고 있을 때던가. 어떻게든 수습을 해 줄 생각은 않고 궁서린은 다시 파천에게 질문을 했다.

"공자님, 제게 고민이 하나 있습니다. 들어 보시겠습니까?"

파천은 그저 얼떨떨할 뿐이었다. 어쨌든 자신을 빤히 쳐다보고 있는 소녀를 실망시킬 수는 없었다.

"으음, 제가 도움이 될 수 있을지 모르겠군요."

"제 분수도 모르고 한없이 엇나가고 있는 수하들이 있습니다. 언제까지 용서와 관용을 베풀 거라고 믿고 있음인지 그들의 철없는 행동이 도가 지나쳐 이제는 그냥 두면 전체의 기강을 문란하게 만들 정도에 이르렀습니다. 그들을 치죄하자니 그간의 공이 두텁고 모른 척하자니 앞으로의 폐해가 걱정스럽습니다. 공자님이 저라면 어찌 하시겠습니까?"

"사지 중 하나에 병이 들었다고 해서 무턱대고 잘라내는 것이 능사는 아니겠지요. 그러나 그 병이 중하고 깊어 골수에까지 미친다면 잘라내지 않고서는 살 길이 없습니다. 병의 심한 정도를 봐서 처방을 해야겠지요. 그와 마찬가지라고 생각합니다. 그들이 비록 조직에 기여한 바가 크다고 해도 그 공로를 빌미 삼아 조직을 위태롭게 한다면 잘라내는 것이 마땅하겠지요. 그러나 그 전에 한번쯤은 돌이킬 기회를 주어야 아쉬움이 덜할 것 같군요."

파천은 궁서린의 질문이 능추풍 한 사람을 두고 한 말인지, 홍매단 전체를 두고 한 말인지는 알 수 없으나 그들이 혈죽단과 사이가 그리 썩 좋지 않다는 것만은 확실히 눈치챌 수 있었다. 궁서린은 고개를 끄덕이더니 능추풍을 쏘아보았다.

"너는 어찌 생각하느냐?"

능추풍은 궁서린과 눈도 마주치지 않는다.

"내 생각에는 변함이 없소. 나는 내일의 해를 보지 않아도 좋소. 반역자로 몰린다 해도 나는 내가 믿고 있는 신념대로 행동할 것이오. 내일 웃기 위해 오늘 우는 것이라면 그럴 수 있소. 그렇지만 내일도 모레도 웃을 일이 없는데 무작정 참으라고 한다면 단호히 거부할 것이오. 영주께서는 빠지시오. 도와주지는 못할망정 방해는 말아줬으면 좋겠소. 영주마저…… 적으로 맞서고 싶지는 않소."

파천은 능추풍의 말 속에서 매우 복잡한 상황이 오혈신교 내에서 벌어지고 있음을 알아챘다.

능추풍의 원망의 상대가 궁서린은 아닌 것처럼 보인다. 그렇다면 과연 그 대상은 누구란 말인가?

아직은 모를 일이었다. 궁서린과 천후영의 등장으로 일촉즉발의 긴장감은 해소되었지만 완전히 문제가 해결된 것은 아니었다. 적어도 정파 후기지수들은 그렇게 생각했다. 그 사실을 깨달은 궁서린이 이번에는 정파 후기지수들을 향해 양해를 구했다.

"여러분께는 뭐라 드릴 말씀이 없군요. 이 모든 일은 수하 단속을 잘못한 제게 있습니다. 나무란다면 달게 받겠습니다."

상대는 비록 나이가 연소하다 하더라도 오혈신교의 핵심적인 위치에 있는 혈죽단주였다. 사람은 높은 지위에 오를수록 제 잘못을 인정하기도, 남에게 고개 숙여 사과하기도 쉽지 않은 법이다.

자존심 때문이기도 하지만 조직을 대표하는 신분이기에 작은 것 하나에도 여러 상황을 따져야 하는 경우가 많기 때문이다. 그런 점에 비추어볼 때 궁서린의 사과는 매우 용기 있는 결단이었다.

진청운을 비롯한 정파 후기지수들은 자존심에 상처를 입었음에도 그걸 내세워 궁서린을 추궁할 순 없었다. 진청운은 궁서린의 사과를 받아들이기는 하되 아무 일도 없었다는 듯이 넘어갈 수도 없었다.

"단주님의 사과를 받아들이겠습니다. 저희도 이만한 일로 오혈신교와 정파간 동맹에 금이 가는 걸 원치 않습니다. 다만…… 능선배로부터 직접 사과는 받아야겠습니다. 그는 무고한 저희들에게 시비를 걸었고 정파 전체를 능멸하고 조롱했습니다. 그 일만은 그냥 묵과할 수 없는 일입니다."

진청운의 요구는 누가 봐도 정당한 것이었다. 궁서린은 능추풍이 사과를 할 위인이 못 된다는 것을 알고 있었다. 그렇다고 상대의 요구를 묵살할 수도 없었다. 궁서린은 속사정을 모르는 사람이라면 도저히 알아들을 수 없는 말을 했다.

"아직은 포기하기 이르다. 혈죽단은 홍매단과 운명을 같이 하기로 했다. 나를 신뢰한다면…… 따라줬으면 좋겠어."

그다지 특별할 것 없는 그 한마디 말에 능추풍의 입꼬리가 말려 올라갔다. 뱃속 깊은 곳에서 주체할 수 없는 뜨거운 것이 울컥 치밀어 오른 까닭이다. 괜히 눈물이 나려고 했다.

"젠장! 다 틀렸소. 아직도 희망을 품고 있다니, 영주는 참 바보요."

"어서 사과해. 너 하나 때문에 홍매단 전체가 나락으로 떨어지길 원하는 게 아니라면."

능추풍은 망설였지만 결론이 달라질 순 없었다.

"못하겠소. 차라리 영주 손으로 나를 처벌하시오."

천후영이 버럭 화를 냈다. 그러나 그는 감히 영주이자 주인인 궁서린 앞에서 화를 내지는 못하고 전음으로 능추풍에게 욕을 퍼부었다.

『이 개놈의 새끼가. 어디서 생떼를 부리고 지랄이야, 지랄이. 주인께서 네깟 놈이 부린 행패 때문에 정파, 그것도 새까만 후배들에게 고개를 숙이는데 네놈은 뭐가 잘났다고 고집을 부려! 어서 사과하지 못하겠냐?』

천후영은 전음으로 했지만 능추풍은 육성으로 맞대응했다.

"네놈이나 정신 차려! 영주를 이런 위험천만한 곳으로 모시고 오면 어쩌겠단 거냐? 정신 나간 놈 같으니라고."

"뭐, 뭐라? 적반하장도 유분수지, 개놈의 자식이 달린 주둥이라고 잘도 씨부렁대는군."

두 사람의 다툼은 더 이상 이어지지 못했다. 그들이 경우 따지지 않고 흥분하기를 잘하는 인물들이라 할지라도 영주를 눈앞에 두고 쌍욕을 해댈 수는 없지 않겠는가.

오혈신교 교주의 최측근이라 할 수 있는 혈죽령의 영주인 궁서린은 이마를 살짝 짚었다. 내부 갈등을 외부에 너무 적나라하게 내보인 것 같아 창피하기도 했지만 지금은 그런 걸 따질 때가 아니었다.

평상시 같았으면 능추풍의 노골적인 반감을 용납하지 않았으리라. 이해가 됐다. 그 마음이 얼마나 절실하고 다급한지 공감이 갔다. 의지할 곳 없고, 신뢰할 곳 하나 없이 내동댕이쳐진 것 같은 기분일 것이다. 그렇지 않아도 실의에 빠져 있을 그의 마음을 더 아프게 만들고 싶지 않았던 것이다.

현재 오혈신교는 매우 위급한 상황에 놓여 있었고 잘못하면 조직 전체가 두 동강 날지도 모를 갈등상황에 처해 있었다. 모두를 살리자면 여기서 궁서린이 해야 할 일은 한 가지였다. 능추풍을 진정시켜 어떻게 해서든 총단으로 복귀시키는 일이었다.

그러자면 그가 하고자 하는 일을 단념시켜야 했다. 하지만 죽기로 마음먹은 자를 설득하는 일은 불가능해 보였다. 어찌 할 것인지 망설이고 있는데 상황은 점점 그녀로서도 감당할 수 없는 지경으로 치달아가고 있었다.

"오호, 이게 누구시던가? 오혈신교가 자랑하는 젊은 고수 분들이 아니시던가?"

새로운 인물이 또 등장했다. 이번에는 밖에서가 아니라 안에서부터였다. 별원에 기거하고 있던 철우명이 소식을 듣고 나온 것이다.

"철검대협을 뵙습니다."

진청운을 위시한 정파의 후기지수들이 극진한 공경심을 담아

예를 표하는 것과는 대조적으로 오혈신교의 제자들은 똥이라도 씹은 듯 얼굴이 구겨졌다.

특히 능추풍의 태도는 지금까지와는 사뭇 달랐다. 그가 드러내고 있는 감정은 분명 적개심이었다. 철가장의 당대 장주이자 대협객으로 위명이 자자한 철우명을 마치 철천지원수 보듯 노려보고 있지 않은가?

철우명의 외호는 철검진천(鐵劍振天)이었다. 철가장이 시대를 초월한 보검을 만들어낼 수 있는 천하에 몇 안 되는 장인 가문이었음에도 그는 여느 병기점에서 쉽게 구할 수 있는 철검을 주로 애용했다.

그런 평범한 철검이라도 그의 손에 들리면 보검 못지않은 위력을 발휘하곤 해서 붙여진 별호였다.

철검진천 철우명은 자신을 향해 예를 표해 보이는 정파의 동량들을 바라보며 입가에 흐뭇한 미소를 지어 보였다.

"자네들도 와 있었구먼."

진청운은 예전 순회수련기간 동안 화산파에서 견식했던 철우명의 검법을 잊을 수가 없었다. 그는 자신보다 몇 살 많지도 않은 나이임에도 세월을 뛰어넘는 경지를 보여줘 후기지수들을 경악케 만든 장본인이었다.

파천은 파천대로 경악을 금치 못하고 있었다. 철우명 때문이 아니었다. 철우명이 대동하고 나타난 여인 때문이었다. 와룡장주의 서재 서랍에는 상백린이 아직까지 잊지 못하고 있는 옛 정혼녀의 초상화가 고이 모셔져 있었다.

상백린이 와룡장의 전권을 위임하는 조건으로 내세운 것이 그녀를 원래의 자리로 되돌려 달라는 것이었다. 시급하게 처리해야할 일이 마무리 되는대로 그녀를 찾아볼 생각이었는데 놀랍게도 그녀가 지금 파천의 눈앞에 떡하니 나타난 것이다. 그것도 철검 진천 철우명과 함께. 파천은 어리둥절해졌다.

'이를 어떻게 설명해야 하지? 그럼…… 상 장주의 정혼녀를 빼앗은 자가 다름 아닌 저 사람이란 말인가?'

그런데 분위기가 요상했다. 상백린의 말대로라면 그의 연적은 세상에 드문 흉악무도한 놈이어야 했다. 그런데 정파의 후기지수들이 대하는 태도만 봐서는 뭔가 오해가 있지 않나 싶은 생각마저 들 정도였다. 한 사람을 두고 이처럼 상반된 평가가 나올 수도 있을까 싶었다. 게다가 철우명이라는 인물이 어떤 사람이던가.

천향루에서 얻은 정보로 현 강호에서 활동하고 있는 주요 실력자들에 대해 어느 정도 파악하게 된 파천이다. 거기 기술된 정보가 사실만을 적재해놓은 것이라면, 철우명은 현 정파에서 최소 열손가락 안에 꼽을 만큼 영향력이 지대한 유력인사였다. 그런 실력자가 남의 여자를 빼앗는 파렴치한이라면 누가 과연 믿을 것인가.

철우명의 등장은 궁서린에게도 무척 난처한 일이었다. 철우명이 태평루에 거처를 정했다는 소식을 모르고 있던 능추풍과는 달리 미리 알고 있던 궁서린은 너무 시간을 지체해 일을 그르치게 됐다며 한탄했다.

철우명은 궁서린이 간여할 수 없도록 능추풍에게서 분리시키려는 속내를 드러냈나. 철우명은 궁서린이 압박감을 느낄 수 있을 만한 말을 먼저 꺼내놓았다.

"오혈신교에서 협조공문이 도착하였소. 그 내용인즉슨 오혈신교의 반역자들이 항주로 잠입해 소란을 부릴지도 모르니 각별히 유의해 달라는 내용이 골자를 이루고 있었소. 오혈신교에서 곧 추살대가 파견되지 않을까 싶었는데, 그 책임자가 영주였다니 참으로 의외구려. 하긴 가장 믿을 수 있는 사람을 보냈을 터이니 내가 참견할 바는 아니긴 하오만……."

말을 흐리면서 궁서린의 표정을 살피는 철우명을 향해 능추풍이 버럭 고함을 질렀다.

"닥쳐라, 이 천하의 악적 놈! 어서 영주를 내놔라. 네놈이 홍매단의 영주를 억압하고 그걸로 교주님을 압박한다 해서 모든 것이 네 뜻대로 되리라고 생각했다면 오산이다. 천하에 다시없을 간악한 놈! 뻔뻔하게도 협사인 양 행사하면서 뒤로는 이따위 간계나 꾸미다니, 정파인들이 대체로 앞과 뒤가 다르다는 건 익히 알고 있는 일이었지만 너 같은 잡종은 보다보다 처음 보는구나."

철우명을 대하는 능추풍의 증오심은 상백린에 버금갔다. 두 사람의 증오심은 연유 없는 것이 아니었다. 그렇지만 사정을 알 리 없는 정파 후기지수들이 보기에 능추풍은 정파에 쌓인 원한이 깊어 발악하는 것으로밖에 안 보였다.

사과를 해도 받아줄지 말지를 고민해야 할 처지거늘 이제는 아주 대놓고 정파를 비난하고 있지 않은가. 게다가 정파의 협사로 위명이 자자한 화산파의 고수에게 입에 담지 못할 욕설을 뱉고 있다.

저런 자를 용서해야 한다면 정파의 의기는 어디서 찾을 것인가? 진청운이 참지 못하고 맞고함을 친 것은 그가 경솔한 사람이기 때문이 아니다. 누구라도 그와 같았을 것이다.

"닥칠 사람은 바로 당신이다. 선배 대접을 해 줬더니 이제는 아주 미쳐서 발광을 하는구나. 오혈신교의 체면을 생각해서 없던 일로 하려 했는데 차마 그럴 수가 없다. 당신을 오늘 징계하지 않으면 두고두고 후환이 될 것이다."

그의 말이 신호가 되었는지 정파 후기지수들은 느슨하게 잡고 있던 병장기를 다시 고쳐 잡았다. 다급해진 궁서린이 나서려는데 철우명이 한발 빨랐다.

"영주는 나서지 마시오. 이자는 귀교의 반역자일 뿐 아니라 정파와 오혈신교의 동맹을 훼방 놓고자 하는 적의 간세일 가능성이 크오. 사로잡아 내 손으로 직접 문초하여 반드시 배후를 밝혀내고야 말겠소."

궁서린은 급했다.

"본교의 제자를 어찌 남의 손에 맡기겠습니까, 제가 직접……."

"어허, 영주라고 해서 혐의를 벗어날 수 없다는 사실을 명심해야 할 거요. 괜히 나서서 그런 의심을 살 생각이 아니라면 잠자코 계시오. 귀교의 교주로부터 이자의 처리를 임의로 해도 좋다는 동의서를 이미 받아두었으니 이제 영주에게는 아무런 권한이 없음을 미리 밝혀두는 바이오."

철우명의 손에서 떠난 서찰이 궁서린의 손으로 빨리듯 날아갔다. 궁서린은 교주의 서체를 확인하자 가슴이 철렁 내려앉았다.

'어찌, 어찌 이럴 수가. 교주께서는 진정 혈육을 살리기 위해 충성스러운 수하를 버리기로 하셨단 말인가. 어찌, 어찌 이런 일이…….'

눈앞이 아득해졌다. 궁서린의 입술이 덜덜 떨렸다. 능추풍의 칼을 잡은 손에 두드려져 보이는 혈관과 힘줄이 궁서린의 동공을 가득 채웠다.

궁서린은 고개를 저었다. 궁서린은 철우명의 진면목을 얼마 전에야 알게 됐다. 자신이 지금 나서서 고집을 부리면 능추풍은 탈출시킬 수 있을지도 모른다. 그러나 그리 하면 철우명은 곧장 그 모든 책임을 자신에게 돌릴 것이다. 지금 교주는 철우명의 요구를 무시할 입장이 못 됐다.

정의맹 창설에 오혈신교가 한 손을 거들게 된 것 역시 철우명의 작품이었다. 철우명은 목적을 위해서는 수단과 방법을 가리지 않는 냉혈한이었고 그가 지닌 정파 내에서의 입지나 배경은 궁서린으로서도 부담스러운 것이었다. 이러지도 저러지도 못하고 있다가 궁서린은 입술을 잘끈 깨물며 결심을 굳힌다.

『상황이 급박하니 토 달지 말고 시키는 대로 해라. 너는 일단 여기서 사로잡히면 안 된다. 그렇게 되면 정말로 너와 홍매단은 반역자로 몰려 참살을 면치 못하게 될 것이다. 그러니 일단 여기서 탈출하는 데 주력해라. 뒷일은 뒤에 가서 논의하더라도. 뭘 꾸물거리고 있어. 어서 탈출하지 않고.』

궁서린의 전음은 능추풍을 사정없이 뒤흔들었다. 그도 생각이 없는 사람이 아니다. 제 처지가 지금 어떤지도 알고 있었다. 하지만 원수가 눈앞에 있거늘 그 앞에서 꽁무니를 뺀다는 건 죽기보다 수치스런 일이었다. 궁서린의 다그침에 능추풍은 움찔 신형을 떨었다.

모처에서 대기하라는 교주의 명령을 어겼던 그 순간부터 능추풍은 이런 날을 예감했다. 그럼에도 능추풍은 결심을 바꿀 생각이 없었다.

능추풍이 결사항전의 각오로 항주로 향한 것은 단주를 구해내는 것이 첫 번째 목적이었고 가능하다면 철우명의 위선을 만천하에 드러내고자 함이 두 번째였다.

교주에게 항명하고 조직을 이탈하면서부터 그는 가장 먼저 총단이나 오혈신교의 예하문파가 추살대를 조직해 뒤를 따를 것이란 염려를 했지만 교주는 무슨 생각인지 그 사건 자체를 내부적으로도 비밀에 붙이고 있음을 여기 와서 친우들을 만나고 나서야 알게 됐다.

그때부터 능추풍은 제 화급함이 도리어 오혈신교에 누가 될지도 모르겠다는 생각을 했었지만 이제와 돌이키기엔 늦은 감이 있었다.

지금 여기서 철우명과 부딪혀 봐야 얻을 소득은 없었다. 단주의 신변을 확보하는 일이 우선이었다.

'하필이면 여기에 철우명이 웅크리고 있을 줄이야. 그 사실을 미처 몰랐던 게 실책이었다.'

능추풍은 고집스런 사람이었지만 무엇이 더 우선하는 가치인지 모르는 맹탕은 아니었다. 그는 마음을 굳힌 순간 평생을 갈고 닦은 제 칼에 마음을 담았다. 이제 믿을 것은 실전을 통해 쌓아온 제 실력뿐이었다. 평생의 공력을 이 한순간에 모을 기세였다.

"흐압!"

돌발적인 기합성에 이어 능추풍은 칼과 한 몸을 이룬 채 벼락처럼 철우명을 노리고 쏘아졌다. 철우명은 기다리고 있었다는 듯이 철검을 뽑지도 않고 검집째 휘둘렀다. 불똥이 사방으로 튀고 경풍이 사방을 날카롭게 휘저어놓는다.

한 번의 격돌로도 고수들은 상대의 내력과 무공의 경지를 가늠할 수 있는 법이다. 능추풍은 제 필생의 공력이 담긴 한수와 철우명의 검이 부딪히는 순간 하마터면 칼을 놓칠 뻔했다. 그것뿐만이 아니었다. 맞닿은 칼을 따라 들어온 음산한 내력은 능추풍의 내력을 흐트러뜨리는 작용도 동시에 했다.

능추풍은 이 한 번의 부딪힘만으로도 상대가 정면대결로는 승산이 별로 없는 강자라는 사실을 실감했다. 어차피 능추풍은 방금 한수로 철우명을 이 자리에서 어쩌겠다는 생각으로 공격한 것은 아니었다.

능추풍의 신형이 충격의 여파에 저항하지 않고, 연어가 강물을 거슬러 오르듯이 공기의 저항을 최소화하며 오히려 몸을 빼내 도주하기 시작하자, 철우명은 그의 의도를 알아채고는 비웃음을 날렸다.

"내게서 도망갈 생각을 하다니."

철우명의 검은 그의 말보다 빨랐다. 검집에서 검을 빼낸 철우명이 빠르게 능추풍을 따라붙으며 검을 허공에다 대고 사선으로 두 번 그었다. 초승달처럼 생긴 새파란 유형의 검기가 발출됐다. 막 창문을 지나가던 능추풍의 등은 무방비로 드러나 있는 상태였다.

이대로 등을 내주면 작지 않은 부상을 각오해야 한다. 능추풍은 전력을 다해 경신술을 전개하는 중에도 등 뒤에서 다가오는 위협적인 기운을 감지했지만 몸을 돌려 막거나 피하기에는 무리가 따른다고 생각했다. 그는 이를 악물고 속도를 배가했을 따름이었다. 이제 죽고 사는 것은 제 손을 떠난 셈이었다.

궁서린은 차마 더 두고 볼 수 없었던지 시선을 외면해 버렸고 능추풍과는 앙숙이라 할 수 있는 천후영조차도 입술을 실룩이며 감정을 추스르느라 애쓰는 눈치였다. 남의 손에, 그것도 정파인의 손에 능추풍이 당하는 꼴을 지켜봐야 하는 오혈신교의 제자들은 속이 쓰린 게 당연했다. 능추풍이 검기에 꿰뚫려 가볍지 않은 부상을 당하거나 그도 아니면 치명적인 상태가 될 게 자명하다고 모두가 예상하던 차였다.

태평루를 벗어난 허공 지점에서 무언가가 흐릿하게 생겨나는 것 같더니 그건 이내 믿을 수 없게도 사람의 모습으로 바뀌는 것이었다. 그리고 그 순간 검기는 어디로 사라졌는지 종적조차 찾을 수 없었다. 누군가가 거기 서 있었다. 허공을 평지처럼 밟고서 두둥실 떠 있는 것이었다. 눈을 씻고 다시 봐도 사람이 틀림없다.

그는 파천이었다.

길을 오가던 사람들도 허공 높이 사람이 두둥실 떠 있으니 난리가 난 건 당연했고 객점 안에 있던 사람들도 한동안 멍하니 파천을 쳐다보고만 있었다.

그런 반응은 객점의 이층이나 일층에서도 동시에 일어난 일이었다. 창가로 사람들이 모여들고 이리저리 고개를 내밀어 이 희귀한 장면을 놓치지 않기 위해 부산을 떤다. 대낮에 귀신이라도 본 듯싶어 놀라는 사람들이 부지기수였다.

식사를 하다, 술을 마시다, 수다를 떨다가 말도 못하고 손가락질하며 입을 못 다물고 충격에 빠져 있는 사람들은 한둘이 아니었다. 그 놀라운 장면은 태평루와 그 일대에 있는 사람들 모두를 단숨에 충격에 빠트려 버렸다.

능추풍은 반대편 지붕 위에 발을 디딘 뒤에야 돌아봤는데 그역시 현실에서 일어난 일이 아닌 것 같은 파천의 신위에 멀리 달아나야 한다는 사실도 잊어버린 채 멍하니 서 있었다.

사람이 허공에 잠시 떠 있는 것 같은 착각을 주는 일은 곧잘 일어난다. 경공술에 조예가 깊은 사람이라면 허공에 잠시 떠 있는 것은 가능했다. 또는 허공답보라고 해서 공중에서 걷듯이 천천히 움직이는 것도 가능하다.

매우 느리게 공중으로 오르거나 반대로 깃털처럼 천천히 하강하는 것 모두가 절세고수들이라면 펼칠 수 있는 기예들이었다. 그러나 지금 파천이 하고 있는 것처럼 허공에서 완벽하게 정지해 있는 것은 듣도 보도 못한 일이었고, 꿈에서조차 상상해 본 적이 없는 신기였다.

누구보다 이 상황을 받아들이기 힘든 사람은 철우명과 진청운이었다. 철우명은 제가 쏘아낸 검기를 별 힘 들이지 않고 무력화시켜 버린 일이 놀라워서였고 진청운은 의형제의 막내인 모용상인의 친우가 어찌 저런 놀라운 무위를 선보이는지가 믿어지지 않아서였다. 파천은 뒤쪽에서 자신을 쳐다보고 있을 능추풍에게 먼저 말을 건넸다.

"스스로 부끄러운 짓을 한 적이 없다면 도망가지 않아도 좋소. 당신을 누구도 해롭게 하지 못할 것이오."

능추풍은 파천의 말이 너무도 생경하게 들렸다. 누구도 저런 식으로 말하는 사람을 본 적이 없었다. 하늘처럼 믿었던 교주마저 다른 누군가, 또는 다른 세력의 눈치를 봐야 하는 상황에서 아무 거리낌 없이 저리 말할 수 있는 사람이 어찌 있을 수 있단 말인가?

게다가 정파와 오혈신교의 동맹을 주도한 철검진천 앞에서 말이다. 능추풍은 이대로 뒤돌아보지 말고 일단은 몸을 숨겨야 한다는 생각이 들었지만 한편으로는 저 믿어지지 않는 신위를 보여주고 있는 젊은 청년을 믿어보고 싶기도 했다.

'저 사람이라면 어쩌면……'

아직까지 자신에게 이런 순진한 마음이 남아 있었는가를 질책하면서도 그의 신형은 거짓말처럼 객점 안으로 다시 스며들고 있었다. 그가 움직인 순간 파천의 신형은 스르륵 허공을 미끄러지더니 객점 안 원래 자신이 서 있던 자리로 이동했다.

사람들은 이처럼 절대적인 무위를 보이는 신비인을 숨죽이며 주목했다. 이 자리의 주도권은 이제 능추풍도 아니고 혈죽령주도 아니었으며, 철우명도 아닌 파천이 거머쥔 셈이었다.

철우명 역시 충격을 받은 것은 마찬가지여서 이 상식 밖의 인물이 갑자기 어디서 튀어나왔는지 몰라 당황하고 있는 중이었다. 파천은 강호의 상황이 그가 파악하고 있는 것 이상으로 매우 복잡하게 얽혀 있음을 알게 됐다.

무림은 거대한 몇 개의 세력으로 합쳐져 가고 있는 듯 보이지만 실상은 보이지 않는 곳에서 추잡한 음모와 간계가 횡행하고 있어 서로 불신이 더 깊어지고, 분열이 극심해져가고 있음을 이제야 확신하게 된 것이다.

정파와 오혈신교가 동맹해 하나의 세력으로 거듭나는 것을 파천은 긍정적으로 생각했다. 사파가 대동단결해 이전에도 없었고 이후에도 없을 거대한 세력으로 일어서는 것 또한 반겼다. 이왕이면 마도도 그리 됐으면 좋겠다는 생각을 했다. 어차피 무림은 하나로 합쳐져야 하고 그리 돼야만 다른 종족의 침략에 대응할 힘이 생긴다.

누가 주도하느냐는 사실 그리 중요한 것이 아닐지도 모른다. 그런데 파천은 이제 생각을 달리 품을 수밖에 없었다. 의인들이 억울하게 죽음을 맞고 악인들이 힘을 얻게 될지도 모른다는 생각이 불쑥 든 것이다.

잠시 방치하면서 각각의 세력들이 뭉칠 수 있도록 도울 생각이 었는데, 힘 있고 능력 있는 사람들 모두가 각각의 평계로 방임하면 억울한 희생자들이 생겨날 수도 있겠다는 생각이 든 것이다. 그 수가 늘어날수록 사람들의 마음은 불신으로 가득 차 두꺼운 벽을 쌓게 될 것이고 대동단결은 물 건너간 일이 되기 쉬웠다.

지금 하지 못할 일은 나중에 가서도 하지 못한다.

파천은 그런 신념을 되새기며 잠시라도 방관자가 되기로 했던 자신을 나무랐다.

'내가 발을 딛고 살아 숨 쉬는 이곳이 내 세상이지 않은가? 이 세상은 결국 내가 없으면 아무런 의미도 없는, 내가 주인공인 세상이다. 비겁하게 군중에 숨어 이득을 취하지는 않겠다. 가다가 깨지면 어쩔 수 없는 일. 거기까지가 내 역할이겠지.'

파천의 마음을 바꿔놓는데 일조한 여인, 즉 자운경은 그 자신이 그런 중대한 역할을 했는지도 모른 채 철우명의 그늘 속에 숨어 있었다. 그녀는 사실 눈앞에서 벌어지고 있는 일 따위에는 그다지 관심도 없었다. 파천이 그녀를 슬쩍 일별하는 동안 정신을 수습한 철우명이 지금까지의 태도와는 달리 포권을 취해 보이며 조심스럽게 입을 뗐다.

"귀공의 무공은 참으로 놀랍기만 하구려. 실례가 안 된다면 존성대명을 여쭤 봐도 되겠습니까?"

철우명은 방금 전까지는 거들떠보지도 않더니 이제는 듣는 사람들이 낯이 간지러울 지경으로 몸을 낮추고 있다. 파천은 속마음이야 어떻든 진실이 밝혀질 때까지는 그를 함부로 대할 순 없었다.

"와룡장의 신임 장주인…… 파천이라 합니다."

와룡장의 신임 장주! 파천은 그 말에 힘을 주며 철우명의 뒤에 서 있는 여인의 얼굴을 살폈다. 순간 여인의 얼굴은 새파랗게 질려갔다.

그녀는 아마도 파천이 내뱉은 신임 장주라는 말에 엉뚱한 상상이라도 한 듯싶었다. 와룡장과 깊은 연관이 있을지도 모를 또 한 사람인 철우명의 반응 역시 예사롭지는 않다. 그는 미심쩍은 표정으로 파천을 바라보며 다시 한 번 더 확인했다.

"방금…… 와룡장의 신임 장주라고 하셨습니까?"

"분명히 그렇게 말했지요."

"와룡장의 장주는 상 씨 성을 지닌 걸로 알고 있습니다만."

"호, 어찌 그리 잘 아십니까? 와룡장의 장주에 대해서 강호에서 제대로 알고 있는 인사가 드문 줄 알았는데, 꼭 그렇지만은 않나 봅니다. 역시 철 대협의 견식은 바다보다 깊고 하늘보다 높음이 드러나는구려."

한 번 의심의 눈길로 바라보기 시작하자 모든 게 삐딱하게 보였다. 그러니 자연 파천의 말도 고울 수가 없었다. 그런 걸 느꼈지만 철우명의 얼굴에는 미소가 걷히지 않았다.

"과찬의 말씀이십니다. 그런데 어찌 강호인도 아니신 와룡장의 장주께서 무림공적을 비호하고 나서는지 저는 도통 모르겠습니다."

어느새 능추풍이 무림공적이 되었더란 말인가. 능추풍뿐만 아니라 오혈신교 제자들은 철우명의 뻔뻔함에 혀를 내두를 지경이었다.

파천은 이미 마음을 굳힌 뒤였다. 몰랐다면 번거로움을 피하기 위해서라도 모른 척했겠지만 이제는 그럴 마음이 조금도 들지 않는다.

"장차 이번 일로 인해 와룡장에 큰 화가 닥치지 않을까…… 저는 그것이 걱정스러울 따름입니다. 원래 강호의 일이란 게 그렇습니다. 특히 무림공적에 연루되면 무림 대파라도 손을 빼기 마련입니다. 감당하실 수 있으시겠습니까?"

협박이었다. '장시치가 나설 자리가 아니니 이쯤에서 손 털고 물러서라'는 뜻이 고스란히 담겨 있었다. 그런데도 예를 차리고 나선 것은 조금 전 본 파천의 불가해한 무공 때문이었다. 파천은 호탕하게 웃었다.

"하하하하. 말씀대로 저도 그것이 걱정입니다. 한낱 장사치인 제가 강호에 위명이 쟁쟁하신 여러 대협들의 체면을 상하게 하지나 않을까, 심려가 되는군요. 그런데 어쩌지요? 제가 원래 좀 그렇습니다. 나서지 않았으면 모를까, 이왕 나선 일에는 시시비비

를 분명하게 가리고서야 물러서는, 아주 고약한 성질을 지니고
있지요. 의혹이 풀릴 때까지는 손을 떼고 싶어도 그럴 수 없음을
미리 밝혀두겠습니다."

두 사람은 비록 웃는 얼굴로 서로를 대하고 있었지만 대치상황
은 명백했고, 그 분위기는 팽팽했다. 철우명의 어조는 조금 더 강
하게 바뀌어갔다.

"이건 장난이 아닙니다. 예로부터 무림맹이 하는 일을 반대하
고 온전했던 문파가 없었습니다. 무림공적을 비호하면 장주께서
도 무림공적이 되실 텐데…… 그래도 고집을 부리실 겁니까?"

대개 심계를 쓰며 말로 위협만 하는 상대를 상대하는 데는 참
으로 큰 인내심이 필요하다. 이런 자는 수하로 두어도 골치 아프
다. 앞에서는 복종하는 체하면서 뒤에서는 뒤통수를 칠 궁리만
하는 면종후언(面從後言)의 유형이기 때문이다.

그는 실수인지 의도적인 건지 모르지만 정의맹을 두고 무림맹
이라고 칭했다. 저들이 이루고자 하는 야심의 최종 종착지가 엿
보이는 대목이 아닐 수 없었다. 파천은 상대가 적의를 확실히 표
했다고 믿었기에 그도 조금 편한 마음으로 상대할 수 있었다.

"할 수 있다면 해 보시오. 나는 대협처럼 달리 믿는 배경이 없
으나 무엇보다 확실한 내 스스로를 믿소. 뼈다귀도 튼튼하고 살
가죽도 질겨서 웬만해선 처리하기 힘이 들 거요. 분명히 말해 두
는데, 날 향해 칼을 뺄 때는 심사숙고해야 할 거요. 계절은 다시
돌아오지만 한번 떨어진 꽃의 잎사귀는 붙일 수 없는 법이오.

그리고…… 대협께서 뒤가 구린 게 없다면 지금처럼 당당하셔
도 무방하오. 그런 게 아니라면…… 다시 날 만나지 않도록 조심

하시오. 진실이 밝혀지면 오늘처럼 멀쩡하게 웃는 낯을 해 보일 수 없을 테니."

경고였다. 파천의 그 말은 철우명의 웃는 얼굴을 단숨에 경직시켜 버렸다. 그도 역시 사람인지라 면전에서 욕설을 하는 것은 참아낼 수 있어도 무시를 당하거나 체면을 구기게 되면 참을 수 없나 보다. 아직까지 제 면전에서 저런 식으로 말하는 사람을 한 번도 만나본 적이 없어서 더욱 그랬는지도 모르겠다.

파천은 능추풍 등을 바라보며 말했다.

"여러분을 본장으로 초대해 듣고 싶은 얘기가 많습니다. 제 부탁을 들어주시겠습니까?"

궁서린은 철우명의 눈치가 있는지라 쉽게 대답할 처지가 못됐지만 능추풍은 머리 숙여 부탁이라도 해야 할 입장이었다.

"그리 해 주신다면 감사히 초청에 응하겠습니다."

능추풍이 속 시원하게 대답한 것과 달리 궁서린은 조금 뜸을 들였다. 하지만 그녀는 무슨 생각을 했는지 살포시 웃으며 고개를 끄덕여 보였다.

파천은 등 뒤의 철우명이 어떤 표정을 하고 자신을 노려보고 있는지 따위엔 관심도 없었다. 대신 두 사람에게 차례로 전음을 보냈을 따름이다.

『조만간 다시 만날 날이 있을 것이오. 돌이키고 싶은 것이 있다면 그때가 마지막 기회가 될 터이니…… 마음을 결정해 주셨으면 좋겠소. 그래야 내가 행동하기 편할 테니 말이오.』

『진 형, 부탁이 있습니다. 모용상인이 오거든 와룡장으로 와달라고 꼭 전해 주십시오. 아주 중요한 일입니다. 괜찮다면 형제들이 함께 오셔도 좋습니다. 그럼 그때 뵙겠습니다.」

하나는 상백린의 정혼녀였던 자운경에게 한 것이고, 또 하나는 진청운에게 보낸 것이다. 파천은 이후 능추풍과 궁서린, 천후영을 앞세우고 아래층으로 움직였다.

철우명은 몇 번인가 입술을 달싹였지만 차마 다음 말을 꺼내놓지 못했다. 일대에 포진하고 있는 수하들을 동원할 수도 있는 일이었지만 그렇게 한다 해도 저 오만한 와룡장주를 막아설 자신이 없었던 것이다. 그는 생애에 어느 특정인에게 이처럼 큰 살의를 품어본 적이 없었다.

'죽인다. 내 반드시 네놈을 죽이고야 말겠다. 이처럼 많은 사람들 앞에서 개망신을 주다니…… 결단코 용서하지 않으마. 와룡장이 네 무덤이 되게 만들어주겠다.'

철검진천 철우명의 속마음을 알길 없는 후기지수들은 어찌 할지 모르고 눈치만 봤다.

한편 주변에서 일련의 사건을 목도한 사람들은 철검진천이 와룡장의 장주에게 겁을 먹고 양보했다는 소식을 저마다 가슴 속에 품고서 제 갈 길로 흩어져 갔다. 이내 이 소문은 항주에 와 있는 강호인들 태반에게 전해질 것이 틀림없었다.

제 3 장

파천의 신위

역시 소문이란 빠르다. 그리고 소문이란 항시 진실과 거짓이 적당히 버무려져 전해지기 마련인가 보다. 전달한 사람들이 어느 쪽을 지지하는가에 따라 향방이 갈리기도 한다.

이번엔 외룡징의 장주 쪽이 더 많은 지지를 받았는지 그는 혼잡한 무림에 혜성처럼 등장한 영웅처럼 묘사되었고, 그와는 반대로 철우명은 강대한 세력을 등에 업고 약자를 억압하는 폭군처럼 그려졌으며, 마치 파천과 운명의 대척점에 서 있는 것처럼 이야기가 흐르고 있다는 점이 매우 특이했다.

세상의 인심이란 것이 변덕이 심하다는 것을 극명하게 보여주는 예나 다름없었다. 철우명이 졸지에 만인에게 칭송받는 협사에서 권력을 빙자해 불의를 일삼는 부패한 지도층으로 추락해 버렸으니, 세상사 알다가도 모를 일이었다.

태평루에서 한바탕 소란이 일어났던 그날 밤, 와룡장을 찾은 여섯 사람이 있었다. 모용상인과 의형제들 중에 악다문과 백초림을 뺀 다섯 명과 오랜만에 강호에 모습을 보인 전대의 소림사 장경각주인 굉천대사가 포함된 일행이었다. 여섯 사람은 파천이 준비한 정성스런 저녁 식사를 함께했고 다과를 앞에 두고 마주 앉아 이런저런 얘기꽃을 피웠다.

파천은 현 무림의 정세와 장차 자신이 어떤 일을 도모하고 있는지에 대해 털어놓을 심산이었다. 그런데 자꾸만 좌중의 관심이 낮에 있었던 객점 사건으로 모아지자 하는 수 없이 그 얘기부터 꺼내야만 했다.

모용상인이 파천의 친구 아니랄까봐 낮에 있었던 객점의 일을 잘 모르면서도 변호부터 하고 나섰기에 파천이 어쩔 수 없이 털어놓게 된 것이다.

파천이 알고 있는 한도 내에서 덜지도 않고 더하지도 않은 사실만을 얘기했는데도 사람들은 믿을 수 없다는 표정이었다. 특히 모용상인의 의형들 반응은 한결같았다..

"철 대협이 그런 인면수심의 사람일 리가 없습니다. 뭔가 오해가 있을 겁니다."

저 정도로 신임이 두텁다면 더 강조해 봤자 오히려 역효과만 난다. 파천은 잠자코 가만있었다. 대신 굉천대사가 상황을 정리했다.

"사람 속이야 평생을 함께 산 부부라도 다 안다고 할 수 없으니 그리 장담할 건 못되지."

진청운은 속이 답답했다. 만약 파천이 말한 대로 철우명이 그런 간악한 자라면 정의맹 창설에도 자신들이 모르는 암운이 드리워져 있을지도 모르는 일이 아니던가?

"그럼 대사님께서는 화산파 장문인의 사제인 철 대협께서 오혈신교의 홍매단주를 납치했을 뿐만 아니라 그의 목숨으로 협박을 해서 동맹을 끌어냈다는 능추풍의 주장이 사실이란 말씀이십니까? 게다가 와룡장 장주의 정혼녀를 빼앗았다는 것은…… 도저히 믿을 수가 없는 일입니다. 그 정도 위치에 있는 사람이 뭐가 아쉬워서 그런 일을 한다는 것인지."

맹자명도 같은 생각이었다.

"그러게 말입니다. 게다가 그것이 설사 사실이라 해도…… 남녀의 일이니 크게 흠이 될 건 없다고 봅니다."

팔은 안으로 굽고 가재는 게 편이라더니 비교적 편견이 없고 트인 사람들이라 할 수 있는 이들마저 오혈신교의 사람들 말은 도무지 믿으려 들지 않는다. 파천은 답답했다.

"제가 여러분을 설득하고자 드린 말씀이 아닙니다. 남녀의 일이니 그럴 수도 있지 않느냐는 맹 협사님의 말씀 역시 동감합니다. 또한 오혈신교 제자들의 주장이 거짓일 수도 있겠지요. 제가 드리고 싶은 말씀은 철우명 장주의 행사가 진실로 그와 같았음이 밝혀진다면 그를 정파에서 어찌 처리할 것인가가 궁금한 겁니다. 그를 과연 정파에서 내치거나 징계할 의지가 있을까 하는 부분과 과연 그와 같은 일을 누가 하겠느냐는 겁니다."

모용상인이 되물었다.

"네 말이 잘 이해가 안 되는데? 그럼 넌 설마하니 모든 사실이 백일하에 드러났음에도 불구하고…… 그냥 묻어두고 갈지도 모른단 뜻이냐?"

"왜 아닐 것 같아?"

"그럴 리가. 그 많은 눈과 귀는 어떻게 감당하려고. 손바닥으로 하늘을 가릴 수는 없는 법이다."

"검성이 맹주가 되고 그런 그가 철가장주를 두둔하고 나선다면? 그때도 그를 처벌하자고 주장하는 사람이 있을까? 난 아닐 거라 보는데? 적당히 덮고 가자는 사람이 더 많을 것 같다."

모용상인도 얼른 대답을 못했다. 그럴 수도 있겠단 생각이 들었기 때문이다. 지금만 봐도 정파의 명숙이나 각파의 수장들조차 검성에게 불만이 있어도 제대로 항의조차 못하고 있는 실정이지 않던가?

그의 독단을 알면서도 묵인한다는 것은 자파에 손해가 될 일은 하지 않겠노라는 뜻이기도 했다. 검성의 눈 밖에 나서 좋을 게 없다는 건 누구라도 알 수 있는 일이지 않은가. 파천의 견해에 제대로 된 대답을 해 줄 사람은 여기서 굉천대사뿐이었다.

"장주의 말씀이 맞소. 자파에 손해가 날 거라는 걸 알면서도 용기를 낼 사람은 드물지요. 화산파 장문인의 사제인데다 검성의 심복이나 다름없는 철 시주를 누가 감히 탄핵하거나 비난할 수 있겠습니까.

하지만…… 큰 흠이 드러나 그의 인물됨이 편협하고 간악함이 증명된다면, 또한 그의 지난 행적이 깨끗하지 못하다면 그런 그에게 중임을 맡길 수는 없는 노릇이지요. 당연 그에 대한 질타와 비난이 뒤따를 겁니다. 정파인들이라 해서 늘 의롭다 할 수는 없 겠지만 적어도 정의를 실천하려는 의지만은 확고합니다. 믿어 주셔도 됩니다."

굉천은 솔직히 지금 하고 싶은 말이 무척 많았다. 얼마 전에야 파천이 천황의 직임을 정식으로 이어받았다는 사실을 사형에게 듣지 않았던가. 그가 당대의 천황이라는 것은 무척이나 중요한 사실이었다.

굉천은 파천이 왜 천황의 신분을 내세우지 않고 엉뚱하게도 와룡장의 장주를 자처하면서 무림에 등장했는지가 너무 궁금했다. 심지어 굉천은 파천이 정식으로 자신을 알리고 맹주를 맡아줬으면 좋겠다는 생각까지 하고 있는 중이었다.

이미 사형제지간에 한 차례 거론한 얘기지만 굉천대사는 말할 것도 없고 소림사 최고의 고승인 굉지대사조차 파천이 정의맹주에 도전해 보기를 은근히 바라고 있었다. 그러면 충분히 검성에 대한 대항마로 손색이 없을 것이란 게 두 고승의 판단이었다.

단지 무공성취에 대한 확신이 없어 정파의 원로들에게 그와 같은 의지를 천명하지 못했지만 굉천이 오늘 접한 얘기가 사실이라면 무공 역시 천황이라는 이름에 손색없을 것이 아니던가.

굉천은 그 일을 성사시키고자 이곳을 찾은 것이다. 그런데 다른 후기지수들이 함께 있는 자리에서 거론할 일이 아니라 언급을 못하고 있을 따름이었다.

파천이 모용상인의 의형들에게 만약 철우명의 행실이 깨끗하지 못하다면 그때는 어쩌겠느냐는 말을 써내자 진청운은 망설이지도 않고 대답했다.

"사실로 드러나면 말할 것도 없지요. 어찌 그런 자에게 정파의 운명을 맡길 수가 있겠습니까."

지금 철우명이 정의맹의 요직을 차지할 것이란 것은 자명했다. 검성이 맹주가 된다면 군사가 될지도 모른다는 추측까지 나돌고 있는 실정이었다.

굉천대사는 물었다.

"장주께서는 어느 정도 확신하십니까?"

"열에 아홉 정도는 확신하고 있습니다."

놀라운 말이었다. 더 놀라운 일은 굉천대사의 대답이었다.

"저 또한 장주님을 믿습니다. 아무 근거 없이 그런 확신을 할 분이 아닌 걸 저 또한 확신하고 있습니다."

모용상인까지 가세했다.

"네가 그리 봤다면 맞겠지. 이거 엄청난 사건이긴 한데…… 네 생각보다도 더 힘든 싸움이 될 거야."

두 사람이 확고한 의지를 나타낸 것과는 달리 나머지 사람들은 신중했다. 아직은 좀 더 상황의 추이를 지켜보자는 쪽이었다. 하지만 굉천대사와 막내인 모용상인의 가담은 그들의 마음을 급격하게 기울어지게 만들었다. 모용상인은 궁금했다.

"그래서 이제 어쩔 건데? 설마 오혈신교 사람들을 앞세워 여론을 형성할 생각은 아니겠지? 그건 오히려 역효과가 날 수도 있다."

"밝혀내야지."

"어떻게?"

"먼저 홍매단주를 찾아내야지."

"찾아낸다 해도 철 장주가 연관성을 부인해 버리면 그만일 거 같은데?"

"다각도로 들쑤셔 볼 생각이다. 캐보다 보면 뭐라도 나오겠지."

너무 막연했다. 꼬투리를 잡아내지 못한다면 오히려 파천이 곤경에 처할 것이란 건 자명했다.

"난 무조건 네 편이다. 도울 일이 있으면 언제든 얘기해다오."

두 친구의 모습은 나머지 후기지수들의 마음까지도 뜨겁게 만드는 힘이 있었다. 무조건적인 신뢰란 쉽게 생기는 게 아니다. 모용상인을 오래 지켜본 의형들은 파천에게 어떤 힘이 있어 막내가 저리 맹목적으로 믿음을 표하는지 모르겠다는 표정들이었다.

*　　*　　*

다 돌아가고 모용상인과 굉천만 남았다. 모용상인의 의형들은 이미 거처를 정해 둔 모양인지 한사코 와룡장에 머무는 걸 거절했지만 모용상인과 굉천은 항주에서의 일이 끝날 때까지 와룡장에 머물기로 했다.

굉천은 파천이 천황의 지위를 내세우지 않고 와룡장의 장주라는, 납득하기 힘든 신분으로 무림에 등장하고 또한 이후 행보를 시작하려 한다는 것을 듣고 조심스럽게 충고를 했다.

왜 굳이 어려운 길을 가려는 것인지 모르겠다는 말도 했다. 그가 천황이라는, 무림사에 매우 특별하고 위대한 신분을 내세운다면 그기 하려는 일늘이 지금보다는 수월할 수 있었다.

대개의 무림 문파들이 그렇듯 역사와 전통에 대한 뿌리 깊은 숭앙과 편견은 하루아침에 허물 수 있는 것이 아니었다.

소림사와 무당파가 당대에 완성된 세력이라면 그들의 한 마디는 큰 힘을 발휘할 수 없었을 것이다. 검성이 정파에 기반을 둔 강자이기에 지금과 같은 영향력을 발휘할 수 있는 것도 그런 맥락에서 이해될 수 있다.

하지만 그와는 비교할 수 없을 정도로 천황은 무림사에서 유일하게 정파와 마도를 아우르는 매우 특별한 지위를 지니고 있다. 남들은 가지지 못해 안달일 텐데 파천은 가지고 있는 것조차 누리지 않으려고 하니 답답했던 것이다.

파천의 생각은 두 사람과 달랐다. 지금 천황의 신분으로 세상에 나서게 되면 몇 가지 위험과 불리함을 감수해야만 했다. 하나는 환혼자들의 집중적인 견제를 받는다는 것이다. 통합된 세력을 거머쥐고 있을 때라면 큰 문제가 되지 않지만 지금 단계라면 상당히 곤란해질 것으로 본 것이다.

두 번째는 뜻을 함께하는 사람들을 가려내는 것이 어려워진다는 점이었다. 천황이란 직위를 업고서 제 야심을 이루고자 하는 사람들을 무슨 수로 가려낼 수 있겠는가. 파천은 아쉬워하는 굉천을 '옥석을 가릴 시간까지' 라는 단서를 달아서 돌려보냈다.

야심한 시각, 파천과 모용상인이 오랜만에 마주앉아 있었다. 파천은 모용상인이 얼마 지나지 않은 시간 동안 상당히 많은 부분에서 달라졌다고 느꼈다.

손을 대면 베일 것 같은 강하고 압도적인 기세를 온몸에서 뿜어내고 있었다. 저 기운이 좀 더 누그러지고 몸 안으로 갈무리 되면 모용상인은 그제야 그가 원하는 일을 제 손으로 이룰 수 있게 될 것이다. 그런 생각을 하고 있자니 친구인 모용상인이 뿌듯하고 대견스러웠다.

"짜식, 몰라보게 달라졌어."

의형들 앞에서나 다른 후기지수들 앞에서는 그리 당당하고 의젓해 보이던 모용상인도 파천 앞에서는 어린 시절 흙장난하면서 낄낄거리던 꼬맹이로 돌아갔다. 파천의 칭찬에 쑥스러웠던 탓인지 뒷머리를 긁적이며 얼굴을 살짝 붉혔다.

"흠흠, 내가 좀 멋있어지긴 했지."

"놀랐다."

"뭐가?"

"이렇게 빨리 출관할 줄은 몰랐다."

"말도 마라. 무리하느라 자칫했으면 죽을 뻔했다."

"마음이 급했었나 보군."

모용상인의 얼굴이 돌연 숙연해졌다.

"잊을 수 없었다. 숙부의 마지막 모습이 내내 머릿속에서 떠나질 않더라. 그간 우리 가문이 당했던 수모들……. 그건 결국 우리가 약했기 때문이란 결론뿐이더군. 강해지지 않으면 도태된다. 기회가 왔을 때 날 단련해 두지 못하면 나 또한 숙부님처럼 억울하게 생을 마감하겠지. 이제 나 하나 남았다. 모용가의 직계는 나 하나뿐이다. 보여주고 싶다. 그동안 본가를 무시하고 멸시했던 자들에게 나, 모용상인이 어떤 사람인지를 똑똑히 보여주고 말겠어,"

파천은 가슴 한쪽이 시큰했다. 상인의 절박한 심정이 고스란히 전달됐다. 파천은 차마 제 입으로 남궁세가와의 관련성에 대해서 털어놓을 수 없었다. 기회가 있을 거라고 미뤄왔던 일이었지만 친구와는 이제 한 하늘을 이고 공존할 수 없는 원수의 가문이 남궁세가이거늘 어찌 그런 말을 쉽게 털어놓을 수 있단 말인가. 파천의 기억 속에서조차 희미해져버린 남궁세가를 구태여 입 밖에 꺼내놓아야 하는지 그는 아직 혼란스럽기만 했다.

파천은 무거워진 분위기를 환기시키기 위함이었던지 화제를 다른 곳으로 돌렸다.

"네게 줄 게 있다."

"천하 거부인 와룡장의 장주가 되더니 돈 보따리라도 내놓게? 아서라. 그런 거라면 관심도 없으니깐."

파천은 피식 웃더니 품속에서 무언가를 꺼내놓았다.

그가 품속에 고이 간직하고 있던 것 중에 두 개가 동시에 나왔다. 기이하도록 강렬한 서기가 맺혀 있는 손바닥 크기의 단검 한 자루와 역시나 손에 쥐면 가려질 정도의 동그란 륜이었다. 그것은 은형살망과 신마쌍륜이란 이름을 갖고 있는 황제의 보물들이었다. 파천은 그 귀한 걸 한 점 망설임도 없이 꺼내 보이며 말했다.

"이건 황제가 남긴 보물이다. 둘 중에 하나를 네게 주고 싶은데…… 원하는 걸 선택해 봐."

황제의 보물! 무림사에 가장 신비한 초인이자 전설속의 거인인 황제가 남겼다는 보물이 실존하고 있으리란 사실을 누군들 믿을 것인가? 모용상인은 침을 꿀꺽 삼키더니 손을 뻗었다. 그러다 무슨 생각을 했는지 움직이던 손을 슬그머니 거둬들인다.

"아무래도 이건 내가 가질 물건이 아닌 것 같다."

모용상인의 담담한 말에 파천은 어리둥절해졌다.

"왜? 마음에 안 들어? 겉모양은 이래도 이게……."

"황제의 보물이니 오죽하겠냐. 그것이 얼마나 대단한 신병인지는 네 설명이 아니어도 알아보겠다. 그래서 더 안 되겠다는 거다."

"끙."

"대신 네 마음만은 받으마. 보물이라고 해서 달리 주인이 정해져 있을까만 그건 왠지 내가 지니고 있기엔 너무 대단하고 어마어마한 물건인 것 같다."

모용상인의 말에 동의하기 때문이 아니라 파천은 친구에게 부담을 주면서까지 떠안길 순 없다 싶어 일단 더 이상 강요하지는 않았다. 그렇지만 한 마디는 빼놓지 않았다.

"언제라도 생각이 바뀌면 얘기해. 내가 왜 이걸 네게 주려 했는지 잘 생각해 보고."

"나도 바보가 아닌데 그걸 모를까. 앞으로 상대해야 할 사람들이 괴물들뿐이니 너도 걱정되겠지. 걱정 마라. 네게 큰 도움은 못 될지 몰라도 부담을 지우진 않을 테니깐. 그리고 무림사 최강의 무인이라는 천황이 친군데 설마하니 별일이야 있으려고."

덜컹.

모용상인은 누군가가 내실로 향하는 복도를 터벅터벅 걸어오고 있다는 건 알았지만 설마하니 인기척도 없이 문을 활짝 열어젖힐 줄은 몰랐던지라 상대가 누군가 싶어 얼른 문 쪽을 바라봤다. 파천은 굳이 돌아보지 않고도 문을 부술 듯이 밀고 들어온 주인공이 누군지 알 수 있었다.

'일리아나가 아니면 누가 이런 무례한 짓을 하랴. 그녀는 여느 때와 달리 무척 피곤해 보였다. 소금에 절인 배추처럼 어깨를 축 늘어뜨린 채 터벅터벅 걸어 들어오던 일리아나는 두 사람 쪽은 쳐다보지도 않는다. 그녀는 속히 침상에 몸을 누이고 싶을 따름 이었다. 그녀의 손이 옷을 벗기 위해 바삐 움직였다. 그 순간 파 천은 잽싸게 일리아나의 손목을 움켜잡았다.

"오늘만은 좀 참아줘."

파천에게 잡힌 손을 빼내며 일리아나가 귀찮다는 듯 손사래를 쳤다.

"나 피곤해."

이대로 두면 일리아나는 모용상인 앞에서 옷을 훌렁훌렁 벗어 던질 것이다. 파천은 친구를 당황케 만들고 싶지 않았다. 파천도 오늘만은 순순히 물러설 수 없는 입장이었다. 한편 모용상인은 사람 같지 않은 일리아나의 아름다운 외모에 일시지간 넋을 빼앗 긴 채 말도 잇지 못했다. 그는 일리아나를 파천의 연인인 걸로 착 각했다.

"파천, 이 아름다운 숙녀 분은 누구시냐? 내 허락도 없이 언제 이런 미인을 사귄 거야?"

일리아나는 그제야 내실 안에 파천 말고도 다른 사람이 하나 더 있다는 걸 의식한 듯싶었다.

"쟤는 뭐야?"

일리아나의 무례한 태도에도 불구하고 모용상인은 전혀 불쾌해 하지 않는다. 손가락도 아닌 턱 끝으로 자신을 지목했음에도 그 는 싱글벙글 웃고만 있었다. 모용상인은 예쁜 여자의 환심을 사는 일이라면 간도 쓸개도 빼놓을 준비가 되어 있는 사람이었다.

"쟤는 뭐냐니깐?"

일리나아의 다그침에 모용상인이 안달이 났던지 파천을 밀치고 나섰다.

"제 이름은 모용상인입니다. 저놈은 어떻게 생각할지 모르지만 하늘 아래 둘도 없는 친구지요. 이 녀석은 장점보다는 단점이 많지만 저는 그 반대라고 생각하시면 됩니다. 제 자랑이 아니라 이 녀석보다는 한 일만 배쯤 매력적인 사람입니다. 하하하. 세상에 소저같이 아름다운 분을 생산해내신 소저의 부모님을 찬양하고 숭배합니다."

"혓바닥이 매끄러운 녀석이네. 술 좀 마셔?"

"네? 술이요?"

파천은 두 사람의 황당한 대화가 어디까지 이어질까 궁금하기도 해 지켜보고만 있었다.

"술상이나 좀 차려갖고 와봐."

"술이라면 나가서 한잔 하시는 게……. 조금만 나가면 주루가 지천인데 굳이 답답한 방 안에서 술을 먹을 필요가 있나 싶군요. 휘영청 밝은 달에 노래 한 자락을 곁들이면 운치도 있을 것 같고 술맛도 더 날 것 같지 않습니까?"

파천은 더 이상 두고 볼 수가 없었다. 어느새 두 손까지 모으고서 입을 헤 벌리고 있는 모용상인의 태도도 썩 마음에 든 건 아니지만, 그래도 하나뿐인 친구 놈인데 종놈 부리듯 하고 있는 일리아나의 태도가 더 마음에 들지 않았다.

"일리아나, 너는 그만 자고 상인이 너도 나랑 잠깐 어디 좀 가자."

"어, 어 왜 이래? 소저께서 술 생각이 간절하다고 하시잖아."

"됐어. 쟤는 하루도 거르지 않고 저러니깐 오늘 말고도 시간이 많을 거야."

"어, 어, 그래도."

파천은 나가지 않으려 하는 모용상인을 강제로 끌고 밖으로 나왔다. 그걸 보고 선 일리아나는 아쉬움이 컸던지 입맛을 쩍 다시며 말했다.

"파천 쟤는 다 좋은데 술맛을 아직 잘 모른단 말이야. 에고 피곤하다."

일리아나는 그제야 피곤이 다시 엄습해 왔는지 번개가 무색할 속도로 옷을 훌러덩 벗어버렸다. 뱀이 허물을 벗은 듯 쌓인 옷가지를 두고 몸만 빠져나와 침상 위 이불 속으로 몸을 던졌다.

한편 파천에게 억지로 끌려나온 모용상인은 입이 한 자나 튀어나와 있었다.

"야야, 너 어쩌면 나한테 이럴 수가 있냐. 치사한 놈. 저런 미인을 꿰차고 있으면서 나한테 일언반구도 없을 수가 있어. 썩을, 이래서 친구는 잘 사귀어야 한다니깐. 그나저나 얼마나 됐냐?"

모용상인은 적어도 여자에 관해서만은 자신이 앞서 있다고 생각했는데, 이제 보니 그것도 아닌 듯싶어 속이 끓어오르고 있던 참이었다. 그렇지만 그가 어찌 파천의 괴로운 심정을 알랴.

"그런 거 아니다."

"뭐가?"

"네가 생각하는 그런 사이 아니라고."

모용상인은 파천의 말을 얼른 이해하지 못했다.

"연인이 아니라는 말은 아닐 테고."

"연인 아냐."

"정말?"

"응, 아냐."

"그럼?"

"그냥…… 동료라고 해야 하나? 하여간 좀 애매한 관계긴 하지만…… 어쨌든 연인은 아냐."

"같이 한방을 쓰는 건 맞고?"

"그야…… 그렇지."

"설마 한 이불을 덮고 자냐?"

"그것도…… 맞는데…….."

"그런데 연인이 아니라고?"

"그게 그러니깐…….."

파천은 모용상인의 말에 일일이 대꾸하다 보니 자신도 납득할 수 없는 말을 하고 있음을 깨달았다. 어쨌든 아닌 건 아닌 거다. 아닌 걸 그렇다 할 수도 없는 일이지 않은가.

일리아나가 사실은 사람이 아닌 요정이고, 자신은 그런 그녀를 이성적으로 생각할 수 없는 사람일 뿐이라는 사실을 어찌 이해시킬 것인가. 파천은 모용상인이 오해를 하든 말든 일일이 설명하는 것도 귀찮았다.

"짜식, 쑥스러워하긴. 우리가 애냐? 이제 그럴 나이도 됐으니 사랑하는 사람이 생긴다고 해서 이상할 건 아니지. 어쨌든 축하한다. 거참 기분 묘하고도 더럽네."

모용상인은 제멋대로 사실로 확정짓고 낄낄거리며 웃더니 아직 제게는 그런 연인이 없다는 사실이 생각나서인지 얼굴을 찌푸리며 푸념을 늘어놨다.

두 사람은 정원으로 나와 차가운 바람을 쐬며 잠시 걸었다. 모용상인은 언젠가 파천을 데리고 장경각에 몰래 숨어들어 갔던 때를 떠올렸다. 물론 어렸을 때 일이다. 소림사 장경각은 누구나 들어갈 수 없는 곳이고 미리 허락을 얻었다고 해도 그중 일부분의 서고는 자칫 안내인 없이 혼자 접근했다가는 난처한 상황에 처할 수 있었다.

소림사 장경각 안에는 가치를 따질 수 없는 경전과 무공비급들이 즐비했는데, 이를 보호하기 위해 설치해놓은 기관 장치라도 작동하는 날에는 오도 가도 못하는 신세가 되고 만다. 그런 걸 자세히 알 리 없는 두 꼬맹이는 장경각 비밀서고를 멋모르고 들어갔다가 사흘이나 갇혀 지냈던 적이 있었다.

그 당시 이대로 죽나 보다 싶어 목 놓아 울기만 했던 자신과는 달리 파천은 어린아이답지 않게 의연하고 침착했다. 만약 당시 파천이 곁에 없었다면 모용상인은 발견되기 전까지 버티지도 못했을 것이다. 당시의 일을 떠올리자니 자꾸만 얼굴이 화끈거린다. 모용상인의 그런 모습을 이상하게 여긴 파천이 물었다.

"너 좀 수상한데. 무슨 생각을 하기에 얼굴이 불붙은 장작처럼 변해?"

"생각은 무슨. 참 너 이제 어쩔 거야? 구체적인 계획은 있어?"

"어떤 계획?"

"철 장주가 네 일을 이대로 묻어두고 넘어가진 않을 거야. 그래서 말인데…… 내가 한 번 알아볼까?"

"뭘?"

"아무래도 너보다는 내가 접근하기 용이할 것 같아서. 철 장주가 억류하고 있다는 오혈신교의 홍매단주만 찾아내면 되는 거잖아."

"그 일을 네가 하겠다고?"

"왜? 영 믿음이 안 가?"

"그게 아니라…… 위험한 일이라서 그러지. 그리고 넌 천무오룡이 되긴 했지만 아직 정파 내에서 입지가 확고한 것도 아니잖아. 까딱 잘못해 오해라도 사면 그간의 노고가 물거품이 될 텐데 그런 위험한 일을 하게 할 순 없잖아. 혹 도움이 필요하면 얘기할 테니 쓸데없는 생각 마라."

모용상인은 더 이상 그 얘기를 늘어놔 봤자 소용없다는 걸 알고서 그만둔다. 그러나 이미 그의 머릿속에서는 모종의 계획이 세워지고 있었다. 그런 모용상인의 속마음을 알 리 없는 파천은 달을 올려다보며 길게 심호흡을 했다.

모용상인이 물었다.

"검성은 과연 어떤 사람일까? 그간 정파가 공들여온 일을 한마디 말로 무위로 돌려 버렸어. 후기지수 배제만을 놓고 보자면 정의맹 맹주가 되어서는 안 될 것 같은 사람인데 막상 그 말고는 마땅한 적임자도 없어 보이고. 지금 봐라. 일각에서 제기되던 불만들이 이제는 눈덩이처럼 불어나고 있지만 정작 그 앞에서 반대를 표명하는 사람도 없잖아. 검성도 그렇지. 제게 불만을 가진 사람이 늘어나고 있다는 걸 뻔히 알면서도 멈추기는커녕 더 강력하게 밀어붙이고 있잖아.

결과적으로 그가 아니었으면 정의맹 창설은 아직도 논의만 하다

날 샜겠지. 그것만 보면 공로를 인정해야겠지만 나머지는 글쎄…… 좀 더 두고 봐야 할 사람인 것 같다. 정도십성 어른들이 어찌 판단하고 있느냐가 중요한 부분이긴 한데 아직 대외적으로 검성을 지지한 적도, 반대한 적도 없으니 역시 쉽지 않은 일인가?"

"나도 만나봤지만 대단한 사람이긴 하지."

"그 역시 제 욕심대로 살겠지? 말로는 자신이 인정할 만한 더 뛰어난 사람이 나선다면 자신은 조용히 뒤를 받쳐주기만 하겠다고 떠들지만 정말 그럴 수 있을까? 환혼자들이 과연 천하를 위해 제 욕심을 버릴 수 있는지가 궁금할 뿐이다."

파천은 모용상인이 지금 무슨 생각을 품고 있는지를 알 것 같았다. 자기도 그런 순진한 생각을 했던 적이 있었다.

"내가 지금 네 생각을 맞춰볼까?"

"응?"

"환혼자들이 한자리에 모여 서로 실력을 겨뤄보고 가장 강한 사람이 지도자가 됐으면 좋겠다는 생각을 했을 거야. 그 단순한 걸 왜 이리 어렵게 가는지 모르겠단 생각도 했을 거고, 맞지?"

"어, 그걸 어떻게 알았어? 실현가능성이 없는 걸까?"

"지금 상황에서는 그렇지. 환혼자들 역시 사람이다. 제 능력 밖의 일이란 걸 확신하기 전까지는 희망을 버리고 싶지 않겠지. 한 사람이 안 되면 두 사람이 모여서, 그도 안 되면 조직의 힘으로, 능력으로 안 되면 변수나 요행을 바라서라도 마음속 욕심을 이루고 싶은 게 사람 심리다.

게다가 각기 적수로 여기는 자들을 인정하지 않는다는 점도 한몫 할 것이고. 이를테면 사황천사가 검성을 인정하지 않는 것과 검성이 사황천사를 천하의 안전을 위협하는 악적으로 선포한 것을 들 수 있지. 내가 못 가지면 너도 못 가진다. 뭐 그런 생각들이 아닐까 싶다."

"속 좁은 위인들이네."

"자신과 반대편에 서 있는 사람들을 인정한다는 건 참으로 어려운 일이다. 나와 다르면 적이 되고 원수가 되는 세상이니…… 정의맹은 어떤 진통을 겪든지 통합은 이루게 되겠지만 애초부터 입장과 출발점이 다른 사파와 정파는 글쎄…… 좀 어렵지 않겠나 싶다."

"두 세력이 격돌하게 되면 과연 남는 게 있을까?"

"세력 대결로 몰아가서는 안 돼. 만약 누구든 그런 식으로 분위기를 조장해 간다면 가만 둘 순 없지."

"어떻게 하려고?"

"못하게 해야지."

모용상인은 파천이 아무렇지 않게 한 그 한 마디 말에서 느껴지는 바가 있었다. 모용상인은 궁금했다.

"나 궁금해서 그러는데 솔직히 말해 봐. 너 지금이라도 검성이나 사황천사 같은 절대자들과 싸워야 한다면 이길 수 있을 거라 자신 하냐?"

파천은 뭐 그런 걸 묻느냐는 표정이었지만 대답하기 어려워하는 것 같지도 않다.

"막상 붙어보기 전에는 결과야 누구도 모르는 일이지만…… 해볼 만은 할 거야."

해 볼 만하다. 상대가 검성이든 사황천사든, 아니면 다른 누구라도 싸워서 지지 않을 자신은 있다. 모용상인의 귀에는 그렇게 들리는 것 같았다. 모용상인은 파천이 이렇게 자신감 있게 말할 때는 사실은 그 이상의 마음을 품고 있음을 알고 있다.

오랜만에 재회한 두 사람은 삼경이 지나서야 헤어져 각자의 처소로 돌아갔다.

*   *   *

정의맹 창설은 정파의 핵심문파들인 구파일방과 오대세가가 주도한 것처럼 외부에 알려졌지만 속사정은 달랐다. 검성이 정의맹 창설을 추진했을 때 처음부터 적극적으로 동조하는 세력은 많지 않았다.

가장 발 빠르게 지지하고 나선 문파는 남궁세가를 제외한 오대세가의 네 가문이었다. 제갈세가가 주축이 된 세가연합이 힘을 보탠 이후 구파일방도 동참의 의사를 표했고 정파의 나머지 문파들도 어쩔 수 없이 항주로 오게 된 것이다.

정의맹 창설은 아직 확정된 것이 아니다. 검성은 정파를 주도하고 있는 문파들을 여기까지 끌어내는 데는 성공했지만 아직 넘어야 할 산이 하나 더 있었다. 그는 대회선언이 있을 본대회장에 입장하기 전에 구파일방과 오대세가의 종주들과 정도의 제일 어른들이라 할 수 있는 정도십성들을 먼저 한자리에 모이게 했다.

둥그런 원형으로 특수하게 지어진 막사 안에는 침묵만이 감돌았다. 먼저 나서서 제 입장을 밝히는 사람은 없고 서로 눈치를 보고만 있다.

적극적으로 동참을 표시한 자들도, 반대로 우려를 표한 사람들도 지금 이 순간만큼은 모두가 똑같은 마음이었다. 어느 하나의 입장을 지지한다는 것은 그 반대의 입장에 있는 사람에게 표적이 되기 십상이다. 먼저 나서서 정을 맞을 이유는 없는 것이다. 모두는 인내심을 발휘하고 있어야 이득이라는 걸 알고 몸소 실천하고 있었다.

검성은 그런 좌중의 분위기를 읽고는 한심해 할 뿐이었다. 때마침 검성과 눈이 마주친 꾕지대사가 불호를 한차례 외더니 노구를 일으켰다.

"아무도 나서는 이가 없으니 빈승이 주책없지만 먼저 입을 떼어야겠소. 여기 모이신 분들 중에 소개가 필요해 보이는 분이 몇분 눈에 띄나 자리가 자리니 만큼 바로 본론으로 들어갔으면 합니다."

"으흠, 흠."

"그러는 게 좋겠습니다."

여기저기서 찬동하는 소리들이 뒤따른다.

지금 막사 안의 분위기처럼 찬반의 나뉨은 분명해 보였다. 늘 행동을 함께해 오던 오대세가 중에서 남궁세가가 외따로 앉아 검성을 반대한다는 태도를 확실히 했다.

세가들을 따르던 문파들 내에서도 서로 입장차는 확연해 보였다. 그들 사이에는 일부러 그리 자리를 배치한 것처럼 한 사람씩의 자리가 비어 있어 마치 긴 띠를 둘러놓은 것 같았다.

그런가 하면 구파일방에서도 서너 문파는 검성에게 기울어졌다는 얘기가 떠돌고 있는걸 봐서는 현재 통합된 의견을 기대하기는 어려울 것이다. 이런 복잡한 정파 내의 사정을 꿰뚫고 있는 꿩지대사는 정의맹 창설을 주장하고 이 자리까지 이끌어온 검성을 먼저 사람들 앞으로 불러냈다.

"이 자리를 만드신 검성께서 하실 말씀이 많으신 듯합니다."

검성은 망설임 없이 자리에서 일어나더니 오연한 시선으로 주변을 한차례 훑어본 연후에야 입을 열었다.

"인사치레는 생략하겠소. 우리와는 양립할 수 없는 사파가 먼저 결맹을 해서 세력을 과시하고 있소. 이대로 간다면 정파는 저들의 단합된 세력에 저항다운 저항 한번 못해 보고 주도권을 빼앗길 것이 자명한지라 다소 무리가 따른다는 걸 알면서도 황급히 이런 대회를 열게 된 것이오. 정의맹 결성은 첫째로는 우리의 생존을 위해서이고, 두 번째로는 장차 무림의 패권을 극악무도한 무리들에게 넘겨주지 않기 위함이고, 마지막으로 앞으로 닥칠 대혈겁에 대비해 무림을 정파 주도하에 통합하기 위한 최선의 결정이었소.

다른 혜안이 있다면 본좌는 귀를 활짝 열어두고 겸허히 들을 용의가 있소. 어차피 곧 시작될 본회의장에서 다시 거론될 얘기지만 미리 여러분을 이 자리에 모셔 번거롭게 한 것은 다름이 아니오라…… 미리 정파의 중론을 모아 혼란을 방지하고자 함이었소. 정의맹 창설에 대해서 혹 다른 생각이 있는 분이 계시면…… 이 자리에서 허심탄회하게 밝혀주셨으면 좋겠소."

대개는 검성을 한 차례 이상 대면한 적이 있지만 오늘 여기서 처음 보는 인사들도 있었다. 검성에 대한 소문들 중에 한 가지만은 확실해 보였다. 그는 능력이 있는 사람이긴 하지만 오만하기가 짝을 찾을 수 없을 정도인 사람이기도 했다.

정파의 명숙 협사들이 한자리에 모여 있건만, 그것도 정도십성이 동석한 자리에서 저런 식의 태도를 보인 사람이 지금껏 누가 있었던가. 아무도 없었다. 그런데도 저런 오연한 모습이 부자연스럽기는커녕 잘 어울려 보이니 그도 이상한 일이었다. 좌중을 압도하는 기도와 거침없는 화법은 사람들을 주눅 들게 만들기에 충분했다.

"정의맹 창설에 반대하는 분은 하나도 없을 것입니다."

오대세가 중 네 가문을 등에 업고 검성을 지지하고 나선 제갈세가주의 말이었다. 그는 이 자리에서 가장 확실한 검성의 하속이나 다름없었다. 남궁세가주는 떨떠름한 표정으로 중얼거렸다.

"정의맹 창설에 반대하면 혹 불이익을 당하는 것은 아닐까, 그것이 저어되어 속마음을 밝히지 못하는 분들도 더러는 계실 것이오."

검성의 눈빛은 다른 이들의 속마음을 훑어내기라도 하려는 듯이 매서워졌다.

"무인은 죽음에 임박해서도 제 확신에 망설임이 없어야 하고 제 말과 행동에 책임을 져야 하는 것이오. 죽고 사는 것을 무서워하는 소인배가 이 자리에 함께 있다고는 생각지 않소이다. 그런 치졸한 마음으로 동참을 한다 한들 무슨 큰 힘이 되겠소."

맞는 말이었지만 마치 검성의 그 말은 제게 힘을 실어주지 않고 엇나가고 있는 남궁세가주를 콕 집어내 후벼 파는 듯 신랄한 비난으로 여겨지는 것도 사실이었다. 남궁세가주는 그런 기분이 들어 마땅치 않았지만 검성의 입에서 딱히 특정인이나 문파를 거론한 것이 아니기에 가만있을 수밖에 없었다.

검성의 이런 태도는 이번뿐만 아니었다. 그는 함께하는 사람이 아니라면 조금도 주저함 없이 비난을 일삼았다. 물론 연유 없이 억지를 부리는 일은 없었지만 사실 특정 상대를 비난하고자 마음 먹고 살핀다면 흠 없는 사람이 드물지 않겠는가.

"야밤에 무리지어 행패를 부리는 저잣거리의 주먹패들조차도 무리 중에 어떤 이가 지도자냐가 중요할진데, 하물며 정의맹의 맹주를 뽑는 일이니 그 중요성은 굳이 강조하지 않아도 될 일이오. 본좌는 연락이 닿을 만한 정파 출신의 환혼자들뿐만 아니라 가능한 모든 방법을 다 동원해 강호의 정파인들에게 정의맹 창설을 알렸소.

아마도 많은 분들이 참석할 것으로 기대하고 있소. 뿐만 아니라 정파 출신이 아니지만 소문을 듣고 달려온 자들도 있을 게요. 사사혈맹에서 보낸 훼방꾼도 있을지 모르오. 본좌는 그들 모두를 편견 없이 받아들일 생각이오."

참으로 이상했다. 의견을 듣자고 모이게 했는지 아니면 일방적인 통보를 하기 위함인지 검성의 얘기만 듣고 있자면 헷갈릴 정도였다. 그의 얘기는 여기서 끝난 게 아니었다.

"본좌는 정의맹 맹주직을 사양할 생각이 없고 필요하다면 자천도 마다하지 않을 생각이오."

내가 아니면 누가 맹주에 적당하겠는가! 검성은 그렇게 말하고 싶었는지 모른다. 여기 모인 사람들이 청맹과니에 귀머거리가 아닌 이상에 그 정도를 못 알아들었을 리가 없다. 확실히 검성은 자신 외에는 달리 사람이 없다고 여기는 듯 안하무인이었다.

"이번 대회에서는 시급하게 처리해야 할 몇 가지 사안이 결정될 것이오. 그 하나는 정의맹 맹주를 뽑는 일이고, 두 번째는 맹주의 휘하에서 소임을 다할 지도부를 구성하는 일이오. 마지막으로 정의맹의 기구와 조직편제를 마무리 짓는 일이오. 이 모두가 중요한 일이고 여러분의 협조가 없이는 어느 것 하나 제대로 될 리가 없소."

검성이 좌중을 압도하며 제 견해를 밝혀가는 중에도 굉지대사는 자리에 앉아 눈을 감고 침묵하고 있었다. 그는 심중으로 가볍지 않은 번민에 쌓여 있었다.

'아미타불, 검성 시주의 견해가 잘못된 것은 아니다. 외려 과거에는 저렇게 밀어붙여 주는 사람이 절실했었지. 하지만 여기 모인 사람들은 비록 다소 부족하다 할지라도 일문을 이끌어가는 수장들이지 않던가. 저런 오만한 태도로 얼마나 많은 사람들을 진심으로 승복시킬 수 있겠는가. 또한 검성이 맹주가 된다면 얼마나 많은 이들이 대의를 우선한다는 명목 아래 억울한 일을 당하겠는가.'

남궁세가에서는 정도십성의 자격으로 남궁천이, 남궁세가주의 자격으로 남궁포현이 자리해 있었는데 이번에도 남궁포현이 검성을 자극하고 나섰다.

"검성의 말씀이 끝나지 않았음에도 외람되지만 궁금함을 참지 못해 질문을 드려야겠습니다."

"말해 보시오."

"맹주는 어떤 식으로 선출하는 것이 마땅하겠습니까? 보통 무림에서 여러 문파가 연합하는 중직을 맡길 때에는 다수의 추천을 받은 사람이 임명되는 것이 상례였습니다만."

"고리타분한 과거의 악습은 철폐되어야 하오. 자문파에서야 배분이 중요하고 지위와 연배가 중요했을지 모르지만 정의맹에서는 오직 하나, 실력뿐이오. 난세를 이길 힘은 무력에서 나오고 본좌 또한 그 점에 중점을 둘 생각이오."

"실력대로 뽑겠다면…… 맹주는 아마도 환혼자들 중에 하나가 되겠구려. 맹주를 보좌하는 지도부 역시 그리 될 것 같고……. 우리는 그저 구색이나 맞추고 들러리나 잘 서달라고 부르셨구려. 전 또 그런 줄도 모르고 문파의 일만으로도 골머리를 앓는데 또 다른 중임을 맡기면 어쩌나 괜히 걱정했습니다."

비꼬는 말투에도 검성은 해명은커녕 단호하기만 했다.

"맞소. 가주께서 실력이 없다면 반드시 그리 될 것이오. 다른 분들도 마찬가지요. 문파의 힘을 앞세워 지위와 명예를 누리던 시대는…… 앞으로 다시는 오지 않을 게요."

장내가 술렁이기 시작했다. 강호의 역사는 곧 문파의 역사다. 문파에 소속되지 않은, 출신조차 불분명한 개인이 무림을 좌지우지한 적은 없었다. 개인이 뛰어나다 해도 거대문파 앞에서는 맥을 못 추는 법이다. 간혹 그 한계를 뛰어넘는 특별한 강자가 출현하기도 하지만 흔한 일은 아니었다.

이번엔 남궁포현의 형이기도 한 남궁천이 나섰다. 두 사람은 아예 작정을 하고 온 듯싶었다.

"어떤 시대에도 무림의 연맹이 문파결속를 배제한 적은 없었소. 문파의 연합이 아니라면 검성께서는 대체 어떤 방식으로 정의맹을 구성할 생각이시오? 복안이 있으신 것 같소만 아무리 생각해 봐도 짐작할 수가 없구려."

"일시적으로…… 문파를 해체한다는 각오가 없다면 정의맹 창
설은 별 의미가 없어지오. 본좌가 염두에 둔 정의맹은 정파와 오
혈신교, 기타 여러 성향의 개인들을 아우른 군대의 성격을 띠고
있소. 직급은 오직 실력에 의해 정해지고, 나이나 배분 따위는 철
저하게 무시될 것이오. 맹주와 지도부의 결정에 따라 기계처럼
움직일 수 있는 철저한 상명하복의 체계. 이것이 정의맹 구상의
핵심이오."

두둥.

놀라운 말이 아닐 수 없었다. 이제야 사람들은 검성이 어떤 생
각을 품고 있는지 확연히 알 것 같았다. 사람들의 표정만 봐도 그
들이 지금 어느 정도로 큰 충격에 빠져 들었는지 알 수 있었다.
심지어 검성을 추종하고 지지해 오던 문파의 수장들조차 경악 어
린 표정들이었다.

*　　　　*　　　　*

지금 정파의 수장들이 모여 회의를 하고 있을 막사와는 상당히
떨어진 곳을 파천은 모용상인과 함께 걷고 있었다. 그곳은 오목
한 종지처럼 땅을 파고 경사진 언덕 쪽으로는 계단을 만들어 비
교적 좁은 공간에 족히 만 명은 모여 앉을 수 있게 설치해 놓았
다. 본회의장으로 사용될 장소였다.

그 주변에는 여러 문파의 제자들이 정렬을 하거나 자유롭게 서
서 대화를 나누는 모습이 보인다. 모용상인을 먼저 알아보고 인

사하는 사람들도 생긴걸 보면 천무오룡이 되어 유명해진 탓이 커 보였다. 와룡장을 나설 때와 다르게 여러 사람이 알아보고 아는 척을 하거나 눈여겨보는 탓에 모용상인은 평소보다 더 의젓하게 행동했다.

자태가 고운 정파의 여제자들이 힐끔힐끔 쳐다보는 것을 의식해서인지 그는 지금 표정관리를 하느라 진땀을 빼고 있었다. 그걸 모를 리 없는 파천이 장난을 쳤다.

"그러다 어깨 빠질라. 목에 철심이라도 박은 줄 알겠네. 얼씨구, 눈은 왜 그따위로 뜨고 힘주고 있어. 이러다 멀쩡한 생사람 하나 병신 만들겠네."

모용상인은 파천이 놀려도 꿋꿋이 원래의 자세를 유지했다.

"흐흐. 나야 원래 명문 정파의 제자로서 품행이 단정하고 매사에 타의 모범이 되는 사람⋯⋯과는 거리가 멀었는데, 그것 참 나도 어쩔 수가 없나 보네. 나도 이럴 줄은 몰랐는걸. 안 그래야지 하면서도 괜히 남들 눈을 의식하게 되고 저절로 몸에 힘이 들어가면서 네 말대로 목에서부터 어깨를 거쳐 다리까지 철심이라도 박아 놓은 듯 뻣뻣해지네. 뭐 한두 사람이 보는 것도 아니고 눈알 달린 사람은 모조리 날 보는 것 같은 상큼한 기분이 드니⋯⋯ 으흐흐. 이거 은근히 찌릿찌릿한데. 그간 피똥 싸면서 죽을힘을 다한 보람이 생기는걸."

다음 말은 귓속말로 했다.

"더군다나 아리따운 여협들이 은근한 시선을 보낼 때는 아주 미치겠다. 천아, 나 아무래도 일찍 장가가야 할까 보다, 으흐흐. 그래봤자 너보다는 늦겠지만."

"오, 이게 누구신가? 천무오룡의 일좌를 차지하신 풍운룡 모용소협이 아니신가?"

모용상인은 자신을 향해 반가운 표정을 지은 채 다가오고 있는 사람이 한때 오백 후기지수들의 교관 노릇을 잠시 했던 개방의 장로 무망광개(無望狂丐) 노백이라는 것을 알아보고는 저도 모르게 주변을 둘러봤다. 그는 주변에 그가 생각했던 사람이 없음을 알아보고서 그제야 한숨을 내쉬었다.

"노 장로님, 오랜만에 뵙습니다. 여전히 기력이 넘치시네요."

"예끼 이놈아, 다 늙어 고꾸라질 날만 기다리고 있는 노인한테 그게 인사말로 적당하더냐?"

다가선 노인이 개방의 사람일 거란 파천의 예측대로 무망광개는 개방이 자랑하는 두 명의 미친 걸인 중 하나였다.

노백에게는 천하에 널리 알려진 창피한 일화가 하나 있었는데, 명색이 천하제일의 거대문파인 개방의 장로가 나이 여든이 넘어서 매를 맞고 보름이 넘도록 자리보전하고 누웠다는 사실이었다. 그놈의 술이 원수였다. 술이라면 자다가도 벌떡 일어나는 것은 걸왕이나 노백이나 마찬가지였는데, 그날도 사문의 최고 어른이신 걸왕 소독중과 대작을 하다가 술에 취한 김에 핑계 삼아 하지 말아야 할 실언을 해서 생긴 일이었다.

그 뒤로는 걸왕의 그림자만 봐도 경기를 일으킬 정도였고 총단을 떠나 멀리 사천까지 유랑걸식을 나가 있는 중이었다. 노백은 개방의 방주는 무서워하지 않지만 걸왕만은 끔찍하게 어렵고 두려워했다.

예나 지금이나 다름없이 시도 때도 없이 욕질에 매질하기 일쑤

였기 때문이다. 방으로부터 항주로 모이라는 전통을 받고도 시큰 둥했던 그도 걸왕의 소집령에는 어쩔 수 없었던가 보다.

노백이 모용상인을 대견하다는 듯이 바라보다가 생각이 난 듯 급하게 물었다.

"아참, 너 혹시 골 장로 보지 못했느냐?"

"힉! 골 장로시라면……."

"이놈 보게, 개방에 골 씨 성을 지닌 장로가 두 명이더냐? 당연히 골추림이지."

"고, 골 장로님도 오셨습니까?"

"제깟 놈이 별수 있냐? 걸왕 사백의 명령이 떨어졌는데 낯짝이라도 내밀어야지, 안 그랬다가는 제명에 못 죽지."

"못 봤습니다. 절대로, 절대로 못 봤습니다. 장로님 전 그럼 이만……."

그때다.

"캬 젠장맞을 놈! 아직도 안 죽고 살아 있었냐? 명줄도 어지간히 질긴 놈이야."

바로 뒤에서 들려온 그 목소리는 모용상인이 잊으려야 잊을 수 없는 목소리였다. 저승 갈 때까지 다시는 듣지 않기를 부처님과 옥황상제의 이름 앞에 빌고 애원한 정성이 쌓이고 쌓여 이제는 하늘에 닿을 정도였거늘, 그 모든 정성이 헛되어 이렇게 다시 마주치나 싶어 눈 앞이 깜깜해진다.

노백과 골추림은 오랜만에 만났는지 서로 한 걸음 간격을 두고 마주 서더니 서로에게 가래침을 확 뱉는 것이었다. 개방의 거지들이 만들어낸 희한하고도 더러운 인사법이었다. 두 사람은 제

옷에 묻은 가래침을 확인하면서 좋다고 낄낄거리는 것이었다. 파천은 그런 모습을 처음 보는지라 생소하기도 하고 우습기도 해 그저 빙긋 웃고만 있었다. 그와는 달리 모용상인의 얼굴색은 거무죽죽하게 변했다가 다시 누렇게 뜨는 것이 병색이 완연한 사람 같았다.

"어, 가만 있자. 이놈을 내가 어디서 봤더라?"

모용상인은 두 눈을 질끈 감아버렸다. 골추림은 모용상인의 얼굴을 뚫어져라 쳐다보더니 그 주변을 맴돌기 시작했다. 고개를 갸웃거리는가 싶더니 별안간 머리통을 벅벅 긁어내린다. 그래도 생각이 안 나자 옆에 있는 노백에게 도움을 청했다.

"너도 모르느냐?"

"나야 알지, 아주 잘 알지."

"그래? 그럼 가르쳐 줘봐. 내가 분명히 어디서 본 것도 같은데 도무지 생각이 안 나네. 그것도 아주 더럽고 기분 나쁜 상황과 얽혀 있을 것 같은 기분이 드는데, 도통 모르겠단 말이야."

"어쩔까, 가르쳐 줄까?"

노백이 싱글벙글 웃으며 한 말에 모용상인은 처분만 기다린다는 표정으로 골추림을 향해 머리가 땅에 닿도록 허리를 굽히며 인사를 올렸다.

"소인 모용상인입니다. 골 장로님, 그동안 별래 무양하셨습니까?"

순간 골추림의 얼굴근육이 푸들푸들 경련을 일으키기 시작하더니 사악한 미소가 그의 입가에 걸렸다. 소살광개(笑殺狂丐)라는 호가 그저 생긴 게 아니었다. 바로 저 웃음을 짓고 나면 반드시 살인이 벌어지고 그때의 골추림을 막을 수 있는 사람은 천지간에 오직 하나, 걸왕뿐이었다. 한번 획 돌면 천지와 상하를 구분 못하고 발광하는지라 같은 개방도들도 어지간하면 그와는 상종하지 않으려 했다. 개방이 자랑하는 두 미치광이가 한자리에 모인 것이다. 걸왕을 제외하고 나면 개방에서 최강의 고수라고 자타가 공인하는 두 사람이었다.

골추림 역시 노백과 마찬가지로 예전 정파의 후기지수들이 각 파를 돌며 순회수련을 할 당시 개방을 대표해 교관 노릇을 잠시 한 적이 있었다. 그때의 일이 번개처럼 골추림의 뇌를 스치고 지나갔다.

"클클, 그러니깐 요 깎아놓은 밤톨같이 생긴 놈이 당시의 그 쥐새끼 놈이란 말이렷다. 고놈 아주 제대로 물이 올랐구나."

"이 모든 것이 다 장로님의 은덕입니다."

모용상인은 곧 제게 미칠 화를 생각하며 어떻게 해서든 골 장로의 화를 누그러뜨리고자 사력을 다하고 있는 중이었다. 그들 사이에 어떤 사연이 있는지를 알길 없는 파천은 그저 눈만 멀뚱거리고 있을 따름이었다. 골추림의 입에서 당시의 사연이 흘러나왔다.

"네놈이 싸질러 놓은 똥을 치우느라, 또한 사백께 혼이 난 일을 생각하면 내가 네놈을 갈기갈기 찢고 불에 태워 죽여도 분이 안 풀릴 것이다."

"고, 골 장로님. 노여움을 푸시고 제 말을 들어보십시오."

"요 쥐방울 같은 놈, 언젠가 한번은 마주칠 날이 올 줄 알았다. 각오는 돼 있겠지?"

모용상인은 골추림의 이빨 갈아붙이는 소리가 저승사자가 눈앞에서 뺨 비비는 소리로 들렸다. 구원을 베풀어 달라는 간절한 빛을 담고서 노백을 바라봤지만 허사였다. 노백은 매정하게도 제 소관 밖의 일이라는 듯 고개를 휙휙 내젓는다.

"어디부터 추려줄까? 네놈이 그래도 천무오룡 중의 하나가 됐다는 소식은 들었으니 목숨만은 살려주마. 대신 뼈마디를 몇 군데쯤 분질러 놔야 직성이 풀리겠다."

팔을 걷어붙이며 다가오는 골 장로를 보자 모용상인은 정신이 번쩍 났다. 저 미치광이는 제 말대로 하고도 남을 위인이었다. 모용상인은 저도 모르게 주춤 물러나더니 파천의 뒤로 얼른 몸을 숨겼다. 파천을 방패삼아 그는 애원을 했다.

"장로님, 후배가 철이 없어 당시에 망나니짓을 했지만 후에 두고두고 후회했습니다. 제발 넓은 아량으로 후배를 용서해 주십시오."

"이놈, 이리 오지 못해!"

노백은 더 이상 두고 볼 수가 없었던지 넌지시 물었다.

"정말 사지를 분지르려고?"

"네놈도 알잖느냐. 저놈이 내게 한 짓을. 내 생전에 그런 치욕을 당해 본 건 처음이다. 내가 한동안 그 일 때문에 쪽팔려서 제자들 얼굴도 제대로 못 본 사람이다."

"알지, 아암 알지. 그때 네놈이 맨손으로 저놈이 싸놓은 똥을 다 치우고, 그것도 모자라 손에 묻은 똥이 다 마르도록 두 손 들고 벌을 섰다는 것까지 알고 있지. 그래도 저놈을 병신 만들고 나면 그 뒷감당을 어찌 하려고 그러누. 자신 있어?"

"뭐, 뭐야? 그건 또 무슨 개소리야!"

"생각해 보라고. 저놈이 누구야. 저놈이 나이는 어려도 모용세가의 가주야. 게다가 굉지대사님의 제자인데다 정파가 심혈을 기울여 키워낸 천무오룡 중의 하나란 말이지. 그런 놈을 병신 만들어 버리면, 그것도 개방의 장로란 사람이 말이다. 방주는 고사하고 걸왕 사백이 가만있지 않을걸. 감당할 자신 있으면 성질 뻗치는 대로 하고."

골추림은 몸을 부르르 떨었다.

"끄으으. 이놈을, 이놈을 죽여 살려. 젠장, 젠장맞을. 뒷일은 뒷일이고 당장 이놈을 어찌 하지 않으면 울화통이 치밀어서 안 되겠다."

그는 마음을 굳혔는지 파천의 등 뒤에서 안절부절못하고 있는 모용상인을 노려봤다. 그리고는 저승사자의 웃음이 바로 이렇다는 걸 보여주기라도 하듯 씨익 웃었다. 절대로 친근한 미소가 아니었다. 모용상인은 소름이 돋을 지경이었다.

그의 입장도 참으로 곤란한 것이, 제 잘못이 있는지라 감히 대항하지도 못할 처지였다. 게다가 상대는 무림의 까마득한 선배인데다 개방의 장로이지 않던가. 골추림이 모용상인을 손본다는 상황도 어불성설이었지만 모용상인이 골추림에게 무력으로 대항한다는 것도 욕먹을 짓이었다. 가장 좋은 건 골추림이 이 정도에서 화를 삭이는 것이지만 그는 전혀 그럴 것 같지가 않았다.

파천은 당시의 정황이 어떠했을지 자세히는 모르지만 대략적인 건 알게 됐다. 모용상인이 어떤 이유였는지는 모르나 골추림 또는 걸왕의 거처에다 똥을 싸놓았고, 화가 난 걸왕이 자초지종을 들으려 하지도 않고 골추림의 소행으로 몰아붙여 혼쭐을 내준 모양이었다.

파천의 짐작은 절반은 맞고 절반은 틀렸다. 당시 모용상인은 골추림의 훈육이 너무도 혹독한지라 개방을 떠나면서 그를 골려 줄 심산으로 동료들을 모아 골추림의 거처에다 볼일을 보게 했다. 그런데 그 전날 골추림이 사용하던 거처가 별안간 걸왕의 거처로 바뀌었을 줄 모용상인인들 알았으랴.

그 정도의 앙갚음은 애교 수준으로 넘어갈 수도 있는 일이었지만 걸왕으로 인해 골추림은 씻을 수 없는 치욕을 맛봐야만 했다. 그것도 제자들이 모두 지켜보는 앞에서. 그는 변명할 기회조차 얻지 못하고 억울한 누명을 뒤집어쓰고 만 것이다.

골추림의 카랑카랑한 목소리가 워낙에 크게 울렸는지라 소동이 일어난 줄 알고 근처에서 모인 사람들이 꽤 되었다. 그들은 이 기이한 장면에 호기심을 품고 구경하고 있었다. 상대가 강호에서도 살명이 자자한 소살광개와 후기지수 중 최고라는 풍운룡 모용상인이 관련된 일이니 감히 분수를 넘어 훈계를 하거나 참견하는 사람도 없었다. 그저 이 일이 어찌 될 것인가에만 관심을 기울일 뿐이다.

소살광개가 이 정도로 날뛰면 노백도 어쩔 수 없는 일이다. 그는 모용상인을 가련하다는 눈빛으로 바라보았다.

"나로서도 더 이상 도움을 줄 수가 없겠구나. 어쩌겠느냐. 씨앗을 뿌린 대로 거두는 수밖에. 기껏 해 봐야 병신밖에 더 되겠느냐."

모용상인은 여차하면 도망갈 생각을 품었다. 그것이 지금으로서는 유일한 방책 같았다. 그런데 그가 당황한 나머지 한 가지 잊어버린 일이 있었다. 그가 방패로 삼은 사람이 하필이면 파천이란 사실이었다. 그리고 이 웃지도 울지도 못할 상황 가운데로 용감하게 들어선 또 하나의 변수가 있었으니……

"너희들 찾느라고 한참을 돌아다녔잖아. 나 혼자만 쏙 빼놓고 오는 법이 어디 있어!"

세상에는 참으로 많은 목소리들이 있다지만, 한 마디로 모든 사람을 돌아보게 만드는 목소리는 결단코 흔치 않을 것이다. 일리아나였다. 그녀가 등장한 것만으로도 주변이 소란스러워진다. 그도 그럴 것이 그녀의 미색이란 것이 한 번 보면 꿈인가 싶고, 두 번 보면 또 보고 싶으며, 세 번 보면 잊지 못할 정도라는 것이 문제였다.

남자라면 젊거나 늙거나를 가리지 않고 눈을 떼지 못하는 것이 또한 일반적인 반응들이었다. 역시나 이번에도 별반 다르지 않았다. 사람들의 관심을 온몸에 주렁주렁 매단 채 일리아나는 파천의 앞을 떡하니 막아선 것이다.

골추림 역시 일시지간 눈이 환해진다는 착각에 빠져들었지만 그는 역시 나이가 나이인지라 아름다운 여인을 보고 마음이 흔들리는 순간이 매우 짧았다.

"뭐야, 이 요상한 분위기는?"

일리아나는 고개를 갸웃거리더니 뒤를 슬쩍 돌아봤다. 산사태가 나 이리저리 깎이고 부서져 원래의 모양을 찾을 길 없는 흉하고 큰 바위가 있다면 바로 이럴 것 같다. 꼭 그것처럼 생긴 얼굴이 바로 뒤에 떡하니 버티고 있는 것이 아닌가.

게다가 그 얼굴의 곳곳에는 적지 않은 상처들까지 있어 떡 반

죽을 주물러서도 저런 얼굴을 만들기는 쉽지 않은 일일 것이다. 그렇지만 일리아나는 눈썹 하나 까딱하지 않았고 그다지 놀라는 눈치도 아니었다.

"너는 또 뭐냐?"

골추림에게 반말을 한 것도 문제였지만 일리아나가 손가락으로 골추림의 이마를 밀어낸 것이 더 큰 문제였다.

"이, 이런 거지발싸개 같은 년이!"

"냄새나잖아."

냄새난다. 좀 황당한 얘기긴 하지만 골추림은 그런 얘기를 지금껏 단 한 번도 들어본 적이 없다. 그 역시 거지라는 사실을 추호도 부끄럽게 생각해 본 적이 없는 개방의 제자이니 몸에서 냄새가 나는 것은 당연했다.

그런데도 그 앞에서 냄새나니 꺼져라, 라는 말을 한 사람은 기적 같은 일이긴 하지만 단 한 사람도 없었다. 고로 지금 골추림은 이런 말을 생애 처음으로 들어본 것이다. 그런데 너무도 당연한 그 말이 골추림의 얼굴을 화끈거리게 만들어 버렸다.

"뭐, 뭐라고?"

"냄새난다고."

"너, 너, 너 감히……."

"내 말이 어려워? 냄새나니깐 조금 떨어져 주지 않을래? 재미나게는 생겼는데, 제발 부탁이니 가까이 오지는 말아줘."

일리아나가 등장하고 골추림의 관심이 그녀에게 쏠리는 틈을 타서 모용상인이 슬금슬금 달아나려는 낌새를 보였다.

"야, 너 거기 안 서! 한 발자국이라도 더 움직이면 네놈 나와는

아주 끝장을 보자는 뜻으로 간주하겠다. 그때는 모가지를 뽑아
버리겠다."

골추림의 외침에 이어 일리아나가 소리쳤다.

"입 다물라고!"

다시 골추림이 악을 쓴다.

"너야말로 조용히 해. 새파랗게 어린년이 어디서 고함을 지르
고 지랄이야, 지랄이. 햐, 별 거지 같은 일을 다 겪네."

이 어지러운 상황을 정리할 사람은 파천뿐이었다. 파천이 슬그
머니 일리아나의 손목을 낚아채 자기 쪽으로 끌어당겨 놓고 역정
내는 골추림을 누그러뜨리고자 나섰다.

"개방 분이신가 보군요. 걸왕 노선배님께서는 무탈하시지요?"

골추림이 짜증이 덕지덕지 붙은 얼굴로 버럭 화를 냈다.

"네놈은 또 뭔데 나서려고 하느냐. 거참, 내가 강호출입을 한
지 오래되었더니 별의별 어린 것들이 다 나를 우습게 여기는군.
나서지 말고 네 등 뒤에 있는 놈이나 이리 냉큼 내어 놓고 썩 물
러가거라."

"역정만 낸다고 해서 만사가 제 뜻대로 되지는 않습니다. 뜻 깊
은 훈계는 아랫사람을 감동시키지만 교훈 없는 매질은 반감만 더
키우는 법이지요. 정파를 지탱하고 있는 대문파의 장로께서 이런
이치를 모르실 리는 없다고 봅니다."

"뭐, 뭐라? 이 개자식이 뭐라고 지껄이는 거냐."

순간 부드럽게 웃음 짓고 있던 파천의 얼굴에서 웃음기가 싹
사라져버렸다. 상대의 언행이 절로 눈살을 찌푸리게 만들었다.
파천도 이쯤 되면 가면을 벗고 싶어진다. 하지만 한 번 더 참았

다.

"내 등 뒤에 있는 녀석은 세상에 둘도 없는 벗인지라 장로님께서 원하는 대로 내어주진 못하겠습니다. 말로 잘 타이르겠다는 약조를 하신다면 썩 물러서지요."

"흐흐, 아주 가관이구나. 야 이놈아. 어서 썩 이리 나와서 엎드리지 못할까! 작은 재주를 얻었다고 네놈이 갑자기 천하를 얻은 듯이 생각했다면 오산이다. 남들이 다 모용세가를 두고 오랑캐의 후손이라 손가락질 할 때도 나는 편견 없이 네놈을 가르치고 갈 길을 열어줬건만, 하늘같은 은혜에 보은하기는커녕 외려 앙갚음을 해? 후레자식 놈 소리 안 들으려면 고분고분 처사에 따라라."

개방의 거지들이 입이 걸고 남 눈치 안 보고 행동하는 것으로 유명했지만, 지금 한 말은 듣기에 따라 모용상인의 약점을 거론하는 것으로 들렸다.

파천은 그 말만은 그냥 넘길 수 없었다. 그도 사람인지라 참는 데도 한계가 있었다.

"말씀이 지나치군요."

"닥치고 썩 비키지 못할까!"

"귀하는 개방의 장로쯤이나 되는 사람이 정파의 화합을 이루고자 마련된 이런 자리에서까지 사사로운 과거의 원한, 그것도 생각해 보면 이리 길길이 날뛸 일도 아닌 그런 사소한 일로 장차 정파의 기둥으로 성장해나갈 후배를 병신으로 만들려 하고 있으니, 당신이야말로 지나친 것이 아니요? 사리분별이 그렇게 안 되시오?"

"천아."

"이놈!"

모용상인은 모용상인대로, 골추림은 골추림대로 다른 의미로 안달이 났다. 두 사람이 동시에 파천을 불렀으나 파천은 들은 척도 않고 골추림을 쏘아붙였다.

"당신은 개방의 장로 신분으로, 일문의 수장을 대하는 예도 배우지 못했소? 모용상인은 소림사의 속가제자이기 이전에 모용세가의 가주요. 당신에게 이놈 저놈 쌍욕을 들을 사람은 아니오. 후배 된 도리를 다하길 바란다면 마땅히 선배로서의 아량과 너그러움도 보여야 할 것이오. 왜, 내 사지도 분질러 버리고 싶소?"

확실히 지금까지 파천이 강호의 인사들을 대해 왔던 것과는 사뭇 달랐다. 그건 상대가 진심으로 모용상인에게 손을 대려고 한다는 걸 느꼈기 때문이기도 하지만 그의 경박함과 무례함이 도를 지나쳤기 때문이다. 상대가 설사 개방의 방주거나 또는 검성이었다 해도 마찬가지였을 것이다. 나이 연소함이 죄가 될 순 없다. 또는 지위가 낮고 힘이 없다는 이유만으로 까닭 없이 상대로부터 무시당하고 업신여김을 당해서도 안 된다.

파천은 오만한 사람과 무례한 사람을 체질적으로 싫어한다. 설사 만인의 지탄을 받는 마인이라 할지라도 예의를 갖춰서 대한다면 그 또한 그리 대할 것이다. 이처럼 확고한 파천의 성정을 골추림은 잘못 건드린 것이다.

일이 심상찮게 돌아간다고 느낀 노백이 골추림의 팔을 꽉 움켜잡았지만 화가 난 골추림은 단숨에 뿌리치고 살기등등해서 소리쳤다.

"노부도 이렇게는 하고 싶지 않았다만…… 사백께 또 꾸중 들는 한이 있어도 내 오늘 버르장머리 없는 연놈들을 손봐주어야겠다. 요즘 정파의 기강이 해이해져서 어린것들이 강호의 선배는 물론이고, 사문의 존장까지 몰라보고 교만을 떤다는 말은 들었다만 이 지경인 줄은 몰랐구나.

강호의 도리도 모르고 잘난 척한다는 얘기는 내 누차에 들었다만 오늘 보니 아주 가관이구나. 사문의 보호 아래 자라서 그런지 철부지들이 강호의 비정함을 모른단 말이지. 곡소리 나봐야 안다면 그리 해 주마. 큰 산은 올라봐야 그 높이를 알고, 바다는 꼭 들어가 봐야 그 깊음을 아는 어리석은 것들이 꼭 있는 법이지. 교훈 없는 매질이 반감만 준다고 했더냐? 어디 그 매질 한번 제대로 당해 보거라. 그런 뒤에 네놈을 끌고 사문의 존장을 찾아가 단단히 따지겠다."

파천은 피식 웃었다.

"망상이 심하군. 강호의 비정함이라 했소? 나는 강호의 비정함은 모르지만 강호가 나태함에 허덕이다 썩어문드러졌음은 알겠소. 알량한 무력과 쥐꼬리 같은 지위를 내세워 후배를 겁박하는 것이 강호의 도리라 하니 한심하기 그지없구려. 어디 마음껏 해 보시오."

파천이 아예 두 팔을 활짝 벌리고 골추림을 도발하고 나서자 성질 급한 골추림은 아예 미쳐 날뛰는 망아지처럼 광분했다. 두 사람의 거리는 고작 이 장도 채 안 되는 가까운 거리였다.

소살광개 골추림은 독한 마음을 먹었는지 처음부터 개방의 절학 중 살상력으로 으뜸이라 할 수 있는 번천대구식(飜天大九式)을 시전했다. 이 무공은 장법과 조법의 중간 형태를 띠는 무공으로,

기본적으로는 장법으로 사용되지만 변식에 따라 조법으로 변하기도 하는, 상대하기 매우 까다로운 형태를 지니고 있었다.

골추림의 손바닥에서 붉고 푸른 두 가닥 기운이 새끼줄처럼 꼬이며 쏟아져 나왔고 그 기운은 곧장 파천이 움직일 수 있는 방위를 모두 차단한 채 맹렬한 기세로 몰려왔다. 파천은 물러설 생각도 않고 오히려 한 걸음 앞으로 디뎠다. 오늘 아주 골추림을 망신 주기로 작정을 한 사람 같았다.

지켜보던 사람들은 이해하기 힘든 파천의 대응에 저도 모르게 탄식을 뱉어낸다. 골추림은 다른 정파의 명숙들과는 달리 무림에 소문난 망나니였다. 그가 개방의 장로라는 신분만 아니었다면 마두와 살성으로 불렸어도 전혀 이상할 것 같지 않은 위인이 아니었던가. 그가 비록 제 입으로는 악행을 일삼는 악인들만 처단했다고 하지만 사실 그 말을 곧이곧대로 믿는 사람은 드물었다.

그런 까닭 때문인지 은연중에 젊은 공자를 응원하는 심정으로 지켜보는 사람들이 많았다. 헌데 대응하는 모습을 보니 하룻강아지가 따로 없지 않은가. 이제 곧 피를 토하며 쓰러질 모습이 안타까웠는지 여기저기서 동시에 탄식이 흘러나왔다.

골추림의 팔성 내력이 담긴 장력은 석 자 두께의 돌판도 가루로 만들어 버릴 정도였다. 맨몸에 적중되면 주먹만 한 구멍이 뻥 뚫려도 이상하지 않을 위력을 담고 있었다.

퍼퍽!

물먹은 이불을 포개놓고 절구로 내려치면 저런 소리가 날 것이다. 파천은 제 몸의 어깨와 허벅지를 때린 장력의 강도를 가늠하며 눈을 가늘게 떴다. 이 정도의 위력이라면 웬만한 사람의 몸은 단숨에 꿰뚫어버릴 정도였다. 파천은 상대의 악독한 한 수에 치를 떨었다.

'이자는 정말로 나를 병신으로 만들 생각을 품었었구나.'

그런 생각을 하니 이자를 그냥 두어서는 안 되겠다는 생각이 고개를 쳐들었다. 이런 사람이 어찌 개방의 장로가 되었으며, 그 지위를 아직까지 유지할 수 있었는지 모르겠다는 생각도 들었다.

예상과는 달리 파천이 너무도 태연하게 서 있자 사람들의 반응은 두 가지로 나눠졌다. 뭐가 어찌된 영문인지 모르겠다는 반응과 상황은 파악했지만 어찌 저럴 수 있느냐는 반응이었다. 누구보다 놀란 건 제 손속이 좀 과했나 싶어 살짝 후회하고 있던 소살광개 골추림이었다.

그는 처음의 기세등등하던 태도와는 달리 귀신이라도 본 듯이 파천을 바라봤다. 분명 틀림없이 제 손에서 뿜어진 장력이 젊은 놈의 어깨와 허벅지를 강타하는 걸 똑똑히 보고 느꼈는데, 이게 무슨 조화란 말인가. 그는 믿지 못하겠던지 재차 장력을 뿜어냈다. 이번엔 아주 곤죽을 만들어버릴 심산인지 전력을 다해 십여 장을 연달아 쏟아냈다.

퍼퍼퍽.

여지없이 터져 나오는 소리들은 자신의 장력이 제대로 위력을 발휘했음을 알려주는 것 같았는데, 미묘한 차이긴 하나 손바닥에 전달되는 느낌이 다른 것을 그제야 알았다.

이유는 모르겠지만 상대의 몸에 닿는 순간 짜릿한 타격감은 전해지지 않고 마치 허공을 때린 것 같기도 하고 몇 겹인지 모를 물먹은 솜을 후려친 것 같기도 했다.

"좀 더 힘을 내보시오. 이래서야 강호의 비정함을 가르치기는 커녕 망신만 당하겠구려."

"이, 이놈!"

골추림은 파천의 비아냥거림에 간신히 부여잡고 있던 한줄기 이성의 끈마저 놔버렸다. 그의 전신에서 폭풍처럼 휘몰아치기 시작한 강기의 회오리만 보아도 그가 지금 얼마나 분노했는지를 알 수 있는 일이었다. 전력을 다 기울인 탓인지 조금 전과는 확연히 다른 위력의 힘이 파천에게 전해졌다.

'개방의 장로라더니…… 과연 재간이 없진 않구나.'

스스로의 부족함을 느끼고 물러나 준다면 그보다 좋은 일은 없겠지만, 상황파악도 제대로 못하고 있는 사람에게 그런 기대감을 가질 순 없었다. 제 몸으로 직접 겪고 느껴보기 전에는 절대로 인정하지 않는 사람들이 있는데, 골 장로는 아마도 그와 같은 부류의 사람인 것 같았다.

파천의 선택은 단 하나뿐이었다. 마음에 한 가지 결심을 굳힌 순간 파천의 신형이 바람을 타고 나는 대붕처럼 하늘로 붕 떠올랐다. 십여 장쯤은 치솟아 올랐을 것이다. 까마득한 지점에서 멈춘 파천은 허공에 두둥실 뜬 채로 한 손을 쫙 펼쳐 하늘로 뻗었다.

파지지직―

전신에 깃들어 있는 힘은 미증유의 것이었다. 사람 중에 이만한 힘을 지닌 이가 있었을까 싶을 정도였지만, 정작 그 힘을 몸 안에 담고 있는 파천은 그 사실을 제대로 인지하지 못했다. 마음에 떠오른 형상은 곧장 응축된 내단을 발동시켰고 그 힘은 곧장 사지백해를 돌아 전신 곳곳을 노도처럼 휩쓸었다.

터질 듯 부풀어 오른 힘은 어느 곳이라도 좋으니 제발 문을 열어 달라고 애원이라도 하는 듯이 파천의 몸 안에서 들들 끓어올랐다.

우우우웅!

망울진 푸른 불꽃을 손에 들고 있는 것 같은 형상을 사람들이 발견한 순간이었다. 파천의 손이 판관이 선고를 내리듯 지상으로 향한 순간, 귀청을 찢는 파공성이 천지를 뒤흔들었다.

쐐액—

뭐가 어찌된 일일까? 사람들은 아무것도 보지 못했다. 감히 가늠하지도 못할 막대한 힘이 지상으로 내리꽂혔다는 건 알았지만 그것은 인간의 시력으로 포착해낼 수 없는 속도였다. 단지 사람들이 발견한 건 하나였다.

골추림이 딛고 선 주변에 깊이를 추측할 길 없는 시커먼 구멍이 빙 둘러가며 아가리를 벌리고 있다는 것뿐이었다.

사방은 고요했다. 머리칼과 옷자락을 나부끼며 아직도 십여 장 높이에 두둥실 떠있는 파천이 없었다면, 그리고 골추림의 주변 땅에 깊이를 알 수 없는 구멍들이 숭숭 뚫리지만 않았다면, 사람들은 방금 제가 본 것을 현실에서 보았노라고 어딘가에 가서 입을 놀리지는 못했을 것이다. 정신을 차린 사람들은 많았지만 여전히 주변은 과연 이곳에 이렇게 많은 사람들이 있는 게 사실일까 싶을 정도로 고요했다.

골추림의 다리가 후들후들 떨렸다. 다른 사람은 몰라도 그만은 너무도 생생하게 느낄 수 있었다.

'이건, 이건 사람의 능력이 아니다. 하늘에서 떨어지는 벼락도…… 이와 같을 수는 없다. 이건…… 꿈이다. 현실이 아니야.'

다리에서 시작된 떨림은 곧장 전신으로 번져갔다. 그 전율은 방금 전 자신이 죽음과 삶의 경계에 서 있었다는 공포심에서 기인하는 자연스러운 반응이었다. 강호인들의 죽음은 부지불식간에 찾아오기에 공포심을 느낄 새도 없는 경우가 많았다.

사선을 넘어 살아난 사람들은 그래서 더 삶에 대한 애착이 치열한 법이다. 그 순간의 공포심이 어떠한지를 알기에 그런 순간을 또다시 맞지 않기 위해서 뼈를 깎는 수련도 마다하지 않는다. 강호에서 굴러먹은 지 오래인 골추림은 상대가 제 능력으로 맞서는 것이 불가능한 절대강자라는 사실을 실감했고, 그런 사실을 알아챈 순간 제가 얼마나 어리석은 짓을 저질렀는지를 깨달은 것이다.

그때 개방의 제자들 중 하나가 노백에게 가까이 와 현재 사람들 사이에 화젯거리가 돼 있는 태평루 사건을 거론하며 저 사람이 그 장본인 같다는 말을 전했다. 노백은 그 말을 듣는 순간 제자를 죽일 듯 노려봤다. 왜 이제야 그 사실을 전하느냐는 뜻이었다. 노백은 머리가 지끈거렸다.

강호의 은원은 맺기는 쉬워도 풀기는 어렵다. 원한이든 은혜든 간에 한번 얽히면 생명이 다하는 날까지 가는 법이다. 다행히 은혜를 내렸다면 모를까, 원수를 맺었다면 속히 해결하는 것이 이롭다.

작은 원한을 방치했다가 대를 잇기라도 하는 날에는 무슨 영문인지도 모르고 죽는 일이 허다했다. 이처럼 살벌한 강호에서 대문파의 제자라고 해서 은원에서 자유로울 수는 없었다. 노백은 개방의 장로답게 골추림의 안위보다는 개방의 안위를 먼저 따질 수밖에 없는 자신을 생각하자 씁쓸해졌다.

사람들의 관심을 온몸에 받고서 천신처럼 땅으로 내려오고 있는 파천을 사람들은 경외의 시선으로 바라봤다. 흠모하는 빛을 내보이는 가운데서도 저 사람이 대체 누구관데 이런 절대적인 신위를 보이는지 궁금해 하는 기색이 역력했다.

골추림의 태도는 좀 전과는 다르게 참으로 어정쩡했다. 주춤 한걸음 물러서긴 했지만 꼿꼿하게 편 허리에는 여전히 힘이 들어가 있었고 주눅이 들어 있었지만 여전히 고집스러움이 얼굴에 가득했다.

파천이 아무 일도 없었다는 듯이 태연하게 물었다.

"계속 하시겠습니까?"

생각하기에 따라 해석이 달라질 수 있는 말이었다. 하지만 골추림은 그 질문에서 자신이 원하는 한 가지 의도만을 끄집어냈다. 당신이 하기에 따라 이 정도에서 그만둘 수도 있다는 뜻을 내포하고 있지 않은가? 그렇다면 자신이 마다할 입장이 아닌 것이다.

'지금은 체면 따위를 따질 때가 아니다.'

골추림은 노회한 강호의 능구렁이답게 얼른 꼬리를 내렸다.

"그만…… 둡시다. 생각해 보니…… 소협의 말도 일리가 있는 것 같소."

노백이 얼른 말참견을 하고 나섰다.

"하하, 그렇고말고. 별일 아닌 일 갖고 서로 얼굴 붉힐 이유가 없지. 이 노망난 늙은이를 대신해서 노개가 사과하리다."

파천도 더 이상 골추림을 압박할 생각은 없었다. 여기서 더 나가 버리면 회복할 길이 없어지고 지저분한 꼴을 봐야 끝날 것이다.

"더 이상의 오해가 없었으면 좋겠습니다. 걸왕 노선배님과의 인연도 있고 하니 이번 일은 피차 깨끗하게 잊어버렸으면 좋겠군요."

"아 그러셨군요. 실례지만 소협의 성함이라도……."

"파천입니다."

노백은 고개를 갸웃거렸다. 한 번도 들어본 적이 없는 이름이었기 때문이다. 노백은 궁금했다.

"혹 소협께서는…… 어제 태평루에서 철우명 대협을 만난 적이 없습니까?"

"그런 일이 있긴 있었습니다만, 왜 그러시는지요?"

"오, 바로 그분이셨군요. 태평루에서 소협의 놀라운 신위를 본 제자들이 거짓말을 한다고 여겼는데, 이제 보니 모두 사실이었나 봅니다. 진정 천신의 위용이 따로 없습니다. 과연 누가 소협의 무공을 논할 수 있겠습니까."

"과찬의 말씀이십니다."

"아닙니다. 제가 없는 말을 하겠습니까? 들리는 소문으로는 와룡장의 장주라고 하던데, 그건 어림 반 푼 어치도 없는 헛소리일 것이고 혹…… 환혼하신 전대의 고인이신지요?"

"와룡장의 장주가 맞습니다."

"네? 항주에 있는 그 와룡장……?"

"네 바로 그 와룡장입니다."

두 사람의 오가는 대화를 듣고 그제야 파천이 누군지를 알게 된 주변 사람들은 웅성거렸다. 갑자기 혜성처럼 등장한 절대고수가 정말로 와룡장의 장주였다는 사실도 놀랍거니와 불가해한 무공을 일신에 지녀서 다들 환혼자 중 하나일 거라 짐작을 했는데, 그도 아니어서 놀라는 것이었다.

그럼 보이는 대로 약관에 불과하며, 당대에 출현한 고수란 말이 아닌가? 그건 도저히 있을 수 없는 일 같았다. 당장 노백만 해도 파천의 말을 어디까지 믿어야 할지 몰라 미심쩍어했다. 사람들의 따가운 시선을 받는 것이 어색했던지 파천이 예정에도 없던 이 돌발적인 상황을 마무리 짓고자 운을 뗐다.

"그럼 다른 용무가 없으시다면 전 이만 가보겠습니다."

"혹 선약이라도 있으십니까?"

눈치 빠른 모용상인은 노백이 파천을 곁에 두고서 이것저것 알아볼 요량이란 걸 알아채고 얼른 말머리를 채고 나섰다.

"아참, 아까 스승님께서 널 찾으셨다. 어서 가봐야지. 노 장로님, 골 장로님 저희들은 바쁜 일이 있어 이만 가봐야겠습니다. 후에 또 뵙겠습니다."

약속도 잡혀 있지 않던 굉지대사의 이름까지 판 보람이 있었는지 노백은 더 이상 두 사람을 붙잡지 않았다. 사람들의 시선을 떨쳐내며 모용상인이 파천의 팔을 끌고 부리나케 발걸음을 뗐다.

"니, 왜 그래?"

"잠자코 따라와라."

일리아나도 두 사람 뒤를 묵묵히 따르긴 했지만 뭐가 마음에 걸리는지 자꾸만 주변을 두리번거리는 것이었다. 사람들의 이목이 뜸한 곳으로 파천을 끌고 온 모용상인이 한숨을 푹 내쉬었다.

"후유, 십년감수했네. 너 아니었으면 큰 곤욕을 치를 뻔했다."

"나 없었으면 그대로 당할 셈이었던가 보네. 네 실력이면 충분히 위기를 넘기고도 남았을 텐데."

"모르는 소리 마라. 그랬다가는 정파에서 매장당하고 만다. 너야 사실 연관성이 별로 없으니 이런 사고를 쳐도 그만이고…… 그리고 너 정도의 실력이면 다른 사람 눈치 안 보고도 네 뜻을 펼칠 수 있겠지만 나야 그게 쉽나. 가만 보니 의도적으로 자꾸 너를 노출시키는 것 같은데, 무슨 속셈으로 그러는 거지?"

"속셈은 무슨."

"혹…… 맹주가 될 생각인 거냐?"

"아직은 시기상조다."

"생각이 전혀 없다는 소리는 안 하네. 나중에 맹주 되면 나 한 자리 주는 거지?"

"실없는 농담 말고, 대사님이나 찾아봐라."

"스승님은 왜?"

"만나서 긴히 의논할 일이 좀 있어서."

"그래? 그럼 내가 영판 거짓말을 한 건 아니네. 그런데 어쩌지? 오늘은 따로 시간 내시기 힘드실걸? 그러지 말고 나랑 같이 회합이나 가보자."

"무슨 회합?"

"오늘 후기지수들의 회합이 잡혀 있다. 검성이 맹주가 될 가능성이 높으니 미리 대책을 강구해 놔야지."

"단체 행동이라도 불사하겠다는 생각이냐?"

"그렇게 해서라도 우리 권리를 찾을 수 있다면 마다할 순 없지."

파천은 차마 말릴 수 없었다.

"내가 힘이 되어 줄 수 있으면 좋으련만 너도 알다시피 아직 내게는 그런 힘이 없다. 그러니 너무 무리하지 말고 지혜롭게 처신해. 검성의 성격상 처음에는 조직의 기강을 바로잡기 위해서라도 초강수로 밀어붙일 수도 있으니깐."

"그렇다고 이대로 물러설 순 없는 일이지. 그럼 이따 대회장에서 보자."

모용상인이 급하게 자리를 뜬 후 파천은 일리아나가 평소와 달리 긴장하고 있다는 걸 알아봤다.

"왜 그래? 왜 그리 잔뜩 긴장하고 있지?"

"네가 아까 기공술을 썼을 때, 그때부터 사방에서 매우 강력한 기감이 꿈틀거리고 있어."

파천은 뜻밖의 말에 이채를 띠었다.

"어느 정도인데?"

파천은 일리아나의 능력을 신뢰하고 있다. 그녀가 그리 느꼈다면 사실일 것이다.

"아까 순간적으로 발현한 기감은 어마어마한 것들이었어. 지상에 올라오고 한 번도 느껴보지 못했을 정도로 큰!"

"환혼자들이로군. 지금도 느껴져?"

"응, 미세하지만 느껴져."

일리아나가 곁에 있다는 것이 이럴 때는 무척 유용했다. 파천은 곧 환혼자들 간의 충돌이 있을 것이란 걸 예상할 수 있었다. 정파의 중심에 서려는 검성과 그의 제안에 합의한 환혼자들과 그런 그들을 방해하거나 저지하려는 무리들 사이의 충돌은 불가피할 것이다.

'충돌로 끝나면 의미가 없다. 손실은 최소화하면서 그들을 화합시킬 수 있는 방법은 없을까? 검성에게 그와 같은 능력이 있다면 차라리 다행이겠으나 역부족이라면 양측의 손실은 불가피하다. 진정 막을 방법이 없을까?'

제 4 장 속속 밝혀지는 검성의 비밀들

"와룡장주님이십니까?"

파천과 일리아나는 자신들을 향해 다가서고 있는 일단의 무리들을 바라봤다. 옷차림만 봐서는 어느 문파의 무사들인지 알아볼 수 없었다.

"그렇소만."

"검성께서 모셔 오라 이르셨습니다."

오늘 이곳에서 검성을 만나기로 했지만 특별히 시간을 정해둔 건 아니었다. 원래 파천은 굉지대사를 먼저 만나볼 요량이었다. 그의 상의할 일이 낳았고 도움을 청할 일도 적잖았다.

검성이 먼저 수하를 보내 청하는 걸 보니 아마도 어제 일 때문일 가능성이 컸다.

'나를 대하는 입장과 태도가 달라질지도 모르겠군.'

파천은 별 대꾸 없이 검성이 보낸 수하들 뒤를 따랐다. 그들이 데려간 곳은 지금 한창 열띤 논의가 진행되고 있는 거대한 막사였다. 그 앞에 진을 치고 있는 무사들 역시 통일된 복장을 하고 있다. 어느 문파의 무복인지는 보아도 알 수 없었다.

'이들 역시 검성의 수하들인 것 같은데…… 검성은 언제 이렇게 많은 수하들을 길러냈을까? 그를 지지하는 세력들에서 차출한 무사들로 보이지는 않는다.'

회의장 안은 열기가 느껴질 정도로 가열돼 있었다. 이렇게 된 건 검성이 정의맹 구상을 밝히면서부터였다. 그때부터 검성을 반대하는 사람들이 이때다 싶어 격렬하게 반대하고 나섰다.

이전까지만 해도 검성을 존중해서 조심하는 눈치들이었지만 이제는 그럴 생각도 없는 것 같았다. 직접적으로 검성을 거론하거나 겨누진 못했지만 그가 밝힌 의견을 비난하고 나섰으니 상황은 동일했다.

"무림의 근간을 뿌리 채 흔드는 발상임이 명백하오. 절대 찬동할 수 없소."

"맹주 한 사람에게 권력이 집중되는 것도 문제거니와 창맹 순간부터 불만이 있어도 반대할 수 없는 경직된 체제도 문제가 되오."

"정의맹 하나를 만들고자 유구한 역사와 전통을 자랑하는 문파들을 해체해야 한다니, 이게 말이 될법한 소리요."

반감을 나타내는 사람은 한두 명이 아니었다. 확실히 지금의 분위기는 검성에게 불리했다. 파천은 맨 끝자리에 앉아서 오고가는 얘기들을 경청하고만 있었다. 일리아나는 웬일인지 그 옆에 얌전히 앉아 있었다. 일리아나가 뜻밖의 전음을 보낸 시점은 파천이 자리를 잡고 막 회의장 분위기를 파악하고 나서였다.

『여기도 대단한 자들이 있었네.』

그 말이 어떤 의미를 지녔는지 안 파천은 이상히 여겼다. 그가 알기로 이 자리에 환혼자는 오직 검성 하나뿐이다. 그 말고 환혼자가 또 있다는 말인가? 확실히 구분해내기는 힘들었지만 범상치 않은 사람들이 몇 눈에 띄긴 했다. 그들은 주로 검성 주변에 앉아 있는 사람들이었다.

'저들도 혹 환혼자일까?'

있는 듯 없는 듯 고요히 침잠해 있지만 조금만 집중해 보면 그들 주변에서 미묘한 기운이 끊임없이 일렁임을 알 수 있다. 몸 안의 기운이 가득 차게 되면 저절로 겉으로 드러나게 되고 그 기운이 강하면 강할수록 갈무리하기 벅차진다.

심경에 다다른 고수는 굳이 내력을 운기하지 않아도 몸 주변에 아지랑이 같은 기운이 흘러나오게 되는데 그것은 투명한데다 미세하기까지 해서 보통 사람의 눈에는 포착되지도 않는다. 그냥 볼 때는 별다른 점을 발견할 수 없지만 시력을 돋워 집중하니 그 미세한 일렁임이 확연히 구분됐다.

이를 두고 사람들은 심경지기(心境之氣)라고 해서 다른 기운과 구별해 불렀다. 이를 볼 수 있는 사람은 심경에 다다른 사람에 한정돼 있다는 것이 정설이었다. 파천은 확신할 수 있었다.

'저들은 환혼자다. 검성을 제외하고도 최소한 십여 명이 환혼

자이거나 그에 근접하는 무위를 지니고 있다.'

검성은 어느새 그토록 많은 환혼자를 포섭하거나 끌어들였을
까. 정말 대단한 사람이 아닐 수 없었다. 그런 그를 정파 내에서
견제할 수 있는 사람이 있을 리가 없었다.

'정의맹 창설은 검성의 뜻대로 되겠군.'

파천이 자신을 바라보고 있음을 깨달았는지 검성의 시선도 자
연스럽게 파천에게로 향했다. 그의 입가로 의미를 알 수 없는 묘
한 미소가 한 자락 내걸렸다.

『나 또한 누군가에게 속을 수 있는 사람이란 걸 알게 해 줘서
고맙소. 장주가 그토록 감추고 싶어 하는 정체가 무엇이든지……
장주와 나와의 거래는 앞으로도 유효할 것이오. 아니 유효해야
하오. 그것마저 제대로 지키지 못한다면 내 분노를 막을 길이 없
을 테니. 경고하는데…… 앞으로는 날 속이려 들지 마시오. 신뢰
와 불신은 종이 한 장 차이일 뿐이오. 관점을 바꾸면 불신은 곧
신뢰로 바뀔 것이오.』

검성의 전음은 오직 파천의 귀에만 들렸다. 검성은 태평루 사
건이 있고나서 철우명의 보고를 접했다. 철우명의 우려와는 달리
검성은 와룡장주 파천이란 사람의 정체가 무엇이든 상관없다고
생각했다. 그것은 자신감이었다. 어떤 속임수도 진정한 힘 앞에
서는 무력할 수밖에 없다는 믿음이 있었다.

음모와 귀계가 판치는 무림에서 제 능력을 감추는 일 정도는
다반사다. 와룡장주 파천이란 인물에게 어떤 사정이 있는지, 그
가 지닌 마음속 진실이 무엇이든 검성은 애초에 기대했던 것만
그에게서 얻을 수 있다면 불만이 없었다. 그러나 상대가 또다시

자신을 기만하고 우롱하려 든다면 용납할 생각은 없었다. 그래서 경고한 것이다.

파천도 전음으로 답했다.

『약속한 일은 그대로 이행될 것이오. 대신 나도 한 가지 미리 밝혀두겠소. 제 욕심을 이루기 위해 천하의 안위를 위협하거나 파탄으로 이끄는 자가 있다면…… 그가 누구라도 용서하지 않겠소. 이것은 내 신념이고 의지요.』

검성은 파천의 대담한 전음에 놀라기보다는 흡족해 했다. 한낱 장사치라고만 여기고 만났던지라 자세히 살피지 않던 일이 지금에 와서는 새로운 즐거움을 만끽하게 해 줬다.

『이왕이면 장주와 본좌가 같은 곳을 바라보았으면 좋겠구려. 오랜만에 마음에 흡족한 인재를 보았는데 채 피지도 못하고 진다면, 또한 그 일을 내 손으로 직접 해야 한다면 무척 애석한 일이 되겠지요. 아무쪼록 그런 불행한 일만은 없었으면 좋겠소. 각별히 조심해 주시오.』

『만개한 꽃은 지는 것이 또한 순리겠죠.』

파천의 대답은 많은 의미를 내포하고 있었다. 검성도 그것을 느꼈는지 입가에 매달린 미소가 더욱 짙어졌다. 두 사람이 전음을 주고받고 있는 사이에도 회의장 분위기는 답답할 정도로 가열되고 있었다.

검성은 불만을 토로하고 있는 사람들을 막지 않았다. 그들이 마음껏 떠들 수 있도록 방치했다. 일다경 정도나 지났을까, 슬며시 비난이 잦아지고 침묵이 찾아왔을 때 검성이 입을 열었다.

"잘 들었소. 오해하고 있는 분들이 많으신 듯싶어 미리 밝혀두겠소. 정의맹 입맹은 문파 단위가 아닌 개인자격으로 참여하며 강제성은 없소. 제자들에게 참여를 독려해 주리라 믿어 의심치 않지만 혹 생각이 다른 분이 계실지 모르겠소. 만약 어떤 문파든…… 제자들의 참여를 막거나 강제한다면 본좌는 이를 묵과하지 않을 생각이오. 또한 정파와 천하 무림의 안위 따위는 상관없이 제 혼자 살길을 찾겠노라는 발칙한 의도를 내보인다면, 그가 누구든 차후 반드시 불이익을 당할 게요.

사사혈맹을 비롯한 여타 세력의 위협을 받게 되어도 본맹의 도움은 전혀 기대할 수 없게 될 것이오. 정파를 위협하고 있는 사사혈맹보다도 정파의 껍데기를 뒤집어쓰고 있음에도 동참하지 않는 자들이 더 해롭다고 믿소. 여러분이 정의맹 창설을 지지해 주면 좋으나 막상 그 반대의 경우라 해도 어쩔 수 없는 일. 구태여 머리 숙여 부탁하고 싶은 마음은 없소. 이 일은 나 하나만을 위한 결정이 아니기에 부탁은 하지 않겠소. 방해만 하지 마시오. 그럴 경우 서로에게 피할 수 없는 불행을 초래할 것이오."

검성의 마지막 말은 모두에게 선고처럼 들렸다. 이후부터 모든 절차는 검성의 뜻대로 진행되는 것 같았다. 정파의 문파들이 정의맹 동참을 반대할 명분은 없었고 실익은 더더군다나 없었다. 정의맹과 결별하는 순간부터 사사혈맹의 표적이 되어도 누구 하나 도와주지 않을 것이며 멸문의 화를 당할까 전전긍긍하는, 불안의 나날이 계속될 수밖에 없었다.

원칙적으로 정의맹 창설에 반대하는 사람은 거의 없었다. 아니, 현재까지 그런 의사를 표한 사람은 단 하나도 없었다. 단지 맹주위에 검성이 오를까봐 근심하는 사람들이 있을 뿐이었다. 아쉽게도 그런 사람들의 목소리는 크지도, 힘차지도 못했다.

"나를 대신할 재목을 내세우면 된다. 맹주는 능력 있는 모든 사람에게 열려 있다"라는 검성의 외침처럼 무언가 수단을 부린다 해도 검성이 마련해 둔 틀 안에서 시도할 수밖에 없다는 공감대가 형성되고 있었다.

이후 본회의장에서 계속된 대회는 정파들뿐만 아니라 오혈신교와 정사지간의 문파들, 개인 자격으로 찾아온 다양한 계열의 고수들까지 동참한 채 성대하게 진행됐다. 맹주 선출을 포함한 비무대회 형식의 승급심사가 검성의 입에서 발표되었을 때 대회 분위기는 절정에 다다랐다.

사람들은 무림사에 기록될 만한 대사건이라며 흥분하기도 했다. 명문 출신이 아니어도, 배경이나 인맥이 아니라 오직 개인의 능력만으로 직위와 권한을 결정짓겠다는 발상은 많이 가지지 못한 자, 상대적으로 불리할 수밖에 없는 낭인무사, 소문파 출신의 고수들에게 환영받았다.

그러나 반대로 대문파의 후광을 입고, 이런 연합체라면 으레 한자리쯤 하게 될 것이라 여겼던 명문 대파의 제자들에게는 실망스러운 일이기도 했다.

앞으로 열흘이 되었든 보름이 되었든 원하는 사람 모두에 대한 심사가 끝날 때까지 문을 활짝 개방해 두기로 했다. 치열한 승급심사가 예고되고 있었다. 외형이나 규모가 아닌 어느 문파가 더 알차고 내실이 있는지 단번에 드러날 일이었다.

정의맹에 동참을 원하는 사람은 간단한 시험만으로 9급 확인증을 건네받게 된다. 사사혈맹이 정예들만으로 구성된 데 비해 정의맹은 원하는 사람이면 누구나 동참할 수 있다는 것이 상이한 점이었다. 의도적으로 차별화할 생각으로 그리 결정한 건 아니고 정파의 성향을 고려할 때 의기를 높이 사는 전통이 크게 작용했다 볼 수 있었다.

9급은 누구나 될 수 있지만 1급부터 8급까지는 인원이 정해져 있었다. 즉 실력 순으로 위에서부터 정해진 인원을 채우고 나면 잘라 나가는 식으로 진행할 수밖에 없었고, 이를 확인하기 위한 절차는 꽤나 번거롭고 복잡할 수밖에 없었다.

무림 역사상 이처럼 참여인원이 많은 성대한 비무대회가 또 있었을까?

동참하는 사람들의 열의는 대단했다. 처음에는 회의적이었던 대파들도 점차 시간이 갈수록 그런 열기에 전염이라도 된 듯이 경쟁적으로 뛰어들게 됐다. 가만 주저앉아 있으면 뒤쳐진다는 걸 알고 있기에 일단은 함께 달리자는 분위기였다. 이런 분위기야말로 검성이 바라던 일이었다.

승급심사와는 별도로 지도부를 구성하기 위한 맹주결정전은 따로 열기로 했다. 구파일방과 오대세가에는 맹주결정전에 한 명씩의 대표를 내보낼 수 있는 권리를 우선적으로 배정했고 오혈신교에서는 총 여섯 명이 출전할 수 있다.

그 외에는 개인자격으로 출전권을 주는데 그 심사는 정도십성이 동시에 맡게 했다. 맹주결정전 자격을 얻기 위한 심사 방식은 사람들의 관심을 끌었지만, 검성은 이를 외부에 공개하지 않고 사람들의 눈을 피해 비밀리에 진행시켰다.

사람들의 관심을 끈 것은 환혼자들의 참여였다. 승급심사가 치열하게 벌어지고 있는 중에도 맹주결정전 출전자에 대한 군웅들의 관심은 폭발적으로 높아져갔다. 승급심사가 시작된 지 사흘이 되던 날 공고문 하나가 광장에 내걸렸다.

정확히 사흘 뒤부터 맹주 결정을 위한 비무가 시작될 것이며 전 과정은 정의맹의 전 맹도들이 지켜보는 자리에서 치러질 것이라는 내용이었다. 출전신청 마감시한은 비무가 열리는 당일 오시(午時)까지였다.

열기와 관심은 하늘을 찌를 듯이 끓어올랐다. 누가 과연 맹주가 될 것인가?

이런 군웅들의 호기심을 자극할 만한 정보가 공개됐다. 대권에 도전하는 출전자 명단이 차례로 밝혀졌다. 아직까지 시한이 남아 있기에 확정적인 건 아니지만 지금까지 출사표를 던진 인원들의 명호가 낱낱이 외부에 밝혀진 것이다. 총 인원 여든두 명 중에서 환혼자가 무려 스무 명이 넘었다.

이 수는 마감시한이 가까워질수록 더 늘어날 것이다. 대체 얼마나 많은 환혼자가 항주로 달려왔고, 앞으로 더 올 것인가? 검성은 그 많은 환혼자들을 모두 물리치고 맹주가 될 자신이 있단 말인가? 초미의 관심사가 아닐 수 없었다.

항주의 악왕묘 인근은 동이 터오는 시간부터 해가 질 때까지 평생의 수련을 검증받기 위해 나선 열혈의 무사들이 뿜어내는 열기로 엄동설한의 한파도 비껴갈 지경이었다.

　　　　　*　　　*　　　*

　불꽃은 무언가 태울 것이 있을 때까지는 화려하고 아름답다.
그러나 더 이상 태울게 없어지고 나면 시커먼 재만 남기고 종적
을 감춘다. 정열적인 자태도 휘황한 빛도 자취를 감추고, 황량하
고 을씨년스러운 폐허를 창작품인 듯 드러내 보인다. 짧게 타오
르고 말 정열적인 불꽃인지, 은근하고 은은하게 사방을 비칠 희
망의 빛인지는 아직 가려지지 않았지만 꼬인 실타래를 풀 수 있
는 마지막 기회가 우연하게 찾아왔다.

　성대하게 준비된 잔치였다. 공식적으로는 정의맹의 가장 큰 후
원자로 알려진 와룡장주 파천이 베푸는 연회였고, 그 자리를 빛
내기 위해 지금까지 맹주위에 출사표를 던진 출전자들과 각파의
주요 인물들이 모조리 초대됐다. 파천은 아예 이 자리에서 내부
에 도사리고 있는 흉한 몰골들과 막 곪기 시작한 종기들을 모조
리 드러내 보일 참이었다.

　또한 그런 의도를 지닌 사람들에게 미리 알려 준비를 시켰다.
그런 의도가 숨어 있는 줄은 꿈에도 모르고 참석한 인사들은 그
간의 긴장감을 잠시나마 털어내고 순수하게 즐기는 것처럼 보였
다. 사실 이런 호사를 또다시 누릴 수 있으리란 보장이 없다 보니
그런 면도 이해가 간다.

　와룡장주는 천하제일거부라는 명성에 걸맞게 천향루가 자랑하
는 유리궁을 통째로 빌려 부를 과시했다. 천향루의 특급 기녀들
을 모조리 동원해 연회진행을 돕게 한 일은 이후로 누구도 시도
조차 못할 일이었다. 한겨울에 꽃들이 활짝 만개한 유리궁 안에

는 겨울밤의 서늘함은 찾을 길 없었다.

그 이름처럼 지붕과 벽까지 투명한 유리로 만들어진 탓에 밤하늘의 별들이 금방이라도 쏟아져 내릴 것 같고 여기저기 지펴놓은 횃불이 투영돼 환상적인 분위기를 돋웠다. 대규모 연회를 대비해 만들어진 규모답게 수백 명을 한꺼번에 들이고도 품이 넉넉했다. 파천의 느닷없는 연회 제안에 어리둥절했었던 검성도 막상 여기 와보니 흡족한 마음이 들 정도로 준비는 완벽에 가까웠다. 그렇지만 그가 만약 파천의 속마음을 들여다볼 재주가 있었다면 이리 환한 웃음만 흘리고 있지는 못했을 것이다.

"준비는?"

유리궁을 잠시 빠져나와 있던 파천과 막 도착한 유백송은 무언가를 숙의 중이었다.

"차질 없이 준비했습니다. 빠짐없이 소식을 전했고, 꼭 오겠다는 답변을 받아냈습니다. 그런데 과연 생각하신대로 될지는 의문입니다."

"그것까지 염려할 필요는 없다. 나는 단지 잠복해 있는 문제들을 드러내 보일 뿐, 그 뒤의 일은 그들 스스로 알아서들 하겠지."

"그러다 큰 싸움이라도 난다면 그때는 걷잡을 수 없을 것 같습니다만."

"생각들이 있는 사람이라면 파국으로 치닫지는 않겠지."

두 사람이 있는 곳으로 천향루의 루주가 다가왔다. 루주는 약간 상기된 표정이었다.

"이쪽도 준비는 끝났어요."

"수고했소. 일단은 등장할 주인공들은 모두 섭외가 끝난 셈이군. 그렇다면 슬슬 막을 올려볼까?"

파천의 익살스러운 표정에 천향루주는 도리어 근심만 깊어져간다.

"큰일이야 없겠지요?"

"혹 유리궁이 박살이 난다면 두둑하게 변상할 테니 그런 걱정은 마시오."

"그게 아니라…… 싸움에 휩쓸려 우리 아이들이 혹 변을 당할까봐 그렇습니다."

"그리 걱정된다면 눈치껏 알아서 빼돌려놓아도 좋지만, 그런 일은 없을 게요."

"믿겠습니다. 그리고 우리 아이들이 먼저 자리를 비우고 나면 오히려 저희가 의심을 받겠지요."

역시 생각이 깊은 여자였다. 파천은 두 사람을 남겨두고 유리궁 안으로 다시 발길을 옮겼다. 그가 지금 무언가를 꾸민 것은 사실이지만 성사 여부는 그조차 알 수 없는 일이었다.

'검성이 어떤 사람인가에 따라 아무 일없이 지날 수도 있고 그 반대의 상황이 벌어질 수도 있다. 검성, 당신에게 달렸소. 당신이 누차에 걸쳐 언급했던 정파의 화합과 단결이 당신 때문에 깨지지 않기를 바랄 뿐이오. 당신이 진정한 영웅인지 위선자인지 잠시 뒤 가려질 것이오. 결과에 따라 내 이후의 행보도 달라지겠군.'

"하하하하. 이런 연회는 내 머리털 나고 처음 구경해 보오. 확실히 물주가 든든하니 이런 호사도 누려보는구려. 돈이 좋기는 좋소이다."

파천의 등을 툭툭 두드리는 사람은 검성이 대동하고 온 일행 중 하나였다. 그는 정보에 어두운지 파천을 부모 잘 만나 재복을 누리고 있는 복에 겨운 놈쯤으로 여기는 눈치였다. 무림인들의 경우 상인을 우습게 여기는 경향이 있는데 이자 역시 마찬가지인 것 같았다. 파천은 상대의 외호를 듣고서야 그가 누구인지 짐작하게 됐다.

홍포백검(紅布白劍) 좌현발은 구백여 년 전에 활동하던 천하제일검객으로, 좌수검법의 신기원을 이뤘다. 왼손잡이는 오른손잡이에 비해 드물고 왼손잡이라 해도 특별한 경우가 아니면 오른손에 검을 쥐게 한다.

대개의 검법서들이 오른손잡이를 기준으로 서술돼 있고 가르치는 사람들 역시 오른손잡이다 보니 왼손일 경우 여러모로 손해를 보기 마련이었다. 당시까지만 해도 그것은 변할 수 없는 진실처럼 보였지만, 홍포백검의 등장으로 사정은 달라졌다.

홍포백검이 좌수검법을 유행시키고부터, 또한 좌수검이 희귀하기 때문에 그로 인해 실전에서 유리하다는 인식이 널리 퍼지면서 왼손잡이가 일부러 오른손으로 바꿔 수련하는 경우가 드물어졌고 그 반대의 상황도 가끔씩 벌어지곤 했을 정도다.

홍포백검은 파천을 무시해서가 아니라 친근감을 표하다 보니 다소 예의에 벗어나는 행동을 한 것뿐이었다.

홍포백검만 해도 천산파 출신으로 무공에 입문한 처지이니 정파 출신이 분명했지만, 서로 시대가 달라서인지 십대문파 사람들과 쉽게 어울리지 못했다. 그가 아무리 천성적으로 소탈하고 격의에 얽매이지 않는 사람이라 할지라도 후대의 사람들에게 먼저 가서 고개 숙이기는 어려운 일이 아니겠는가. 환혼자들이 섞여 있으니 분위기가 요상해진 것도 그 때문이었다. 오직 한 사람, 개방의 걸왕만이 여기저기 들쑤시고 다니면서 인사를 하고 다녔다.

"오, 귀하가 바로 그 유명한 좌수검의 달인 홍포백검 좌 대협이시군요. 반갑습니다. 흠모하던 분을 직접 뵙게 되니 뭐라 말할 수 없는 벅찬 감격에 온몸이 절로 떨려옵니다. 껄껄."

걸왕이 기습적으로 달려들어 홍포백검의 손을 움켜쥐고서는 종에 달린 줄을 힘차게 흔들 듯 크게 휘돌리는 바람에 홍포백검은 덩실덩실 춤이라도 추는 듯 어색한 모양이 되고 말았다.

반기는 사람을 내칠 수도 없어 가만 남의 손에 맡겨두고 있자니 상대는 도무지 멈출 기미가 안 보인다. 반갑게 웃어주던 홍포백검도 어느새 어색한 표정으로 마주보고 있을 따름이었다. 그런데도 걸왕은 흔들던 손을 멈추지도 않은 채 말을 이어갔다.

"이 손이 바로 그 귀한 손이군요."

이번엔 왼손을 움켜쥔다. 또다시 잡힐까 싶어 얼른 손을 뒤로 뺀 홍포백검이 넌지시 물었다.

"그러는 댁은 뉘시오?"

걸왕은 지금껏 제 소개를 하지 않았음을 그제야 깨닫고는 황망히 웃었다.

"흐흐흐. 여태 제 소개도 하지 않았나 봅니다. 저는 그저 늙어 죽을 날만 기다리고 있는 개방의 쓸데없는 뒷방늙은입니다. 강호의 동도들이 과분하게도 걸왕이란 외호를 붙여주었지만 어디 가당키나 합니까."

"오, 귀하가 바로 걸왕이셨군요. 반갑습니다. 명성은 익히 들었습니다."

"어이구 이거 몸 둘 바를 모르겠습니다."

처음엔 어색해하던 홍포백검도 어느새 걸왕과 보조를 맞춰 유쾌하게 웃음을 흘리고 있다. 걸왕이 홍포백검을 잡아둔 이유는 따로 있었다.

『꾕지대사께서 아까부터 이제나 저제나 애타게 문주님만 기다리고 있으니 어서 가보시오.』

공사다망한 파천이 바쁘다는 핑계로 꾕지대사를 피해 온 건 다 그럴만한 이유가 있었다. 한사코 파천더러 맹주가 될 것을 종용하고 있는데다 그 억지스러움이 당해내기 힘들 정도였기 때문이다. 파천은 꾕지대사가 어느 자리에 있는가를 살피다 뜨끔해졌다. 꾕지대사뿐만 아니라 정도십성 중 상당수가 한자리에 옹기종기 모여서 자신만을 바라보고 있는 것이 시선에 포착되었기 때문이다.

'이 일을 어쩌면 좋단 말인가. 무림의 안위를 염려하는 저분들의 충정은 이해 못할 바가 아니지만 그렇다고 벌써부터 나서서 어쩌란 말인가.'

파천은 도살장으로 끌려가는 소처럼 떨어지지 않는 걸음을 떼어 꾕지대사 쪽으로 갔다.

"대사님, 평안하시지요?"

"저는 안 보이나 봅니다."

꾕지대사의 옆에 있던 조화선옹의 농담에 파천은 얼른 차례대로 안부를 물었다. 꾕지대사의 눈에는 섭섭한 기운이 가득했다.

"왜 이리 뜸하셨습니까?"

"많은 일이 있었습니다."

"제자로부터 듣긴 했습니다만…… 그래도 너무하셨습니다."

"죄송합니다, 대사님. 입이 있어도 할 말이 없습니다. 어떤 나무람이라도 달게 듣겠습니다."

여기엔 예민한 귀들이 많아서 두 사람이 공개적으로 나눌 얘기들은 많지 않았다. 굉지대사의 전음이 파천의 귀에 전달되는 순간 파천은 심장이 덜컹 내려앉는 기분이었다.

『노존께 전갈을 받으셨습니까?』

파천도 어쩔 수 없이 전음을 사용했다. 그는 그러는 중에도 주변에 앉은 사람들의 물음에 꼬박꼬박 대답을 했기에 그와 굉지대사 사이에 은밀한 전음이 오가고 있음을 눈치채는 사람은 없었다.

『아직 소식을 듣지 못했습니다. 그렇지 않아도 그 일 때문에 일간 한 번 더 대사님을 찾아뵈려 했습니다.』

『빈승도 아는 것이 없습니다. 단지…… 검성과 대면하신 후 별안간 본사를 떠나셨다는 것만 알고 있을 따름입니다.』

『두 분 사이에 무슨 대화가 오갔는지도 모르시겠군요.』

『모릅니다.』

파천은 할아버지 생각만 하면 가슴이 답답해져왔다. 천마와 혈마를 데려간 건 알겠는데 그 이유를 알 수 없으니 답답한 것이다. 게다가 혈마가 치를 떨며 싫어하던 담사황을 따라나섰다는 것이 종내 해결되지 않는 의문이었다.

『한 가지 마음에 걸리는 일이 있습니다. 검성이 본사에 머물면서 수차례 노존을 뵈었는데 그 후로는 노존의 얼굴이 편한 적이 없었습니다. 이 얘기를 해야 할지 말아야 할지 몰라 지금까지 망설였는데, 아무래도 해야 할 것 같습니다.」

꿍지대사가 마음속에 품고 있는 의혹이 있음에도 밝히지 않았다고 하니 더 궁금해진 파천은 간절한 시선으로 꿍지대사를 바라봤다. 지금으로서는 하잘것없는 단서라도 절실했다.

『노존의 마지막 말씀이 빈승으로서는 지금껏 납득이 잘 되지 않습니다.』

꿍지대사는 담사황의 마지막 말을 그대로 들려줬다.

"만 갈래 길이 있다지만 사람 마음 같겠습니까? 시시때때로 미혹을 이기지 못하면 사람의 도리를 하기도 어려운 세상에서 참으로 옳은 길이 무엇인지 당최 모르겠습니다. 한길 사람속도 모르면서 하늘의 이치를 꿰려고 했으니 이 얼마나 부끄러운 일입니까.

눈앞에 닥친 혈겁을 방비한다는 목표를 향해 한시도 쉬어본 적이 없었고 어느 정도는 자족하는 마음으로 나태해진 것도 사실입니다. 잠시나마 옳지 않음을 알면서 스스로를 방치했다는 사실이 부끄럽기 그지없습니다.

하늘은 참으로 교묘하여 사람을 낼 때 반드시 쓰임새가 있다 하시던 선사의 말씀이 왜 그리 마음에 와 닿던지. 천하에 잠시 이로울지언정 그릇된 해악을 일삼는 자를 알고서도 그가 천하에 필요한 사람이라고 여겨 용납하려는 마음을 품었는데, 죽어 선조들의 낯을 뵐 생각을 하니 잠시나마 그런 생각을 했다는 자체가 부끄러워 견딜 수가 없습니다.

대사님, 제가 이제 할 일을 다 했다 여겼는데 그게 아닌가 봅니다. 한줌 남은 기력이라도 짜내서 몸부림을 쳐봐야겠군요. 수모를 당하고 나니 새로운 눈이 뜨입니다. 다행입니다.

참으로 다행스런 일이 아닐 수 없습니다."

『그리 말씀하셨는데 그분의 얼굴이 그리 씁쓸할 수 없었습니다. 뭔가 마음에 크게 맺힌 것이 있는지 평소와 달라 보였고 마음에 큰 결심을 하신 듯싶었습니다.』

파천은 순간 뇌리를 스치는 생각이 하나 있었다.

'수모를 당하셨다고? 할아버지께서…… 하필이면 검성을 만나고서 그런 말씀을 하셨단 말인가? 혹 검성이 할아버지에게 수치심을 주었단 말인가? 내게 모든 것을 주고 빈껍데기만 남은 그분에게? 아니다. 아닐 것이다.'

머리로는 아니라고 외치는데 가슴은 긍정하고 있으니 괴로운 일이었다.

'만약, 만약 내 짐작대로라면…… 검성 당신은 하지 말아야 할 큰 실수를 했다. 세상에 할아버지에게 손가락질 할 수 있는 사람은 없다. 그래서는 안 된다. 천하의 평안을 위해 평생을 바치고 그것도 모자라 한 점 진기마저 쏟아내신 분이다. 그런 분을 욕보였다면…… 검성 당신은 그냥 곱게 죽지는 못할 것이다.'

아직 확실한 것은 없었다. 의심은 깊어져가고 자꾸만 확신으로 치달려가려는 마음을 파천은 경계했다.

파천은 확인되지 않은 사실로 인해 감정을 통제하지 못할 사람은 아니다. 그런데도 할아버지가 노구를 일으켜 어딘가로 향했을 당시의 착잡한 마음을 헤아리고 있자니 괜히 울컥 치밀어 오르는 것이 있었다.

그의 시선이 저도 모르게 검성을 찾았는데 그 기운은 평소와는 달리 싸늘하게 식어 있었다. 그런 파천의 시선을 본 꾕지대사는 자신이 하지 말아야 할 말을 성급하게 내뱉은 것이 아닌가 싶어 찜찜했다. 꾕지대사 역시 한때는 담사황의 실종에 검성을 용의선상에 올린 적이 있지만 그건 어디까지나 정황상의 추론일 뿐이었다.

모르던 사람들을 새로 알게 되고 낯선 사람과 교분을 나누는 일은 확실히 의미가 깊었다. 날카롭게 곤두서 있던 긴장감이 조금씩 누그러지며 사람들은 가슴 속 깊이 숨겨두었던 이야기들을 꺼내놓기 시작했다. 때마침 기회를 엿보고 있던 한 사람이 파천이 마련해 놓은 무대에 등장하지 않았다면 이 분위기는 깨지지 않았을 것이다.

"다들 여기를 주목해 주십시오."

연회장의 가운데 서서 오가는 기녀들을 멈춰 서게 만든 사람은 다름 아닌 오혈신교 홍매단의 부단주이자 지금은 반역자로 몰려 오갈 데가 없어진 잔백혈환 능추풍이었다. 연회에 참석한 사람들 중 태반이 능추풍을 몰라보는 것도 당연했다.

그의 등장에 가장 놀란 사람은 철우명과 오혈신교의 교주, 그리고 교주를 수행하던 다섯 수장이었다. 파천은 멀찍이 떨어진 곳에서 팔짱을 끼고 상황이 어찌 돌아갈지를 주목해 바라보고 있었다. 그는 특히 오혈신교 교주와 철우명, 검성 등을 눈여겨봤다.

"저는 오혈신교 교주님의 친위세력인 홍매단의 부단주로 있던 능 모라는 사람입니다. 제가 무림의 여러 선배님들과 고인들이 계신 자리에 무례한 줄 알면서도 부끄러움을 무릅쓰고 나타난 것은……."

"닥쳐라! 뭣들 하느냐, 저 반역자 놈을 당장 끌어내지 않고."

철우명의 외침에 주변이 소란스러워졌다. 강호 경험이 풍부한
노회한 능구렁이들은 철우명이 당황하는 모습을 보고서 오히려
수상쩍게 생각했다.

능추풍은 철우명의 외침에 입을 닫기는커녕 외려 마주 고함쳤
다.

"닥칠 사람은 내가 아니고 바로 너다. 여러분, 저 간악한 자가
어떤 짓을 했는지 알고 계십니까?"

철우명이 앞으로 뛰쳐나가려 하자 그런 그를 걸왕이 막아섰다.

"철 대협, 잠자코 저자가 무슨 말을 하는지 들어봅시다. 우리를
바보로 아시오? 저자가 하는 말이 허튼소리라면 누구도 귀 기울
이지 않을 것이오. 지금 저자의 입을 억지로 막으면 다들 철 대협
을 오해하지 않겠소?"

철우명은 점잖게 타이른 걸왕의 충고도 귀에 들어오지 않았다.
그가 다시 한 번 손을 휙휙 흔들자 어디서 대기하고 있었던지 십
수 명의 무사들이 연회장으로 거침없이 들어오는 것이 아닌가?
그걸 본 소림사의 굉천대사가 침통한 표정으로 말했다.

"진실을 폭압으로 막을 수 없음을 모른단 말이던가. 화산의 제
자가 어찌 방문좌도의 모리배들이나 할 짓을 하려 드는 건가!"

그 소리는 화산파 장문인인 태극일기 곽자양의 귀에도 똑똑히
들렸다.

"사제는 경거망동하지 마라."

"사, 사형."

"이는 본파의 명예가 결부된 일. 저자의 입을 막지 말라."

"사형, 그렇지만 오혈신교에서도 반역자로 낙인찍힌 자입니다. 귀 기울여 들을 가치가 없습니다. 오히려 웃음거리만 될 뿐입니다."

"그건 여기 계신 분들이 판단할 일. 세상에 비밀이란 없는 법이며 억울한 일을 참소하는 입을 막는 것도 경우가 아니라네. 시시비비는 현명하신 고인들께서 가려주실 일. 자네는 나서지 말고 가만있게."

"저는 그럴 수 없습니다."

"뭐라! 철우명! 네가 감히 장문인의 명을 받들지 않겠다는 것이냐?"

"그, 그게 아니라……."

"입을 다물라."

화산파 장문인의 서슬 퍼런 외침에 철우명은 더 이상 대꾸를 할 수가 없었다. 검성은 지시를 기다리는 무사들과 엉거주춤 서 있는 철우명을 번갈아 쳐다보더니 나직하게 말했다.

"모두 방해 말고 대기하라."

화산파 장문인의 제지에도 물러날 기색을 보이지 않던 그들이 검성의 한 마디에는 잠시의 망설임도 없이 한발 물러선다.

멍석은 제대로 깔린 셈이었다. 모두의 시선이 능추풍의 입술에 모아졌다. 저 입이 과연 무슨 말을 쏟아낼 것인가? 두터운 검은색 망사를 쓴 오혈신교 교주의 눈에서 물기가 슬쩍 내비쳤다.

억눌러 두어도 어쩔 수 없이 솟아나고야 마는 비탄에 젖은 눈물이었다. 그녀는 그리하면 안 된다는 걸 알면서도 어쩔 수 없이 능추풍에게 전음을 보냈다.

『추풍, 홍매단주를 죽게 만들 셈이냐. 네 한 마디에 그 아이의 생사가 달려 있다. 철들면서부터 한 번도 어미를 어미라고 불러보지 못한 아이다. 그렇게 보내면 안 되는 아이다. 부탁이다, 추풍. 우리 모녀에게 잠시만, 잠시만 더 시간을 다오.』

씹어 먹을 듯이 노려보고 있는 철우명의 살기 띤 눈빛도 개의치 않던 능추풍도 교주의 비감에 젖은 청은 외면하기 힘들었다. 그럼에도 그는 홍매단주를 살리는 길이 오히려 이 방법뿐이라고 굳게 믿었다. 이런 기회를 언제 다시 얻을 수 있겠는가.

"철우명 저자는 홍매단주이자 본교 교주님의 일점혈육인 서화영 단주님을 납치했습니다. 그 자리에 내가 있었고, 이 사실은 교주님도 알고 있는 사실입니다. 저 간악한 자는 단주님의 목숨을 담보로 동맹을 요구했습니다. 교주님은 거절하는 순간 단주님의 안위를 포기해야 한다는 것을 알고 어쩔 수 없이…… 저 간악한 자의 요구를 수용할 수밖에 없었습니다.

그런데 저자는 본교가 약속을 지켰음에도 지금까지 단주님을 풀어주지 않고 있습니다. 현재 단주님의 생사는 알 수 없습니다. 저는 입 다물고 가만있을 수가 없었습니다. 정파의 존경받는 대협이라는 저자의 진면목이 실은 천인공노할 악행을 일삼는 위선자라면, 그런 그가 장차 정의맹의 요직에 등용되면 이보다 더한 일을 꾸미지 않는다는 보장을 어찌 하겠습니까? 저는 저자 하나를 감당할 능력이 안 됩니다. 저는 지금 목숨을 걸고서 사실을 증언하고자 나섰습니다. 만약 진실이 밝혀질 수만 있다면 제 목숨과 바꾸는 일도 서슴지 않을 것입니다. 부디 여러분의 현명한 판단을 기다릴 뿐입니다."

어느 정도 소문이 돌고 있기는 했으나 이런 사실에 그다지 큰 관심을 기울이고 있는 사람은 거의 없다고 해도 과언이 아니었다. 소문이란 왕왕 진실과는 상관없이 부풀려지는 경우가 허다했고 또한 같은 정파의 인사들이다 보니 자주 접하는 친밀한 사람 편을 들게 되는 것이 인지상정이었기 때문이다. 게다가 오혈신교에서도 역도로 추살령이 내려진 인물의 말을 귀담아 들을 사람은 많지 않을 것이다.

그렇지만 지금 상황은 그리 단정 짓고 넘어가기엔 꽤 설득력 있는 정황을 드러내놓고 있었다. 가장 큰 것은 흥분한 나머지 철우명이 성급하게 나섰다는 점이 의혹을 더했고 오혈신교 교주의 미심쩍은 태도도 크게 작용했다.

강호밥을 오래 먹다 보면 굳이 조사를 벌이지 않아도 누구의 말이 사실인지쯤은 가려지는 법이다. 심증만으로는 능추풍의 손을 들어주고 싶어 하는 사람들이 늘어나기 시작했다. 그런데 문제는 엉뚱한 곳에서 터져 나왔다.

"잘 들었다. 네 말대로라면 철우명 대협이 오혈신교 홍매단주를 납치했으며 그걸로 오혈신교주를 압박해 동맹을 이끌어냈다는 뜻인가?"

"그렇습니다."

검성의 물음에 능추풍은 확신에 차 대답했다.

"그래서, 그게 뭐가 어쨌다는 거지?"

"네? 그게…… 무슨 말씀이신지……."

"납치했으니 죄를 물으라는 뜻인가, 아니면 동맹한 것이 잘못이란 뜻인가? 자네 뜻을 확실히 해 주게."

이리 물어올 줄은 몰랐을 것이다.

"그럼 검성께서는 저자의 행위가 정당하다고 보십니까?"

"정당하다 그렇지 않다는 지극히 주관적인 판단이고…… 본좌는 그를 정의맹 창설의 일등공신으로 볼 뿐이네."

"어찌 그럴 수가……."

"우리가 왜 이 자리에 모인 줄 진정 모르는가? 이제 모두가 죽게 되었으니 힘을 모아서 한 사람이라도 더 살자고 모인 걸세. 한두 사람 죽어나가는 건 심각한 일도 아니지. 전쟁이란 그런 것일세. 비정하다고 생각되는가? 맞네. 전쟁이란 말이지…… 더 많은 적을 얼마나 효과적으로 죽이고 무력화시킬 수 있느냐만 따질 뿐인 아주 더럽고 비정한 무대지.

오혈신교가 정의맹에 동참하지 않았을 때는 잠재적인 적이었네. 그런 그들에게 무슨 짓을 한들 그것이 아군에게 무슨 피해가 된다고 보나? 여기 있는 우리 모두를 설득해 보게. 그게 왜 죄가 되며 그게 무어 그리 대단한 일이어서 우리가 귀중한 시간을 빼앗기면서까지 자네 말에 귀를 기울여야 하는지를."

'이건 아니다.'

파천만 그리 생각하는 건 아니었다. 걸왕이 참지 못하고 불만을 털어놓고 말았다.

"그리 말할 건 아니지 않소? 그럼 우리가 사파와 다를 게 무엇이오? 비열한 수단을 동원하더라도 결과만 좋다면 그만이라니. 그런 빌어먹을 방식은 어디 식이요?"

검성은 흥분하지 않았다. 걸왕에게 타이르듯 말했다.

"전쟁은 결과만 좋으면 된다는 걸 여직 모르셨소? 이기느냐 지느냐, 그것만이 중요할 뿐이오. 정당하고 깨끗하면 안 죽소? 부끄럽지 않게 죽고 싶다고 말하려거든 아예 말하지 마시오. 우리는 다들 승리하기 위해, 억울하게 죽지 않기 위해서 힘을 모으고자 하는 것이지 부끄럽지 않게 죽고자 모인 게 아니오.

착각하지 마시오. 오혈신교는 우리와 손을 잡지 않았으면 사사혈맹에 고개를 숙였거나 아니면 패망했을 것이오. 제대로 싸워보지도 못하고. 사사혈맹은 철 대협보다 더 고상한 방법으로 동맹을 이끌었을 것 같소? 결과적으로는 그 한 사람이 오물을 뒤집어쓰므로써 우리 모두가 이득을 얻었소. 양측 모두가 말이오. 이보다 더 좋은 일이 어디 있다고, 상을 줘도 시원찮을 판에 마땅치 않은 오욕을 안겨서야 되겠소?"

"그래서 이번 일은 그냥 없었던 걸로 하고, 못들은 걸로 하고 넘어가겠다는 생각이시오?"

걸왕은 지고 싶은 마음이 없었다. 제 신념에 관한 부분이었기 때문이다.

"나중으로 미룹시다. 누가 맹주가 되든지 그가 결정할 일, 우리가 지금 시시비비를 따질 일은 아닌 것 같소. 이견이 있으면 경청하겠소."

몇 사람이 더 나서서 걸왕의 의견을 지지했다. 특히 화산파 장문인의 지지는 큰 것이었다.

"철우명, 너는 이 사건이 사실로 드러날 경우 파문을 각오해야 할 것이다. 본파는 이를 묵인하거나 용납할 수 없소. 검성께 힌 말씀 아뢰겠소. 진상을 밝혀 저자의 말대로라면 관계된 자들을 엄히 벌해야 한다고 생각하오. 검성께서는 살기 위해 항주로 오셨는지 모르지만 대부분의 정파인들은 신념을 지키기 위해 왔소. 신념은 사기와 직결되오. 이겨도 신념을 지키지 못하고 더럽힌다면 그것은…… 지느니만 못하오. 생각이 이처럼 다르니…… 우리가 온전히 힘을 합칠 수 있을까도 의문이오만."

화가 난 듯이 보였다. 화산파의 제자가 하필이면 이런 지저분한 일에 연루되었다는 것도 기분 나빴고, 보아하니 검성은 애초에 알고 있었다 해도 나무라지 않았을 사람 같지 않은가. 어쩌면 그가 시킨 일일지도 모른다는 생각마저 들었다.

분위기가 어수선해졌지만 검성은 고집을 꺾지 않는다.

"더 할 말이 없으면 순순히 포박을 받으라. 저항한다면 더 좋고. 진상이고 뭐고 가려낼 것도 없이 죽어 버린다면 수고를 할 이유도 없지 않겠는가. 어느 쪽을 선택하든 자네 자유일세. 자네도 생각을 바꿨으면 좋았을 뻔했다. 사내는 모름지기 큰 뜻을 품었다면 그걸 이루기 위해 자잘한 것들은 눈감을 수 있어야 한다."

딱.

검성이 손가락을 튕긴 순간 물러나 있던 무사들이 다가섰다. 그들은 병장기를 손에 쥔 채 순식간에 능추풍을 포위해 버렸다. 능추풍은 당황했다. 설마하니 이런 상황으로 전개될 줄은 짐작조차 못했던 일이었다. 그는 악을 썼다.

"정파가 썩었구나. 사사혈맹도 이처럼 비열한 짓은 하지 않는다. 과연 무엇으로 천하인들을 감복시키겠는가. 힘은 속히 쇠하고 기세는 언젠가는 꺾일 터. 모두가 옳다 하지 않는 일은 언젠가는 망하고야 마는 법. 교주님! 이대로, 이대로 당하고만 있을 작정이십니까? 제자들이 목숨을 빼앗기고 능욕당하고 찢기고 조롱

당해도 모른 척하실 겁니까? 이렇게 목숨을 연명한들 무슨 가치가 있단 말입니까! 교주님, 말씀 좀 해 보십시오!"

능추풍의 마지막 말은 찢어지고 있었다. 그의 안타까운 외침은 연회장이 떠나가라 울렸다.

퍽퍽.

"끄억."

능추풍의 무릎이 꺾이고 얼굴이 홱 돌아갔다. 피가 튄 순간 능추풍은 비틀거렸고 그때는 이미 무사들에게 단단히 결박당한 뒤였다. 기절했는지 축 늘어진 능추풍을 무사들은 질질 끌고 나갔다.

짝짝짝짝.

박수소리가 별안간 울려 퍼졌다.

"아주 멋진 장면이로군. 대단해. 중원의 정파인들은 위선자들이 대부분이라 여겼는데 이처럼 솔직한 자가 있었군. 당신이 검성인가? 역시 허명이 전해진 게 아니었어."

누군가? 유리궁 입구 쪽에 당당하게 버티고 선 사내는 한눈에 보기에도 중원인은 아니었다. 이족의 불청객이 나타나 떠들어도 누구 하나 제지하지 않을 정도로 이곳의 경비가 허술하지는 않다.

방금 능추풍을 사로잡은 무사들만 해도 북해빙궁의 정예고수들이었고 그런 자들이 최소 백여 명쯤은 유리궁 주변을 감시하고 있었다. 그러고 보면 그가 그러는 동안에도 밖에서는 아무도 제지하는 사람이 없었다.

파천은 겉으로 표현은 못했지만 기가 막히게 시간을 맞춰 등장한 이족의 청년에게 감사의 말이라도 전하고 싶은 심정이었다.

잠마지존 나극찰!

천향루의 상춘각을 통째로 빌린 주인공이자 새외의 범접할 수 없는 신비문파, 태양마교의 당대 교주인 잠마지존 나극찰이 등장한 것이다. 그의 때맞춘 등장 역시 파천이 준비한 것이었다.

천향루주는 파천의 지시대로 시간에 맞춰 나극찰을 찾았다. 평소에는 코빼기도 비추지 않던 그녀가 돌연 나타나서는 한다는 소리가 유리궁에 모여 있는 무림인들에 대한 얘기뿐이니 호기심이 생겼을 터였다. 그런 그를 결정적으로 움직인 말은 한 마디였다.

"검성이란 사람이 대단하단 소리는 들었지만 소녀가 보기엔 그만한 사람이 하늘 아래 또 있을 것 같지가 않더군요. 외람되기는 하지만 귀빈의 처소를 드나들던 머리가 새하얀 분 있죠? 그분도 검성을 무척 공경하는 눈치던데…… 그분과는 어떤 관계죠?"

나극찰은 상춘각을 나서며 처음부터 유리궁으로 발길을 잡은 건 아니었다. 워낙에 떠들썩한데다 그 주변에 휘황찬란하게 빛나고 있는 불빛들이 눈길을 사로잡았고 호기심에 살짝 둘러나 보고올 생각이었다. 그러던 것이 이렇게 깊숙하게 관여하고 말았으니 이 또한 그의 호승심이 제 의지와는 상관없이 작용한 탓이었다.

하늘 아래 자신이 눈여겨 볼 사람이 없다고 믿고 있는 나극찰에게 작금의 생활은 답답함을 넘어 수치심을 줄 정도였다.

북해검왕이 검성을 대단한 사람이라고 추켜세우며 긴장감을 늦춰서는 안 된다고 하면 할수록 나극찰의 반발심과 경쟁심은 커져만 갔다. 한 번도 대면해 마주한 적이 없는 그에게 자신도 이해할 수 없는 야릇한 적개심을 느끼기 시작한 순간부터 나극찰은 이런 순간을 꿈꿔왔는지도 모르겠다. 자신을 향해 모아지고 있는 시선들을 부드럽게 받아넘기며 나극찰은 터벅터벅 안으로 발걸음을 디뎠다.

"중원의 강자들이 다 모였나 보군. 열기가 아주 뜨거워."

"당신은 누구지?"

검성의 물음에 답한 사람은 당황하는 기색이 역력한 북해검왕이었다.

"일전에 제가 말씀 드렸던…… 바로 그자입니다."

"오, 그래? 북해빙궁의 실질적인 후계자이지만 불치병에 걸려 아쉽게도 후계를 잇지 못했다는 비운의 주인공? 그런데 좀 무례하군."

그랬던가? 북해검왕이 나극찰이 혹 드러날 때를 대비해 미리 그런 식으로 소개를 해두었단 말인가? 불치병이라고?

"크크크."

나극찰은 하도 어이가 없어서인지 입술을 비집고 나오는 웃음이 자꾸만 비틀리고 있었다. 나극찰은 심술이 났다. 모두의 중심에 서 있는 저 당당한 자의 영광을 뺏어버리고 싶다는 충동이 먼저 생겨났고 개처럼 기어서 제 가랑이 사이로 지나가게 만들고 싶다는 황당한 욕구가 무럭무럭 자라났다.

그때 하필이면 밖에서 이제 막 눈이 쏟아져 내리기 시작했다. 소리 없이 내리는 눈발이 바람을 타고 흘러들어 나극찰의 드러나 있는 뒷목을 차갑게 적신 순간 나극찰의 생각은 구체적으로 실현되려 하고 있었다.

파천의 계획대로라면 지금 등장한 사내는 잠시 시간을 지연시켜 주는 역할로 그만이었다. 그에게 특별한 기대를 품은 건 아니었다. 북해빙궁의 궁주가 주인으로 섬긴다는 사실을 알고서 신비인의 신분이 무얼까 고민한 적도 있었다.

한 가지 분명한 건 있었다. 검성에 빗대면 어른과 아이의 비교처럼 허망한 것이 되고 만다는 점이었다. 그리 가볍게 생각했는데 이제 보니 그리 볼 것도 아닌 듯싶었다.

'마지막 출연자가 남았지만…… 어쩌면 기대 밖으로 재미있는 상황이 연출될지도 모르겠어.'

파천의 이런 기대를 알았을 리는 없는데 나극찰이 한층 도발적인 태도를 보이기 시작했다.

"조무래기들 몇이라도 거느리다 보면 자신이 뭐라도 된 양 착각하게 되는 법이지. 하늘은 하나의 층이 아니고 누가 더 높은지는 겨뤄보기 전에는 모르지. 어떤가? 나는 내 운명을 걸 자신이 있는데, 당신도 그런가?"

이건 또 무슨 개 풀 뜯어먹는 소리란 말인가! 나와 한번 겨뤄보자. 누구라도 그런 소리를 할 수는 있을 것이다. 검성이 상대라고 해도 한 번 죽지 두 번 죽는 것은 아니니깐. 그런데 상대는 정말이지 믿기 힘들 정도로 멀쩡한 표정으로 그런 말을 했다는 것이 중요했다. 죽고 싶은데 제 손으로 죽을 용기는 없어 부탁을 하는 사람은 절대 아니란 뜻이었다.

검성은 이 황당한 상황을 어찌 받아들여야 할지 모르겠다는 심정이었다. 그는 애꿎은 북해검왕만 바라볼 뿐이었다. 너와 관계된 사람이니 알아서 하란 뜻이리라. 그걸 모를 리 없는 북해검왕도 나극찰만은 어쩔 수 없지 않던가.

『지존이시여, 어쩌자고 검성을 도발하시는 것입니까? 진정 지존의 신분이 들통 나길 바라시는 것입니까!』

북해검왕의 간청은 먹혀들지 않는다. 나극찰은 한 걸음 앞으로 디딘 후에 입가에 비릿한 조소를 매달았다.

"눈이 썩었군. 나를 다시 보아라. 내가 그대보다 못한 자라고 느낀다면…… 그 눈은 빼어 굶주린 들개에게나 던져 버리라."

검성은 그제야 나극찰을 다시 봤다. 주의해서 바라봤다. 집중했다. 눈에 내력을 실어 보이지 않는 것을 보고자 애썼다. 그랬더니 달리 보인다.

오! 이럴 수가 있단 말인가? 나극찰의 전신에서 물결처럼, 아니면 불꽃처럼 일렁이고 있는 기운은 틀림없는 심경지기가 아니던가. 저 정도로 짙고 확실한 기운이라면 그의 말처럼 자신과 겨뤄도 부족함이 없을 듯싶었다.

"대단하군. 큰소리 칠 자격이 있었어. 그런데 말이지…… 뭔가 이상해. 어찌 젊은 네가 나이든 주인보다 더 무공이 강할 수가 있지? 게다가 무례한 수하의 언행을 나무랄 생각조차 하지 않는 자네의 그 태도는……."

검성은 북해검왕과 나극찰을 번갈아 쳐다보며 고개를 갸웃거리고 있었다. 북해검왕은 긴 한숨을 내쉬더니 눈을 질끈 감아버렸다. 그 짧은 순간 오만가지 생각이 교차했다. 한편 북해빙궁의 제자들로 알고 있는 일천 용자들의 일부 역시 능추풍을 끌고 밖으로 나갈 생각은 않고 석상이라도 된 것처럼 가만 서 있었다. 마치 처분만 기다리고 있는 죄인들 같은 표정을 하고서.

이쯤 되면 석두가 아닌 이상 이 기묘한 상황 가운데 자신이 모르는, 또는 잘못 알고 있는 사실이 한두 가지쯤은 더 숨어 있을 것이란 짐작을 할 수 있게 된다. 검성 역시 예외는 아니었다.

"본좌를…… 속였군."

그것이 검성이 내린 결론이라면 북해검왕이 내린 결론은 신형을 움직여 나극찰의 곁으로 빠르게 이동하는 것이었다. 그런 판단을 내린 순간 그의 몸은 섬전처럼 움직였다.

정적에 쌓여 있던 연회장에 일순 가벼운 동요가 일어났다. 소란스러움은 검성의 한 마디에 가라앉았다.

"너희는…… 누구냐?"

검성은 자신이 파악하지 못한 세력이 없다고 믿는 사람이었다. 실제로 그가 본격적으로 움직이기 시작한 시기는 그런 확신이 들었을 때였다. 그런데 이제 보니 촘촘하다고 느꼈던 그물에도 낡고 허술한 구석은 있었던가 보다.

파천도 의외의 사건전개에 놀라기는 마찬가지였다. 피라미라도 걸려라 하는 심정으로 낚싯대를 드리웠는데 막상 월척이 걸려든 기분이 이럴까 싶었다. 그건 그거고 궁금한 건 그 역시 마찬가지였다. 북해검왕은 이판사판이라는 심정으로 뇌까렸다.

"노부가 북해검왕이라는 건 알고 있었지 않나? 이분은 내 유일한 주인이시다."

"푸하하하. 주인, 주인이라고?"

"뭐가 우스운 거지?"

검성은 돌연 웃음을 그치더니 두 사람을 한심하다는 눈으로 쳐다봤다.

"이 모두가 우연이라고 하기엔 좀 우습고…… 이것도 연회의

즐길거리 중 하나였던가 보군. 하긴 언젠가 한 번은 터졌어야 할 종기를 미리 터트려 주는 것도 나쁘지는 않겠지. 후후. 오늘 재미있는 일을 아주 여럿 접하는군."

그의 시선이 잠시 파천을 일별했지만 파천은 지금 벌어지고 있는 일들이 자신과는 하등 관련이 없다는 듯 시침 뚝 떼고 있었다. 검성 입장에서는 얄밉게까지 보일 정도였다. 이런 와중에도 파천은 속으로 다음 인물이 언제쯤 등장할 것인지를 놓고 즐거운 상상의 나래를 펼치고 있었으니, 만약 이런 사실을 검성이 안다면 지금처럼 태연할 수는 없었을 것이다.

"재미있는 일이라면 여기 하나 더 추가하는 게 어떻겠소?"

'왔다!'

파천은 속으로 쾌재를 불렀다. 나극찰의 경우는 파천의 의도와 상관없이 크게 벌어진 일이지만 이번 사건은 전적으로 파천의 계산 하에 있었다. 기실 이번에 등장할 사람들이야말로 검성의 진면목을 만인 앞에 까발릴 가능성이 가장 큰 기대작이었다.

잘만 풀린다면 두고두고 회심의 역작이라 기억될 만했다. 손도 안 대고 코를 풀다 보면 코 주변이 지저분해진다. 지금 파천이 기대하는 바는 제 손을 대지도 않고 깔끔하고 산뜻하게 코를 푸는 것이었다. 파천의 기대에 부응이라도 하려는 것처럼 이번에 등장한 사람들은 숫자부터가 달랐다. 그리고 또 하나 다른 것이 있었다.

유리궁 입구로 몰려온 사람들 중 상당수를 연회에 참석한 환혼자들이 일아봤다는 점이다. 그들은 열한 명이 나타났는데 그 모두가 환혼자였다. 그들의 선두에는 일남 일녀가 서 있었는데 그들은 일전에 천향루에서 파천을 만난 바 있던 사람들로, 검성에 대한 의혹을 제기해 혼란을 줬던 등유운과 천향이었다. 두 사람을 이 자리에 다시 불러낸 것도 파천이었다.

맹주 결정전이 시작되고 그 결과 검성이 우승자가 되면 그에게 설사 의혹이 있다 하더라도 건들기 힘들어진다는 현실적인 부분을 짚어줬다. 물론 그것은 유백송이 한 일이다.

등유운과 천향은 사방팔방 뛰어다니며 검성에 대해 조사를 하고 혹 구린 곳이 없나를 캐고 다녔지만 실상 그들이 손에 쥐게 된 것은 늘어나는 심증들뿐이었다. 검성이 미심쩍다는 의심은 지금까지도 확고했고 그런 의혹의 출발점 자체가 너무도 확고한 것이기에 중도에 포기할 수는 없는 일이었다.

주변조사를 제대로 하자면 자신들을 드러내지 않는 게 좋다. 그럼에도 불구하고 등유운과 천향은 이이상 시간을 끌 수 없다는 사실 또한 인정해야만 했다. 그래서 애초에는 계획에도 없던 일이지만 검성을 직접 대면하기로 결심한 것이다.

등유운 일행의 등장에 검성은 모호한 표정을 지었다. 등유운은 검성을 똑바로 직시하며 몇 걸음 앞으로 나섰다.

"나는…… 옥기린(玉麒麟) 등유운이라 하오. 본인은 많은 분들이 알다시피 황금성 36천강 중 두 번째인 천강성(天降星)의 좌를 차지하고 있소. 여기 함께 오신 분들도 모두 36천강에 속해 있소."

미리 교류가 있던 환혼자들은 어색한 자리임에도 불구하고 서로 가볍게 눈인사를 주고받는다. 파천이 몇 달 강호를 떠나 있던 기간 동안 환혼자들 사이에 꽤 빈번한 교류가 있었는데 그렇게 된 이유는 그들 모두가 결국에 가서는 동지가 되어야 한다는 사실에 공감하기 때문이었다. 잠시 대립하고 적이 될 수는 있어도 환혼자들은 자신들의 사명과 역할을 잊지 않았다.

무림사를 대표하는 정예로서 시대를 초월해 한자리에 모인 뜻을 잊어버리고 잠시의 이권에 눈이 뒤집혀 서로를 상해할 만큼 어리석은 사람은 많지 않았던 것이다. 하지만 오늘 이 자리에서 뜻밖의 대면을 하고 보니 묘하게 입장차가 갈리고 있었다.

검성 뒤쪽에 늘어서 있는 환혼자들은 아직 결정은 안됐지만 맹주결정전의 우승자를 중심으로 세력을 결성하는 일에 동참을 선언한 사람들이다. 지금 느닷없이 나타나 긴장감을 고조시키고 있는 일행은 황금성의 36천강 중 주도적인 위치에 있는 사람들이다.

검성은 그들의 표정이나 태도에서 결코 호의로 온 사람들이 아니라는 걸 알아챘다. 검성은 그 점을 수상히 여겼다.

"이상한 일이군요. 내가 착각한 것인지…… 당신들 눈에서 적의가 보이니 이를 어찌 받아들여야 할지 모르겠구려. 사황천사의 하수인으로 전락해 버린 환혼자들이라면 모르겠으나 그대들이 왜 내게 그런 적대감을 보이는지 누가 속 시원하게 설명해 보구려."

등유운은 검성의 태연하기 짝이 없는 태도에 울화통이 치밀었다.

"진정 몰라서 묻는 것이요?"

"모르니 묻소만."

"귀하는 대체… 누구요?"

"허허, 이거 참. 내가 누군지 모르오?"

"한 가지는 알고 있소. 당신은…… 검성이 아니오."

검성더러 검성이 아니라고 한 등유운이 사람들은 제정신인가 싶었다. 등유운의 음성은 가파르게 고조돼 갔다.

"강호에 검성이 등장했다는 소리를 들은 순간…… 나는 뭔가 잘못되었다는 사실을 깨달았소. 안타깝게도 시대를 초월한 절대자 검성은…… 계혼을 하지 않았소. 그러니 당신은 검성이 될 수 없소."

검성이 계혼을 하지 않았다면 환혼할 수도 없다. 등유운의 말처럼 검성이 계혼한 것이 아니라면 검성의 이름으로 강호를 주름잡고 있는 이 사람은 대체 누구란 말인가? 느닷없는 등유운의 선언은 사람들을 혼란스럽게 만들었다.

옥기린 등유운의 힘이 실린 주장에도 불구하고 검성은 흔들림이 없었다.

"내가 검성인데 검성더러 검성이 아니라고 하니…… 이것 참 웃어야 할지 울어야 할지 모르겠지만…… 그런 주장을 하려면 뭔가 뒷받침되는 얘기가 따라와야 할 것 같소만. 왜 내가 검성이 아니라고 생각한 게요?"

이제부터 등유운은 자신의 말에 귀 기울이고 있는 좌중의 눈과 귀를 자기 쪽으로 끌어와야만 했다. 제 주장이 공허한 외침이 되어 버리면 자신만 실없는 사람이 되는 것이 아니라 뜻을 함께하고 있는 동지들조차 오해를 받기 십상이었다.

36천강이라 불리는 사람들은 다른 환혼자들보다 더 조심스러울 수밖에 없었다. 자신들이 순수한 뜻으로 작은 일 하나를 도모해도 황금성의 개입을 염려하는 사람들이 그 자체를 순수하게 받아들이려 하지 않기 때문이었다. 이런 불리함을 알기에 등유운은 신중하게 말을 골라가면서 했다.

"검성의 본명은 육남천(陸南天)으로 알려져 있지만 그의 실제 성씨가 모용이라는 걸 알고 있는 사람은 거의 없을 것이오."

걸왕이 놀라 되물었다.

"모용세가의 그 모용 씨란 말이오?"

"그렇소. 그는 모용세가의 방계 출신으로 당시 세가주였던 모용진웅의 양자로 들어갔지만 그의 재능을 시기한 계모의 계략에 빠져 어린 날 간신히 목숨을 부지한 채로 세가를 빠져나왔소. 그 뒤로 그에게 천운이 따랐던지, 아니면 하늘이 그를 크게 쓰려고 그랬던지 천부의 대리자로 알려져 있는 일양자와 인연을 맺으면서 인생이 달라진 것이오."

등유운은 검성을 똑바로 바라보며 물었다.

"이런 사실을 알고 있소?"

"……내 기억에서도 잊혀져버린 일을 남의 입을 빌려 들으니 새삼…… 감회가 새롭군."

"참으로 뻔뻔하구려. 내 당신이 누군지 모르지만 반드시 그 얼굴을 벗겨버리고 말겠소."

검성 육남천이 실은 모용세가의 혈통이라는 사실은 중원 출신, 더군다나 오대세가 사람들에게는 충격적인 사건이었다. 하지만 등유운의 충격적인 선언은 여기서 끝난 게 아니었다. 이제 시작일 뿐이었다.

"검성은 황금성에서 길러냈거나 그와 관련이 깊은 36천강 중에 첫 번째 자리를 차지하고 있는 천괴성(天魁星)이오."

검성 뒤에 있던 환혼자 중 하나가 다급히 물었다.

"저 말이 사실이오?"

검성은 부정하지 않는다.

"사실이오. 그러나 그건 어디까지나 황금성 요정들이 내게 부여해 준 이름일 뿐 나와는 상관없소."

이 정도면 당황해야 마땅한데 검성은 여전히 태연자약하다. 등유운은 이를 악물고 숨을 고른 뒤 말문을 열었다.

"검성은 천하를 주유하며 무명을 날리고 고금제일의 검사라는 칭호를 얻었소. 그는 무림사 최초로 천부와 황금성 양측에서 무공을 전수받은 유일무이한 행운아였소. 그는 약속된 기일이 되었음에도 황금성으로 돌아오지 않았고, 그의 계혼은 차질을 빚고 말았소. 그런데도 당신이 검성이라고 주장할 참인가? 당신은 누군가?"

검성은 고작 그런 근거로 자신을 몰아붙이고 있는 등유운을 한심하다는 눈빛으로 바라봤다.

"황금성으로 돌아가지 않은 건 맞소. 돌아갈 이유가 없었다고 해야 정확하겠지. 황금성조차 날 가두기엔 너무 좁았으니깐. 그들은 내게 원하는 것이 무척 많았소. 그들은 날 통해 36천강 전부를 통제하려고 했었소. 나는 그들의 주구로 전락하고 싶지는 않았소. 그래서 돌아가지 않은 것뿐이외다."

"지금 그 말을 변명이라고 하는 건가?"

"뭔가 착각하고 있군. 본좌는 검성이다. 무림사에 나 정도의 위치에 오른 사람이 과연 몇이나 되겠는가. 내가 지금 당신에게 변명 따위나 늘어놓고 있는 걸로 보이나. 사실을 알고 싶어 하는 것 같기에 알려주는 것뿐이다. 그리고 당시에도 계혼술은 황금성만의 전유물이 아니었지. 본좌는 조화문을 통해 계혼했다. 그리고 그 사실은 때가 이르기 전까지는 발설하지 말라고 부탁해 뒀고, 당시의 조화선옹은 내 부탁을 들어주었다."

그러고 보니 검성은 조화문에서 발표한 계혼인명부에 포함돼 있지 않았던가. 검성의 말에 고개를 끄덕이고 있는 사람들이 많은걸 보고 등유운은 애가 달았다.

"검성은 지금 당신과는 판이하게 다른 성정을 지니고 있었다. 지금의 당신처럼 독선적이거나 패도적이지 않았으며 모든 사람에게 존경받는 영웅이었다. 목적을 이루기 위해서 비열한 수단도 마다하지 않는 당신이 어찌 검성일 수 있는가!"

이번 지적은 많은 사람의 공감을 불러일으켰다. 그럼에도 검성은 추호의 물러섬도 없었다.

"사람은 변하는 것이다. 한 가지 알려주지. 너희는 황금성에 대해서 잘못 알고 있는 게 있다. 그들 역시 그들의 생존을 위해 고군분투해 왔을 뿐 그들은 구원자가 아니다. 조금만 입장을 바꿔 생각해 볼까? 황금성은 요정들의 입장에서는 실패한 반란군의 수괴들일 뿐이지. 나는 그들을 철저히 이용했고 얻어낼 수 있는 모든 것을 얻었다. 지하세계의 세 종족은 곧 닥칠 현실이다. 나는 그들을 직접 보았으며 그들의 능력이 어떤지를 생생히 체험했다.

천하 무림을 손아래 두는 것이 무슨 의미가 있겠는가. 곧 모래성처럼 허물어져 버릴 것을. 나는 저들에게 지고 싶지 않다. 사람들의 생존을 위해서? 천만에! 나는 내 자신을 시험해 보고 싶었다. 내 능력으로 저들과 대등하게, 아니 우위에 서서 싸울 수 있는가를 시험해 보고 싶었다. 이후 필요에 따라 철저하게 나를 변화시켰고 때를 준비해 왔다."

듣고 있던 사람들은 누구의 말이 진실이고 거짓인지 분별할 수 없었다. 두 사람 모두 허점이 보이지 않는다. 두 사람 모두 자신들이 알고 있는 진실을 말하고 있는 것처럼 보였다.

검성의 얘기를 귀담아 듣고 있던 파천은 유독 한 마디에 관심을 집중시켰다.

'지하세계를 직접 보고 겪었다고?'

약간의 시간차를 두고 벌어진 일들 모두는 검성에게 불리한 상황들뿐이었다. 그런데도 그는 특유의 당당함으로 지혜롭게 처신하고 있었다.

당장이라도 달려들어 실력을 겨뤄보자 할 것 같던 나극찰은 흥미가 반감됐는지 한풀 꺾인 태도로 두 사람을 번갈아 쳐다보고 있었다. 그는 더 들어볼 것도 없다는 듯이 흥미진진하게 진행되던 검성과 등유운의 대화에 불쑥 참견하고 나섰다.

"검성이든 아니든 그게 무슨 상관이라고 그리 열을 내고 있는지 모르겠군. 자기주장을 관철시키는 가장 확실한 방법을 두고서 말이지. 죽자 살자 배우고 익힌 무공, 이럴 때 쓰라고 있는 건데 말이지. 아, 그렇군. 아무리 마음이 급해도 순서는 지켜주었으면 좋겠어. 저자는 내가 먼저 찍었으니깐. 내 손을 한 번 거치고 나면 당신 차례도 오지 않을 것 같지만, 어쩌겠어."

사람들이 생각하기에도 검성에게 쏟아지고 있는 의혹을 해소하는 길은 실력으로 보여주는 길밖에 없어 보였다. 그가 검성이라면 그에 합당한 능력을 보유하고 있을 것이다. 검성이 무림사에서 특별한 지위와 명성을 누렸던 만큼 그의 행세를 누구나 할 수 있는 건 아니리라.

파천은 검성이 이 난국을 어찌 헤쳐 나갈지 궁금했다. 지금까지 그가 보여준 대로라면 정면 돌파를 할 것이다. 그러나 이번엔 자신이 보기에도 힘에 벅찰 것 같다. 상대해야 할 자들이 여간내기들이 아닌데다 그 수도 만만치 않다. 검성은 자신에게 몰린 시선들을 즐기는 것처럼 여유롭게 한 차례 둘러보더니 마지막으로 등유운과 나극찰을 차례로 바라보며 말했다.

"많은 사람들이 날 목표로 하고 있다. 나는 누구에게나 나와 겨룰 자격이 있다고 생각지는 않는다. 스스로 자격이 있음을 입증해 보여라. 내일부터 시작되는 맹주결정전에 그대들을 초대하겠다. 그곳에서 모든 건 가려질 것이다.

나뿐만 아니라 여기 모인 모든 환혼자들 중에 무리를 이끌 적임자가 누군지도 그 자리에서 가려질 것이며…… 야망을 실현하려는 자, 신념을 증명하려는 자, 모든 자들에게 공평하게 문은 열려 있다. 실력만 있다면, 진정으로 강한 자라면 무엇이든 얻고 이룰 수 있다. 피하지 않겠다. 나는 내 전부를 그곳에 걸었고 내가 진다면 미련 없이 승복하겠다. 어떤가, 내 제안이?"

참으로 교묘했다. 검성은 위기 상황임에도 판세를 자신에게 유리한 방향으로 바꾸는 능력이 탁월했다. 등유운과 나극찰 역시 피 끓는 무인이었다.

검성의 초대는 확실히 거부하기 힘든 유혹이었다. 사람들이 모두 지켜보는 자리에서 어지럽게 얽힌 가닥을 풀자는 그의 제안은 현명한 것이기도 했다.

북해검왕은 나극찰이 딴소리를 할까봐 걱정됐던지 얼른 전음을 보냈다.

『지존, 허락하십시오. 우리로서는 손해날 일이 아닙니다. 검성의 공인이 있었으니 누구도 본교를 향해 먼저 이빨을 드러내지 못할 것입니다. 지존께서 최종우승자가 되시면 천하의 절반은 수고도 하지 않고 그저 얻을 수 있게 됩니다. 이보다 더 좋은 일이 어디 있겠습니까.』

나극찰은 북해검왕이 전음으로 제 생각을 방해한 것이 괘씸했던지 사납게 쏘아보았다. 찔끔한 북해검왕은 시선을 바닥으로 얼른 떨어뜨렸다.

나극찰이 먼저 답변을 했다.

"좋군. 사내라면 모름지기 그 정도 배짱은 있어야지. 입으로 떠드는 것보다는 백번 깨끗하고 확실한 방법이지. 좋다. 태양마교의 교주이자 잠마지존인 본좌는 검성의 제안을 흔쾌히 받아들이겠다."

태양마교라는 이름은 당대의 무림인들에게는 생소한 것이었다. 그러나 환혼자들의 반응은 달랐다. 게다가 잠마지존이라지 않은가? 심지어 검성마저 놀라워했다.

"변황의 전설이, 잠마지존의 전설이…… 실현되었는가?"

"세상은 알게 될 것이다. 잠마지존의 위대함 앞에 천하는 숨죽이고 숭배하게 될 것이다. 나를 중심으로 세상은 새로운 질서로 재편될 것이다. 크하하하."

미치광이가 따로 없었다. 그렇지만 환혼자들은 그리 생각할 수가 없었다. 태양마교는 중원무림의 전설적인 절대자들인 천외사

신과 양립했던 이름이었다. 그들이 등장하기 이전만 해도 새외에
비해 중원 무림의 무공이 열세를 면치 못했는데 그 중심에는 태
양마교가 있었다.

환우마종과 불사천존이 천하를 위해 천황이라는 희망의 불씨를
살려내기 위해 스스로 산화한 후에 천외사신의 나머지 두 사람인
사황천사와 태을도조는 새외의 희망인 태양마교의 불씨를 끄는
데 주력했다. 그때 위대한 중원의 두 초인에 의해 명맥이 끊어지
지 않았다면 중원과 새외의 관계는 지금과는 정반대 상황이 돼
있었을 것이다.

사라진 것으로 알려져 있던 태양마교가 지금까지 명맥을 이어
온 것만도 놀라운 일인데 태양마교 최전성기에도 완성한 자가 없
다던 잠마투살기를 현재에 완성한 잠마지존이 등장하다니! 잠마
지존의 출현은 환혼자들에게는 충격 그 자체였다.

검성은 나극찰의 광오한 태도를 비웃지 않았다. 대신 질문을
했다.

"너는 잠마투살기를 완성했나?"

"보게 될 것이다. 극성에 다다른 잠마투살기의 가공한 위력을."

"……그랬군. 그럼 너도 나와 겨룰 자격이 있다. 재미있게 됐
군. 잠마투살기라니…… 생각지도 못했던 일이야. 좀 더 흥미진
진한 대결이 되겠어. 마지막으로 묻겠다. 어떤 결과가 나오든 승
복하겠는가? 네가 패한다면 머리를 조아릴 텐가?"

나극찰은 어이없어 했다.

"나는 패하지 않는다."

"패한다면?"

"그런 일이 실제로 일어난다면…… 그렇게 하도록 하지. 내 목숨을 달라 해도 줄 수 있다. 나보다 강한 자가 하늘 아래 있다고는 믿지 않지만 만약 그런 자가 있다면 나는 두말 않고 그를 내 머리 위로 떠받들 수 있다."

나극찰이 확답하고 나자 검성은 등유운과 그 일행들을 채근하고 나섰다.

"그대들은 어떻게 하겠는가? 이 자리에서 반드시 끝장을 봐야겠는가? 최후의 적은 따로 있다. 그 사실을 인정한다면 내 제안이 최선의 길임도 이해하리라 본다."

검성의 당당한 태도는 등유운을 헷갈리게 만들었다. 그의 태도와 방식에 문제가 있을지는 모르지만 세 종족의 침입에 대비해 환혼자의 전력을 최대한 보전하려 한다는 진심만은 느낄 수 있었기 때문이다.

'이자가 정말 검성이란 말인가?'

파천이 천향이라고 알고 있는 여인은 36천강의 세 번째인 천기성(天機星) 천향군주였다. 천향군주가 등유운을 말리고 나섰다.

『오라버니, 저자의 술수에 넘어가지 마세요. 사람이 갑자기 변하는 법은 없다고 봐요. 황금성의 요정들이 말했던 검성과는 너무 달라요. 게다가 그가 환혼한 것이 사실이라면 황금성을 한 번도 찾지 않을 리가 없어요.』

이번엔 천첩성(天捷星) 팔비신환(八臂神環)의 전음이 옥기린의 귓가로 날카롭게 날아들었다.

『대형, 승부 따위로 진실을 물으려는 수작이오. 이 자리에서 끝장을 봅시다. 저자는 완벽하게 제 결점을 숨기고 있소. 저자는 희대의 효웅이 틀림없소. 괜히 말려들었다가는 후에 큰 낭패를 면치 못할 게요.」

두 사람 말고도 여러 사람이 더 등유운의 마음을 흔들었지만 등유운은 쉽사리 결정을 못 내렸다. 그런 망설임이 답답했던지 검성은 속마음을 살짝 열어 보였다.

"누군가는 앞장서 주어야 하고 누군가는 욕을 들어야 하오. 한쪽에서는 환혼자들을 쓸어 담다시피 하고 있고 다른 자들은 누군가 나서서 장을 만들어 주길 기대하고만 있고. 그대로 둔다면 사황천사를 못마땅하게 여기는 환혼자들은 설 자리가 없어지오. 소신을 지키고 끝까지 반대한다면 모두가 각개격파를 당하고 말았을 것이오. 사황천사는 강할 뿐 아니라 교활하오. 환혼자들 모두에게 공평한 기회를 열어주지 않고 수하로 거둔 무리를 앞세워 기회를 뺏어버렸소. 그게 진정 옳다고 보시오?"

검성의 그 의견에는 등유운도 찬동한다.

"나 또한 사황천사를 좋게 보지는 않소. 그렇다고 해서 당신이 정당하다는 것도 아니오. 당신의 방식 역시 그다지 정도라고 보이지는 않소."

"시간이 많지 않소. 사사혈맹에 대항할 최소한의 방파제를 만들어 두고서 순리를 따져도 되리라 여겼소. 만약 내가 순차적으로 도모해 왔다면 과연 이런 빠른 시간 안에 사람들을 끌어들일 수 있었겠소? 차일피일 미루다 사사혈맹의 급습을 받고 전력을 보전하고 있는 정파마저 사사혈맹에 흡수되고 나면 그때는 그들 전부와 싸워야 하오. 그 막대한 희생은 누가 책임져야 하오?"

"맞는 말이오. 당신 말은 다 맞소. 하지만, 하지만……."

등유운은 더 이상 말을 이어가지 못했다. 그동안 그가 수집해온 정보들 중 아직 꺼내놓지 못한 검성 주변의 비리들이 많았다. 그렇지만 그 모든 일들이 검성의 소행이란 증거는 그 어디에도 없었다. 그가 거느리고 있는 사람들, 혹은 그의 품속으로 뛰어든 자들의 소행일 가능성도 있지 않겠는가. 그 모두를 검성의 소행으로 몰아붙이기엔 무리가 따랐다.

하나씩 조각을 맞춰가면서 성벽을 쌓는 것이 순리지만 급하면 산을 무너뜨려서 임시방편으로 성벽을 만들 수도 있는 것이 아니던가. 그런 뒤에 좀 더 안전하게 성을 보수하고 튼튼하게 만들어도 문제될 건 없었다. 검성은 후자의 방식을 택한 것이다.

'어쨌든 이 자리에 모인 환혼자들은 사황천사를 반대하는 사람들이다. 이들을 한곳에 모이게 만든 것만은 저자의 공로라고 할 수 있다. 자존심 강하고 개성이 뚜렷한 인물들을 단시일 내에 끌어 모은 것만 봐도 역량은 있는 사람이다.'

조금씩 마음이 흔들렸다. 망설이고 있던 등유운이 끝내는 결심이 섰는지 천천히 입을 연다. 그는 끝내 애초 이곳에 올 때와는 다른 마음으로 검성에게 대답했다.

"우리는 피 흘리는데 발 빠르고 선을 도모하는 일에 인색한 사람은 아니오. 우리 목적은 합력하여 위난을 헤쳐 나가자는 것이기에 지도자의 자질과 성품을 문제 삼지 않을 수가 없었소. 맹주 결정전에서 흑백을 가리자는 제안은 우리가 제기한 문제에 대한 근본적인 해답이 될 수는 없소. 명심하시오. 당신이 설사 맹주가 된다 해도 우리는 끝까지 감시의 눈길을 게을리 하지 않을 거요."

"끝내 거절하는 것이오?"

"아니오. 그건 그거고…… 당신의 제안은 또 따로 심각하게 고려해 보리다. 나 또한 내 능력을 시험해 보고 싶은 건 사실이었으니깐."

"내일 오시가 지나면 출전하고 싶어도 못한다는 사실을 잊지 마시오."

"명심하리다. 마지막으로 한 가지 충고하겠소. 만약 당신이 천하를 위해 애쓰고자 하는 마음이 위선이 아닌 진심이라면 아랫사람 단속을 철저히 하시오. 주변에서 냄새가 진동하는데도 잠시 쓰기 이롭다고 해서 그냥 두면 장차는 그 이로움이 당신의 목을 조를 것이오."

오늘밤 어떤 식으로든 검성의 진면목이 드러날 거란 파천의 기대는 어느 정도는 빗나간 셈이었다. 검성의 위기대처 능력이 탁월하다는 사실만 확인했을 뿐이었다.

파천은 검성에 대해 지금까지도 백지와 같은 상태였고 그 안에 아무런 흔적도 새겨 넣지 못했다. 그를 단지 의롭다 불의하다란 잣대로 잴 수도 없는 것이, 그는 어느 정도 그런 기준에서 벗어나 있는 사람 같았다.

'결과를 얻기 위해서 그 스스로 불의를 행하지는 않지만 불의한 행위를 묵인하고 있다면, 그리고 그가 얻고자 하는 결과가 천하의 안위와 직결된다면, 그런 그를 무작정 나쁘다고 손가락질할 수 있을까? 그래도 안 되는 건 안 되는 걸까?'

파천은 어느 쪽으로도 얼른 고개를 끄덕일 수가 없었다.

검성은 한결 가벼워진 얼굴로 입을 열었는데 그 내용이야말로 검성이 어떤 사람인가를 어느 정도는 확인시켜 주는 대답이었다.

"충고 명심하리다. 나는 전쟁을 수행하는 지휘관의 심정으로 하루, 하루를 살아가고 있소. 크고 작은 일을 모두 원만하게, 불만 없이 처리할 수 있으면 좋겠지만 모든 일에는 우선순위라는 것이 있소. 아군의 피해를 최소화하고 전쟁에서 승리하도록 만드는 것이 지휘관의 최대 임무요. 수하의 그릇된 행위가 조직을 이롭게 한다면 나는 얼마든지 눈 감을 수 있소. 그와는 반대로 아군을 위해 한 일이라도 결과적으로 피해를 입혔다면 나는 반드시 그 책임을 물을 것이오.

그런 원칙은 내가 눈감는 날까지 변함없을 것이오. 이런 게 마음에 안 들면 나를 거꾸러뜨리시오. 나보다 뛰어난 능력을 지닌 사람이 있다면 언제든 내 뜻을 꺾고 백의종군할 수 있소. 더 할 말이 없으면 나는 이만 가보리다. 오늘 연회는…… 내게 매우 유익했소. 다들 내일 비무장에서 봅시다."

더 이상 검성을 막아서는 인물은 없었다. 대신 그가 걸음을 떼다 스스로 멈췄을 뿐이었다. 그는 돌아서지도 않고 뒤에 있는 철우명을 거론했다.

"철 대협, 당신이 만들어낸 결과는 칭찬 받을 만하나 당신이 쓴 수단은 매우 졸렬한 것이었소. 이와 같은 잡음이 또 일어난다면…… 그때는 당신을 더 이상 신임할 수 없을 것이오. 뒷마무리를 깔끔하게 하리라 믿겠소. 현명한 사람이라면 어찌 해야 하는지 정도는 가르쳐 주지 않아도 잘 알 것이오."

철우명은 내심으로나마 검성에게 욕설을 뱉었다.

'내가 한 짓을 모른 척할 때는 언제고 이제는 그 모든 책임을 내게만 전가시키다니. 날 도마뱀 꼬리 정도로만 여겼단 말이지?

흐흐, 날 한참 잘못 보셨군. 좋아. 정신이 번쩍 들게 해 주지.'

그때 철우명의 귓가로 한 가닥 은밀한 전음이 파고들었다.

『상황이 더 악화되기 전에 일을 마무리 지어야겠다.』

철우명은 반문했다.

『권왕은 대체 뭘 하고 있는 거야? 날 도와줘야 할 거 아냐?』

『그는 이번에 투입하지 않기로 했다. 그의 등장이 파급력을 갖기엔 상황이 여러모로 좋지 않은 것 같다. 어차피 그냥 둬도 검성이 정의맹을 장악할 것 같으니 우리 개입을 최소화하는 게 낫겠어.』

『젠장, 그럼 나 혼자 몽땅 뒤집어쓰고 뒤처리까지 하란 말이야? 지금 보고서도 그런 말이 나와? 정파 내에서 다져놓은 입지가 하루아침에 결딴나게 생겼는데 가만있을 셈이야?』

『태존께서 하신 말씀을 잊지 마라. '우리 중 하나가 설사 적이 쳐놓은 함정에 빠져 죽는걸 보아도 뒤돌아보지 말고 도망쳐라.' 너도 분명 기억하고 있을 텐데. 우리는 태존의 지체이니 하나라도 보존시키는 쪽으로 갈 밖에. 깨끗하게 도려내고 나면 한동안은 잠잠하겠지. 정 버틸 수 없겠거든 어쩔 수 없는 일이고.』

『기반을 모두 잃었다고 한다면 태존께서 용서할 것 같은가?』

『그건 네 사정이지.』

냉담한 마지막 전음에 철우명은 미련을 버렸다. 자기 같아도 같은 선택을 했으리라. 철우명의 시선은 자연스럽게 능추풍에게로 향했다. 이번 일을 이렇게까지 뒤틀어버린 장본인을 향한 시선에는 살기가 가득했다.

한편 유리궁 밖으로 나간 줄 알았던 검성이 파천을 향해 전음을 보냈다.

『매유 유쾌한 연회였소. 이런 연회라면 앞으로도 종종 부탁드리리다. 궁금한 게 있으면 직접 물어보시오. 그리고 한 가지 오해가 있는 것 같아 밝혀두는데, 적이라면 속이기를 주저하지 않지만 나를 도와주는 사람까지도 속이진 않소. 무엇이든 거짓 없이 답해드리리다. 오늘 장주의 장난이 도가 지나친 듯싶었지만 좋은 결과가 났으니 이 정도로 덮어두겠소. 그럼 후에 맹주결전전이 끝난 뒤 정식으로 다시 봅시다. 언젠가는 서로 진심을 터놓고 대할 날이 올 거라 믿소. 나는 기실 장주가 제일 궁금하오. 오늘은 어쩌면 알 수 있으리라 기대했는데…… 장주의 인내심에 찬사를 보내는 바이오. 이런 상황에서까지 자신을 드러내지 않는걸 보면 장주는 참으로 대단한 사람인 것 같소.』

검성의 전음이 끊어진 순간 파천은 호흡이 멎는 듯했다. 마치 뒤통수를 호되게 얻어맞은 기분이었다.

그는 모든 상황을 짐작하고 있으면서도 모른 척했을 뿐만 아니라 파천이 자신을 드러내 보이길 은근히 기다려 왔다는 뜻이 아닌가.

잔잔히 내리던 눈발이 거세지며 폭설로 바뀌자 연회에 참석했던 사람들이 하나둘 자리를 뜨기 시작했다. 파천은 능추풍의 처리를 어찌 하는지를 끝까지 지켜보고 있었다. 그런데 사람들의 관심이 잠시 멀어진 틈을 타서 황당한 일이 벌어졌다.

이제 정체가 다 드러난 마당에 검성의 수신호위를 할 수는 없었던지 북해검왕은 새외의 용자들을 나극찰의 처소이기도 한 상춘각 근처로 한정시키려 했고 그런 지시를 내렸다. 북해검왕의 지시였는지 아니면 별다른 명령을 받지 못했기 때문인지, 유리궁 밖에서는 납득할 수 없는 장면이 벌어졌다.

능추풍을 다른 사람도 아닌 철우명이 인수해간 것이다. 뒤늦게 능추풍의 신병을 확보하려고 왔던 오혈신교 고수들은 허탕을 치고 말았음은 불문가지의 일이다.

한바탕 퍼붓는 눈발처럼 아직은 끝나지 않은 일이 있었던 것이다. 파천은 이럴 때를 대비해 대기시켜 두었던 유백송에게 명했다.

『뒤를 은밀히 따라가 위치를 확인하고만 돌아오라. 성급하게 나서서 일을 망치지는 말고.』

철우명의 뒤를 은밀히 뒤따르고 있는 인물은 유백송만이 아니었다. 철우명은 자신의 뒤를 따라붙고 있다는 사실을 아는지 모르는지 뒤도 돌아보지 않고 폭설이 내리고 있는 항주의 밤하늘 속으로 사라져갔다.

제 5 장 지옥의 문턱에서 되돌아온 사람들

와룡장과 이백 장·정도밖에 떨어져 있지 않은 장원이었다. 이곳은 철우명이 소속된 비밀스런 조직에서 중원 각처에 마련해둔 비밀지부 중 한 곳이었다. 철우명은 공식적으로는 태평루의 별원을 거처로 삼았지만 실제로는 이곳에 머물 때가 더 많았다.

물론 사람들의 눈을 피해서다. 능추풍을 옆구리에 끼고 눈발을 헤치며 날아온 철우명은 장원 마당에 내려서자마자 신경질적으로 외쳤다.

"이 후레자식 때문에 내가 지금 무슨 꼴을 당한 건가!"

"오셨습니까?"

철우명 앞으로 불쑥 튀어나온 사람은 육십대 정도로 보이는 꼽추었다. 그는 철우명의 옆구리에 끼어 있는 사내를 힐끗 쳐다보긴 했지만 누구냐, 무슨 일이냐 등을 묻지도 않는다. 철우명은 그를 꼽추에게 넘겨주며 넌지시 물었다.

"별일 없었나?"

"넷째공자님과 단 노야께서는 조금 전 도착하셔서 침소에 먼저 드셨습니다."

"팔자 늘어졌군. 자기들 일이 아니라 이거지. 사형은?"

"대공자님은 오지 않으셨습니다."

"젠장, 일이 이 지경이 됐는데 정말 뒷짐 지고 구경만 할 셈인가 보군."

철우명은 안채로 들어가려다가 불쑥 물었다.

"뇌옥에는 별일 없었겠지?"

"염려 마십시오. 그렇지 않아도 대공자님의 특별한 지시가 있었던지라 경비를 두 배로 늘려놓은 상태입니다."

"그놈도 거기 처박아둬. 아니다. 앞장서라. 내 눈으로 직접 확인해야겠다."

참으로 교묘한 위치이자 장치였다. 가장 후미진 곳에 위치한 사당 안에는 덩그러니 석등이 하나 놓여 있었는데 그걸 한 바퀴 돌리니 그 앞에 지하로 뚫린 석로가 입을 벌리는 것이 아닌가. 그 안으로 철우명과 꼽추가 들어가고 나자 사당 안은 원래대로 횅하니 적막감만 감돌 뿐이었다.

잠시 뒤 사당 문이 소리 없이 열리더니 하나의 신형이 어른거렸다. 손에 유등이나 횃불도 들지 않은지라 용모는 알 수 없었다. 그는 석등 주변을 맴돌다가 고민을 하더니 결정을 내렸는지 석등에 손을 가져다댔다. 그때 사당 근처로 다가서는 미세한 인기척이 느껴지자 그는 천장 쪽으로 스며들 듯 사라졌다.

새로 사당 안으로 들어온 사람은 두 명이었다. 그들 역시 이곳을 마음대로 오가도 의심받지 않는 처지는 못 되는지 도둑고양이를 방불케 하는 조심스런 동작으로 움직이고 있었다. 그들은 사당 안 곳곳을 살피다가 역시나 석등 쪽이 미심쩍은지 살펴보기를 일각 여, 그중에 하나가 확신을 굳혔는지 조심스럽게 말문을 열었다.

"이곳으로 들어간 것 같습니다. 따라 들어가 볼까요?"

"조금만 더 기다려 보자. 그자가 나온 후에 들어가는 게 역시 안전하겠지."

"그렇겠군요."

두 사람 역시 적당한 곳을 물색하다가 천장 구석진 곳을 택해 신형을 날렸다. 그 순간 두 사람은 하마터면 비명을 지를 뻔했다. 사당의 천장은 여러 개의 들보가 노출된 형태로 지어져 있었는데 몸을 숨길 곳은 그곳밖에 없었다.

하필이면 먼저 온 침입자가 자리를 잡은 들보와 가까운 곳에 두 사람이 삼각형 모양으로 위치를 잡은 것이다. 이미 구석진 곳에 신형을 고정시키고 있던 사람을 본 탓에 놀라 거리를 벌리긴 했지만, 상대 역시 놀라긴 마찬가지였다. 그때 아래쪽에 있던 석등이 움직이기 시작했다.

그르르릉.

돌이 마찰하며 일으긴 소리 뒤에 꼽추가 먼저 모습을 드러냈다. 그의 손에는 유등 하나가 빛을 밝히고 있었다. 그는 아무것도 느끼지 못했는지 사당 문을 열고 밖으로 나갔다.

한편 사당 안에 있던 세 사람은 숨죽인 채 서로를 경계하고는 있었지만 서로를 향해 먼저 살수를 쓰지는 못했다. 대담하게도 그중 먼저 온 사람이 전음으로 상대의 정체를 물었다.

『당신들도 이곳에 침입한 것 같은데 나 역시 같은 처지요. 우리는 적이 아닌 것 같소만…… 어떻소, 힘을 합하는 게?』

『네가 누군지 알고 그런 제안을 받아들이겠느냐?』

『나를 먼저 밝히겠소. 난 이곳에 감금돼 있는 사람들을 구해내기 위해 왔고…… 이름은 모용상인이라고 하오.』

먼저 사당에 도착한 침입자는 놀랍게도 모용상인이었던 것이다. 그의 이름을 듣는 순간 두 사람은 약간 경계심을 늦출 수 있었다.

『당신이 바로 모용세가의 신임 가주이자 천무오룡 중 하나인…… 바로 그분이시군요. 저는 오혈신교 혈죽단주입니다.』

혈죽단주 궁서린과 천후영이 철우명을 뒤따라온 것은 한 가지 목적을 이루기 위해서였다. 홍매단주와 능추풍을 구해내는 것, 그것 말고는 이들이 이렇게 위험천만한 일을 할 이유가 없었다. 세 사람의 목적은 동일했다. 그걸 확인한 순간 세 사람은 함께 행동하기로 결정을 내렸지만 쉽사리 움직일 생각을 못했다. 이번에는 궁서린이 제안했다.

『아무래도 저 밑에 무엇이 있는지 모르니 조심하는 게 좋겠어요. 우리 두 사람이 먼저 들어갈 테니 모용 가주께서는 여기서 기다렸다가 반 시진이 지나도 별다른 소식이 없으면 외부로 나가 도움을 청하세요.』

모용상인은 그 의견에 따를 생각이 없었다.

『그 반대로 하는 게 어떻겠소? 이런 일은 남자인 내게 맡기시고……』

천후영이 발끈했다.

『그럼 나는 여자요? 거참 말을 이상하게 하시네.』

궁서린은 이런 일에 남녀를 따지는 모용상인의 발언이 탐탁지 않았다. 그렇지만 위험한 일인 줄 알면서도 자청하는 용기는 가상했다. 더군다나 그는 자신과 별 상관이 없는 일임에도 불구하고 여기까지 침입해 위험을 자초하고 있지 않은가. 그 점은 너무 고마웠다.

『이렇게 시간만 끌고 있을 수 없소. 저 밑의 상황이 긴박할지도 모르는 일. 속히 결정합시다. 내가 들어가겠소.』

『좋아요. 그럼 이렇게 하죠. 저와 가주님이 같이 들어가고 여긴 제 수하에게 맡겨두죠. 그게 낫겠어요.』

이렇게 해서 불만으로 입이 한 자나 튀어나온 천후영만을 남겨두고 모용상인과 궁서린은 조심스럽게 석등을 돌렸다. 그들의 기대대로 석등이 돌아간 순간 지하로 뚫린 계단이 입을 쩍 벌리는 것이었다. 두 사람이 어깨를 나란히 하고 걸으면 한 뼘 정도나 남을까 싶을 정도로 좁은 통로였다.

*   *   *

석실 가운데에는 푹신한 호피의자가 놓여 있고 거기에 철우명이 다리를 꼬고 앉아 생각에 잠겨 있었다. 그의 시선은 석벽에 고정돼 있었다. 방금 데려온 능추풍은 아직 수혈이 짚여 있는지라 깊은 잠에 곯아떨어져 있었다. 철우명은 지금 능추풍을 보고 있는 것이 아니었다.

벽 쪽에는 한 여인이 젖 가리개와 속곳만 걸친 채 벽에 고정돼 있는 철삭에 매인 채 푹신한 침상에 엎어져 있었다. 그녀는 잠든 것이 아니라 기진맥진해져 있을 따름이었다. 내공을 억제당한 상태인데다 오랜 고초를 겪었는지라 심신이 지쳐 있었다. 그녀는 힘들게 고개를 들었지만 금방 고개를 다시 꺾었다.

철우명이 지금 무엇을 두고 고민하는지는 금방 밝혀졌다.

"아깝단 말이야. 살려두면 두고두고 써먹을 데가 많은 인질들인데…… 이대로 죽여야 하다니, 쩝."

하지만 살려두기에도 찜찜했다. 증거가 없는 이상, 심증만으로는 자신을 핍박할 수 없다. 딱 잡아떼면 그만이다. 꼬리가 길면 밟히는 법이며 작은 유익을 탐하다 더 큰 걸 잃을 수도 있었다.

지금은 자신이 관계된 인질들을 모조리 제거하고 뒤처리를 깔끔하게 하는 것이 최선이었다. 그런데 그 한계를 어디까지 해야 할지 고민되는 것이다.

"능추풍 저놈이야 지금 당장 죽여도 아까울 게 없지만…… 홍매단주 저것은 너무 아깝단 말이야."

순간 몇 사람의 얼굴이 철우명의 뇌리를 스치고 지나갔다. 그 모두가 여자라는 공통점을 지니고 있었다.

"자운경, 그 계집도 처리해야 하나? 흐음. 신임 와룡장주라는 작자가 만만치 않은 것 같던데. 그놈이 그년을 물고 늘어지면 말만 많아지겠지. 끄응. 그놈 곁을 지키고 있던 기가 막힌 요물이 하나 있던데…… 그게 못내 아쉽군. 내 처지가 지금 이런 상황만 아니었어도 그냥…….”

그의 머릿속을 가득 채워버린 여인은 다름 아닌 일리아나였다. 그녀가 얼마나 무서운지 알았다면 감히 이런 흑심을 품지는 못했을 것이다.

“나는 참으로 운도 없구나. 지금껏 목숨을 걸어도 좋다 여길만한 절색은 딱 두 명뿐이었는데. 하나는 손 한번 잡아보지 못하고 태존께 빼앗겨 버렸고, 하나는 먼 산 보듯 바라보고만 있어야 하다니……. 그러나 기회가 닿는다면 반드시…… 내 손에 넣고야 말겠다.”

그는 조금 피로가 밀려왔는지 기지개를 커더니 몸을 일으켰다. 손목과 발목에 쇠사슬을 주렁주렁 달고 있는 여인 앞에 우뚝 선 철우명은 발끝으로 여인의 머리를 툭툭 건드렸다.

“정신은 멀쩡할 테니 내 얘기 잘 들어. 난 널 오래 살려두고 싶지만 상황이 매우 좋지 않다. 나는 널 살려두고 싶은데…… 그럴 수 없게 됐다. 저놈 보이지? 저 지독한 놈이 널 살린답시고 설쳐대는 바람에 더 이상 널 살려둘 수가 없게 됐다. 세상일이란 이처럼 모를 일투성이란 말이야.”

여인의 눈에서 눈물이 흘러내렸다. 그녀는 철우명이 석실로 들어서던 순간에 이미 본 것이다. 자신의 명령이라면 불길이라도 마다않고 뛰어들던 우직한 수하, 능추풍이 원수의 손에 사로잡혀온 것을. 죽고 싶었지만 포기하지 않고 연명해 왔다.

수치와 모멸감에 하루에도 열뎃 빈 사셜하고 싶은 충동을 느꼈지만 참고 기다리다 보면 반드시 원수를 갚을 길이 있을 거라고

스스로에게 최면을 걸며 끈질기게 살아남았다. 그런데 이제는 점차 희망이 옅어졌다. 살 길이 보이지 않는다. 게다가 철우명의 입에서 처음으로 자신을 죽여야겠다는 말이 흘러나온 마당이니 더 절망적이었다.

"날 원망하지 마라. 이놈이 난리법석을 떨지만 않았어도……. 좀 잠잠해지면 네게 자유도 주고 원하는 대로 살게 해 주려던 참이었다. 예전에 본 자운경 알지? 걔처럼 말이야. 운경은 지금 행복하게 지내고 있지. 살 길이 전혀 없는 건 아니다. 네 마음을 바꾸기만 하면…… 방법은 있다. 어때, 궁금하지 않나?"

오혈신교 교주의 딸이자 홍매단의 단주인 서화영은 약에 취하기라도 한 듯 몽롱하게 풀린 눈에 간신히 초점을 맞춰 철우명을 올려다봤다. 그녀는 그러기 위해서 힘겹게 몸을 뒤집어야만 했다.

"……살고 싶어."

"쯧쯧, 처음부터 내 말에 고분고분했으면 이런 꼴로 가둬두지도 않았을 텐데. 좋아. 지난 일은 다 잊어버리고 살 길을 알려주지. 네가 변심하지만 않으면 너도 좋고 나도 좋은 일이다. 진심으로 날 사랑할 수 있도록 노력해 봐. 그게 안 된다면 나는 널 죽일 수밖에 없다. 너 뿐만 아니라 네 어미와 이 능가 놈을 포함해 너와 관련된 것들은 모조리 죽여 버리는 수밖에. 내가 얼마나 무서운 사람인지 잘 알고 있겠지? 내가 독한 마음을 먹으면 그까짓 것쯤 일도 아니지. 어때? 생각이 있나?"

미친놈의 입에서는 미친 소리밖에 나올 게 없는 게 맞는가 보다. 서화영은 물끄러미 철우명을 바라봤다. 이제 더 이상 눈물 같은 건 나오지 않을 줄 알았는데 또다시 눈물이 맺혀 찰랑거렸다.

서화영은 생각했다. 어떻게 해서라도 살아남아 복수를 하고 싶다는 염원과 그렇게 해서 살아남으면 뭐할 것인가라는 체념 사이에서 갈등했다. 솔직히 이젠 사는 것도, 희망을 품는 일도 지쳤다. 매일 눈을 뜬다는 사실도 지겹기만 했다. 서화영은 처연하게 웃었다.

"그냥…… 죽여."

조금 전 살고 싶다고 한 말과는 정반대의 말이었다. 이제야말로 서화영은 삶에 대한 마지막 한 줄기 미련마저 버린 것이다. 그녀에게는 이제 남아 있는 것이 아무것도 없었다. 그냥 영원히 이대로 잠들고 싶다는 염원이 빠르게 머릿속을 지배해가기 시작했다.

"미친년! 죽고 싶다면…… 죽여주지. 나도 사실 널 살려서 심장 떨리는 나날을 보내는 것보다 시원하게 죽여 버리는 게 속편한 일이지. 그 전에 할 일이 있다."

철우명은 능추풍을 깨웠다. 혼혈이 짙여 있는 능추풍을 깨워서는 사정을 두지 않고 발로 짓밟기 시작했다.

"큭. 억, 끅끅."

얼굴과 복부와 다리, 허리 가릴 것 없이 마구잡이로 짓이겼다. 본능적으로 급소를 피하고자 몸을 웅크리는 와중에 능추풍은 서화영을 발견했다. 능추풍의 눈에 핏발이 곤두섰다.

"으으으…… 우와와악!"

그는 갑자기 괴력을 발휘해 몸을 일으켰지만 곧 여지없이 내동댕이쳐지고 말았다.

퍽퍽퍽.

그 뒤로부터 일각이 넘는 시간 동안 구타가 이어졌다. 사람이라면, 철우명이 사람의 성정을 십분지 일이라도 가지고 있다면, 저렇게 참혹하게 사람을 짓이기지는 못했을 것이다.

"죽어라, 죽어. 개자식. 네놈 때문에 내가 지금…… 어떤 처지에 놓였는지 알기나 하느냐 이놈! 자그마치, 자그마치 십오 년 동안 쌓아온 기반이었어. 네놈은 그냥 곱게 못 죽이지. 흐흐흐. 아직은 악에 받쳐 발버둥을 친다만, 곧 죽여 달라고 사정하게 해 주마."

퍽퍽퍽.

능추풍은 몇 번이나 혼절했다 깨어나기를 거듭했지만 좀체 기가 죽지 않는다. 사정을 하기는커녕 그의 눈빛은 더 뜨겁게 타올랐다.

철우명은 벽면에 죽 늘어져 있는 쇠사슬 끝을 잡고 끌어당겼다.

좌르르륵.

철우명의 손에 쥔 쇠사슬 끝이 날카로운 칼이 되어 능추풍의 어깨를 꿰뚫었다. 쇄골 아래를 통해 사라진 쇠사슬은 등으로 튀어나왔다.

철우명은 잔인하게도 두 개의 쇠사슬로 능추풍의 어깨를 뚫어 벽에 고정시켰다. 조금만 움직여도 생살이 찢어지는 고통을 느낄 터인데, 그 상태로 철우명은 구타를 계속했다.

"꽤 질긴 놈이군. 그럼 이건 어떨까, 흐흐. 잘 봐둬라."

능추풍은 철우명의 얼굴에 간악한 미소가 스치는 순간 불길한 예감에 전율했다. 아니나 다를까. 그는 서화영 곁으로 다가가는 것이 아닌가. 능추풍은 두 눈을 부릅뜨고 목청이 찢어져라 고함을 질렀다.

"하지 마, 하지 마! 이 개새끼야. 네놈을 반드시, 반드시 죽이고야 말겠다. 으아아악!"

짐승의 눈처럼 번들거리는 철우명의 눈은 이미 사람의 것이라고 할 수 없었다.

*　　*　　*

능추풍의 분노로 가득 찬 고함은 지하 복도를 쩌렁쩌렁 울렸다. 은밀히 움직이던 모용상인과 궁서린은 마음이 다급해졌다. 그렇지만 여기서 이동속도를 더 올릴 수는 없었다. 곳곳에 경비무사들이 있는데다 그 위치가 교묘하여 한 명을 처지하면 반드시 다음 위치에 있는 사람에게 발견될 것이기 때문이었다.

지하 복도에는 보이는 경비무사들만 족히 스무 명은 될 것 같았다. 그들의 간격은 십여 장. 다행스러운 일은 벽에 설치돼 있는 횃불이 복도 전체를 밝힐 정도로 밝지 않다는 점이었다. 음영이 진 곳에 최대한 밀착한 채 은밀히 움직이다 보니 그 이동속도는 답답할 정도로 느렸다. 그러다 능추풍의 찢어지는 절규를 듣고 보니 마음이 다급해졌다. 두 사람은 서로를 바라봤다. 모용상인이 다급하게 전음을 보냈다.

『좀 위험하더라도 속전속결로 처리합시다.』

『철우명은 화산파 최고 고수라고 알려져 있습니다.』

『나도 그리 약하진 않소. 게다가 우리 두 사람의 합공이면 승산은 우리 쪽에 있을 거요.』

『저곳에 홍매단주가 있다면 무려 네 사람의 생명이 달린 일이에요.』

『결정하시오. 이런 식으로 하나씩 처치하면서 이동하자면 당도하기도 전에 돌이킬 수 없는 상태가 될지도 모르오.』

궁서린은 입술을 잘근잘근 씹었다.

『좋아요. 제가 신호하면 같이 움직여요. 하나, 둘, 셋 하면 한꺼번에 공격하는 걸로 하죠.』

『좋소.』

『하나, 둘, 셋!』

하나는 오혈신교 혈죽령의 주인이고 또 하나는 정파의 후기지수들 오백 명 중에 최고의 기린아인 모용상인이었다. 두 사람이 비록 환혼자들이 주인공인 현 무림의 기형적인 상황 때문에 크게 주목을 받지는 못한다 해도 일반적인 경우라면 장차 천하제일고수를 다툴 기재들인 것만은 확실했다.

그런 두 사람이 한 번도 손발을 맞춰보지 못했음에도 불구하고 마치 오래전부터 합공을 해 왔던 사람들처럼 손발이 척척 맞는 것만 봐도 두 사람의 탁월한 재능은 능히 짐작할 만했다.

모용상인이 상대의 병기를 무력화시키면 궁서린의 치명적인 한 수가 무방비 상태나 다름없는 적을 순식간에 잠재워버린다. 궁서린이 유령처럼 접근해 시선을 끄는 동안 모용상인의 검이 빛과 같은 속도로 적의 급소를 찌른다. 두 사람은 거침없이 전진했고 바람처럼 복도를 질주해 갔다.

콰당!

문이 부서졌다. 평소 같았으면 진작 알아챘을 철우명이었지만 한참 광란의 정사에 몰입해 있었기에 침입자의 접근을 눈치채지 못했다. 그것이 모용상인의 입장에서 본다면 참으로 다행스런 일이라 생각했는데,궁서린은 그렇지 않은 것 같았다. 문을 부수고 들어가자마자 철우명에게 득달같이 달려든 모용상인과는 달리 궁서린은 석실 안의 전경에 넋을 놓고 말았다.

그녀에게는 피붙이나 다름없는 정을 나누던 언니였다. 때로는 엄하기도 했지만 그건 궁서린이 잘못을 했을 때뿐이었고 대부분 따뜻하게 감싸주고 늘 제 편이 되어 변명해 주던 심성 고운 사람이었다. 그런 서화영이 저런 참혹한 꼴이 되어 있을 줄 어찌 알았으랴.

철우명은 아직 바지춤도 제대로 올리지 못한 흉한 몰골로 바닥을 굴렀다. 흉물스런 치부를 가리지도 않고 살겠다고 뒹구는 모습은 추하기 그지없었다.

모용상인은 철우명을 향해 공격을 퍼붓는 것과 동시에 고함을 질러서 궁서린의 정신을 일깨웠다.

"정신 차리시오! 뭐하는 게요!"

궁서린은 화들짝 놀랐다. 그녀는 얼마나 세게 입술을 깨물었던지 입술이 터져 피가 흘렀다. 그녀는 그런 사실도 느끼지 못했다. 궁서린은 다급한 중에도 서화영의 벗은 몸에 시선이 갔다. 그녀는 제 겉옷을 벗어 서화영의 나신을 가린 뒤에야 철우명을 노려봤다.

"이 짐승만도 못한 놈! 네놈을 죽이지 못한다면 내 평생이 저주스러울 것이다."

궁서린과 모용상인이 손발을 맞추며 합공을 시작했음에도 어느새 철우명은 침착함을 되찾고 있었다. 급습의 효력은 이제 상실된 것이나 다름없었다.

천무오룡 중 하나가 된 뒤 모용상인에게 주어진 무공은 일기(一奇) · 이사(二邪) · 삼신(三神) · 사괴(四怪) · 오도(五刀) · 육수(六手) · 칠검(七劍) · 팔장(八掌) · 구마(九魔) 중 칠검에 속한 검법이었다. 모용상인이 폐관기간 동안 익힌 생사무류검법(生死舞柳劍法)은 기이하게도 모용세가의 비전도법인 생사결과 일맥상통하는 부분이 많았다.

버들가지가 춤추는 것처럼 하늘하늘한 검이 빛을 발하면 그 궤적 안에서 생사가 결정된다. 헤아릴 수 없이 많은 검법들 중에 변화가 막심하고 난해한 점에서는 환환태극검결(幻幻太極劍訣)과 쌍벽을 이루는 절학으로 알려져 있었다. 두 가지 검법이 모두 정(靜)으로 동(動)을 제압한다는 묘리를 담고 있기도 했다.

모용상인의 검법은 실상 급습에는 그다지 큰 이점이 없었다. 역공을 취할 때 가장 큰 이점을 발휘하는 검법인데다 궁서린의 늦은 합류 탓으로 철우명에게 기회를 주고 만 것이다. 철우명의 손에는 어느새 한쪽에 놓아뒀던 철검이 들려 있었다.

마주한 궁서린과 모용상인은 긴장할 수밖에 없었다. 상대는 철검진천이라고 불리는 검법의 일대 대가였다. 45종신공 절학 중 하나인 화산파의 매화육합검법을 대성한 사람이고 보면 그를 만만히 볼 수 없는 노릇이지 않겠는가. 궁서린은 허리에 말아둔 채찍을 펼쳐 들었다.

촤악.

채찍이 바닥을 가르는 소리가 워낙에 크게 울린 탓에 이성을 잃고 흥분한 나머지 잠시 기절해 있던 능추풍이 다시 깨어났다. 그는 눈앞에 펼쳐진 상황을 파악했지만 안타까운 마음에 꽉 다문 이빨 사이로 절로 신음이 흘러나왔다. 마치 상처 입은 짐승이 으르렁대는 것 같았다.

"흐흐. 난 또 누군가 했더니…… 오랑캐의 후손인 모용가의 버러지였군. 제 주제도 모르고 감히 내 앞에서 검을 겨눠?"

"길고 짧은 건 대봐야 아는 법. 예전 같았으면 선배로 깍듯하게 대접했겠지만 당신 같은 짐승에게는 가래침을 뱉는 것도 아까울 지경이다."

"곧 죽을 놈이 말은 번지르르하게 하는군. 오, 그리고 이분은 또 누구시더라. 혈죽단의 단주라고 했던가? 내 그대를 보고나서 제대로 밤잠을 자본 적이 없었거늘, 내 뜨거운 몸을 식혀주시려고 친히 납시었소?"

"닥쳐라, 악적 놈!"

궁서린은 흥분이 지나친 나머지 전신을 바들바들 떨었다. 그걸 알아차린 모용상인이 그냥 넘어갈 리 없었다.

『흥분을 가라앉히시오. 놈의 격장지계에 넘어가 자칫 실수라도 하는 날에는 천추의 한을 남길 것이오.』

확실히 모용상인의 전음은 효과가 있었다. 궁서린은 마치 비무를 앞두고 있는 것처럼 마음을 차분하게 가라앉힐 수 있었다. 이 깃만 보아노 수련의 깊이를 짐작할 수 있는 일이었다.

"자, 그럼 시작해 볼까? 어디 생사무류검결을 시전해 보시지.

그것이 한낱 이름만 그럴듯한 잡스런 무공에 지나지 않는다는 걸 깨닫게 해 줄 테니깐.”

모용상인은 흥분하지 않는다. 그는 천천히 호흡을 가다듬고 검을 수직으로 세운 뒤에 살짝 앞으로 기울였다. 검극이 마치 나비가 팔랑팔랑 춤을 추는 것처럼 끊임없이 흔들리고 있었다. 저 검이 어디를 향할지는 누구도 짐작할 수 없는 일이다. 상대의 변식에 따라 변화하는 검의 궤적은 기실 모용상인 본인조차도 예상할 수 없는 것이었다.

생사무류검결의 요체는 공기의 흐름을 거스르지 않고 춤추듯 움직이다가 상대의 공격에 따라 공간의 빈틈을 찌르는 것이었다. 생사무류검결은 여타의 검법들과는 달리 검식의 구성이 찌르기 위주였다. 그러다보니 상대와의 간격을 유지하는 것과 검을 찌를 때의 순간적인 판단력과 폭발적인 속도가 중요했다.

간격이 너무 좁혀져도 안 되고 상대가 방비할 여유를 줘도 안 된다. 또한 일격필살이 실패해서 반격을 허용해도 불리한 상황에 처하고 만다. 이처럼 약점이 많은 검법이지만 그만큼 위력적인 검법이기도 했다.

지금 철우명이 쉽사리 공격을 하지 못하는 것도 그런 생사무류검결의 위력에 대해 얼핏 들은 적이 있기 때문이다. 그 역시 한 번도 몸으로 겪어본 적이 없어 신중을 기했다.

궁서린은 철우명의 관심권 밖이었다. 그녀가 비록 오혈신교가 자랑하는 혈죽령의 영주라고는 해도 아무래도 모용상인에 비하면 무게감이 떨어지는 것이 사실이었다.

“뭐하고 있지? 이러다 수하들이 몰려오기라도 하면 어쩌려고 이리 여유를 부리실까? 속전속결, 그 단순한 이치도 모르다니. 배짱이 좋은 건가, 아니면 머리가 둔한 건가? 자, 어서 와봐. 날이 밝으면 교대하기 위해 수하들이 몰려오지. 그때가 되면 너희가 땅을 파는 재주가 있어도 여길 벗어나지 못한다. 이제야 안달이 나나 보지. 흐흐. 그러나 때는 이미 늦었어. 겁도 없이 내 뒤를 밟다니. 그 순간 너희 운명은 결정된 것이다."

하는 수 없이 모용상인은 궁서린에게 전음을 보냈다.

『내가 먼저 공격할 테니 저자의 반격을 방해하시오. 거기까지만 되면 우리가 이길 수 있소.』

생각대로 잘 될지는 모르겠지만 모용상인도 모험을 하는 수밖에 없었다. 모용상인은 먼저 철우명이 검 자루를 잡고 있는 상태와 검신이 향한 방향을 먼저 파악한 뒤에 그가 어떤 식으로 수비하고 반격해 올지를 먼저 계산했다.

모용상인은 다행스럽게 순회수련 당시 화산파의 검법을 익힌 적이 있었고 매화검법과 육합검법에 대해서도 정통해 있었다. 대신 철우명의 절기라고 알려져 있는 매화육합검법에 대해서는 도통 아는 바가 없었다.

모용상인은 발을 빠르게 놀리며 철우명을 중심에 두고 좌측으로 크게 원을 그리며 돌았다. 철우명의 검 끝이 자신을 놓치지 않고 따라붙는 것을 확인한 후 속도를 배가했다. 그런 뒤 역으로 몸을 기울이며 철우명의 전신이 위치한 중심을 겨누고 빠르게 찔렀다.

'이런 압력이라니!'

모용상인은 절감해야만 했다. 검이 채 절반도 뻗지 않았음에도 불구하고 전신으로 몰려오고 있는 압력이 상상을 초월할 정도로 거세었다. 그 순간 모용상인이 예상하지 못했던 일이 벌어졌다. 철우명의 오른손에 들려 있던 검이 왼손으로 이동하더니 약간 뒤쪽에 서 있던 궁서린을 노리고 반원을 그린 것이다.

검화가 열두 송이나 피어오르면서 번쩍거린다. 검이 지나가는 선이 불규칙하게 어그러지며 시선을 교란하고, 검이 흐느껴 우는 것 같은 소리가 곡성처럼 끈적끈적하게 귓가를 맴돈다. 누가 봐도 철우명의 검법은 정파의 것이 아니었다.

'저건 매화육합검법이 아니다.'

변화는 거기서 끝이 난 게 아니었다. 철우명의 왼팔이 쫙 펼쳐지며 검식을 펼치는가 싶더니 순간 검이 철우명의 손끝에서 떨어져 버리는 것이 아닌가?

"저, 저건?"

모용상인은 놀라고 있을 틈이 없었다. 전력을 다해 철우명의 배후를 노리고 검을 쑤셔 박았다. 작은 먼지 알갱이조차 절반으로 쪼개버리는 정확성을 가지고 있는 필살의 공격이었다.

궁서린도 놀고 있는 것만은 아니었다. 채찍을 펼쳐놓은 채 기다리고 있던 궁서린이 손목을 홱 채며 허공에서 휘젓는 순간, 편영이 허공을 가르며 철우명의 상반신을 휩쓸었다.

타타타탕.

철우명이 순간적으로 펼쳐놓은 검막은 두껍고 견고했다. 그 위를 때린 궁서린과 모용상인은 반탄력을 이기지 못하고 뒤로 주르륵 밀려나고 말았다.

철우명의 손을 떠났던 검은 용이 회오리치며 허공으로 솟아오

르는 것처럼 부챗살 같은 검막을 펼치며 위로 솟구쳤고, 이내 그
의 손으로 얌전히 돌아오며 다시 펴져나갔다.

"하하하하. 그 정도 실력으로 감히 내게 덤볐더란 말인가?"

저건 대체 무슨 검법인 걸까? 이기어검술은 아니었다. 그렇다고
환검일 리도 없다. 검막은 검을 정지시킨 상태에서 최고의 위력을
발휘한다. 그런데 철우명은 검에 회전을 줘서 몸 주변으로 떠오르
게 하면서 어찌 저렇게 두껍고 견고한 검막을 펼쳤단 말인가?

모용상인과 궁서린은 한 번도 겪어보지 못한 기이한 수법에 일
순 당황했다. 그렇지만 목숨이 왔다 갔다 하는 실전에서 넋을 놓
고 있는 건 바보짓이다.

모용상인의 공격은 더 한층 매서워졌고 아까와는 달리 반격을
염두에 둔 터라 훨씬 더 정묘하고 신속했다. 몇 번에 걸쳐 찌르고
빠지기를 반복하자 철우명도 살짝 약이 오른 상태였다. 거기다
궁서린의 채찍이 모용상인의 검이 빠질 때를 노리고 사정없이 철
우명을 휩쓸어왔다. 두 사람의 합공은 시간이 지날수록 점차 효
력을 발휘하기 시작했다.

한 사람씩 비교하면 확실히 궁서린이나 모용상인이 철우명을
상대하기에는 벅차 보였다. 그렇지만 둘의 합공은 훌륭하게 철우
명을 압박하고 있었다. 그럼에도 두 사람 역시 확실한 우위를 점
할 순 없었다.

문제는 그가 펼치는 검막을 두 사람 모두 뚫을 수 없다는 점이
었다. 철우명은 작전을 바꿔 모용상인을 집중적으로 노렸다. 모
용상인은 거리를 주지 않기 위해 최선을 다했다. 석실 중간에서
시작된 싸움은 점차 석실 양쪽을 오가며 격전의 범위를 넓혀가고

있었다. 시간이 지날수록 초조해지는 건 모용상인과 궁서린이었다. 반면에 철우명은 두 사람의 합공이 위력적이기는 하지만 버티지 못할 정도는 아니었고 점차 안정을 찾아갔다. 그때 팽팽하던 쌍방의 공방이 방해받는 일이 발생하고야 만다.

"팡!

무언가가 터지는 소리가 귀청을 울렸다. 그 순간 마주쳐가던 세 사람은 동시에 사방으로 흩어졌다. 석실 입구에 거대한 체구의 사내가 들어와 있었다. 그를 본 철우명이 반가움을 표했다.

"사형!"

철우명의 입에서 웬일인지 십수 년 동안 서너 번 정도 했을까 싶던 사형 소리가 절로 나온다. 철우명의 태도와는 달리 사내는 냉랭하기 짝이 없었다.

석실에 나타난 새로 등장한 사내는 철우명의 사형이자 황금성의 비밀조직인 태밀사의 총령이기도 한 묵혼이었다. 묵혼의 꾸짖음은 준열했다.

"철혼, 이 한심한 놈! 그간 무공연마에 얼마나 소홀했으면 이런 애송이들 앞에서 쩔쩔매고 있는 게냐! 그간 네놈이 변태 짓 하는 것도 나무라지 않고 지켜보았다만 네 실력이 발전이 없는 걸 보니 그냥 두고 볼 수가 없다. 널 위해서라도 이번 일은 묵과할 수 없다. 뒷정리를 하고 철수할 생각은 않고 여기서 또 노닥거리고 있었다니."

"사, 사형."

묵혼의 태도는 결코 장난으로 받아들일 수 없었다. 묵혼이 이렇게 화를 내는 경우를 본 적이 없었던 철혼은 얼굴에 비굴한 웃음을 지어 보이며 물었다.

"설마 태존께 보고하는 것은……."

"닥쳐라. 외인 앞에서 어디 그 존엄하신 이름을 함부로 입에 올리느냐!"

철혼은 입을 꾹 다물었다. 그런데 묵혼은 옆구리에 웬 사람을 하나 끼고 있는 것이 아닌가. 궁서린은 그게 누군지 단번에 알아봤다.

"후영!"

털썩.

묵혼은 만신창이 된 천후영을 궁서린 앞으로 던져놓았다. 그는 숨이 붙어 있었지만 전신 곳곳에 가볍지 않은 부상을 입은 채 혼절해 있었다.

묵혼은 철혼을 다그쳤다.

"뭘 멍청히 보고 서 있는 게냐. 어서 저 둘을 제압하지 않고."

"그, 그게……."

"잘 봐라. 네가 수련을 게을리 하는 동안 너와 나 사이에 얼마나 간격이 벌어졌는지를."

묵혼이 한 손을 슬쩍 쳐든 순간 예의 폭발음이 다시 한 번 석실을 울렸다.

팡!

묵혼의 검지가 피라도 뚝뚝 흘릴 듯 새빨갛게 물든 순간 그 끝에서 형용할 수 없을 정도로 빠르고 강력한 지력이 쏘아졌다. 폭뢰섬전지(爆雷閃電指)라 붙리는 지법으로서 배손이 창안해 직접 전수한 것이었다. 묵혼이 쏘아낸 지력은 곧장 궁서린을 향해 쏘아졌는데, 막거나 반격할 엄두가 나지 않은 궁서린은 피하는 수밖에 없었다.

팡, 팡!

동시에 세 번의 지력이 동시에 쏘아지는데 그 위치는 마치 네가 어디로 피할지 미리 알고 있다는 듯 참으로 교묘하지 않은가. 고양이가 생쥐를 가지고 놀 듯 현격한 실력 차이를 보이고 있었다. 금세 궁서린의 옷에 구멍이 뚫리기 시작했고 보법도 눈에 띄게 둔해져갔다.

위험에 처한 궁서린을 보고서 모용상인이 잠자코 있을 리가 없었다. 그가 막 신형을 움직이려는 찰나 모용상인에게로 쏘아진 지력은 자그마치 일곱 줄기나 되었다. 약간의 시간차를 두고 쏘아진 지력 중 네 개는 피해냈지만 나머지 세 개는 피할 수 없었다. 검을 들어 막은 것이 둘, 하나는 결국 모용상인의 옆구리를 스치고 지나갔다.

"꽤 날랜 놈이군. 임기응변도 탁월하고. 그러나 그것만으로는 넘을 수 없는 벽이란 것도 있는 법이란다."

스스슥.

분명 한 걸음을 내딛은 것 같은데 그는 어느새 손만 뻗어도 닿을 지척까지 도달해 있었다. 놀란 모용상인이 간격을 벌리려는데 눈앞으로 무지막지한 경풍이 몰아쳐오는 것이 아닌가. 셀 수도 없이 많은 권강들이 무더기로 쏟아져 내렸다.

눈앞에 보이는 것은 온통 주먹 형상을 한 강기의 물결들뿐이었다. 모용상인은 눈앞이 아득해졌다. 이건 막을 수도, 피할 수도 없다는 생각이 든 순간 멍하니 절로 맥을 놓아버렸다.

묵혼의 거대한 주먹은 모용상인의 코앞 한치 앞에서 멈춰 섰다. 그 순간 모용상인은 허리가 뜨끔해지며 정신이 아득해졌다. 그렇게 애를 먹이던 두 사람을 어린아이 다루듯 제압한 묵혼을 보고서 철혼은 심적인 충격이 이만저만 큰 게 아니었다.

'우리 중에 묵혼이 제일 강한 건 알고 있었지만 어느새…… 이렇게 실력 차가 벌어졌더란 말인가.'

철우명이 계집에 미쳐서 눈이 벌개져서 설치고 다닐 동안 묵혼은 오직 무공수련에만 전념해 온 차이가 지금에 와서야 여실히 드러나고 있었던 것이다. 철혼은 묵혼을 똑바로 쳐다볼 수도 없었다. 창피했다. 쥐구멍이라도 있으면 들어가고 싶을 정도로.

*   *   *

연회가 끝나고 와룡장으로 돌아온 파천은 뜰을 서성이며 유백송을 기다리고 있었다. 오라는 그는 오지 않고 엉뚱한 사람들이 왔는데, 그들이 누군지 알아본 파천의 얼굴은 오랜만에 활짝 펴졌다. 마치 실종된 할아버지 담사황을 다시 만난 것처럼 반가워했다.

"질풍 할아버지! 광마존! 이게, 이게 어찌된 일이죠? 두 사람이 어찌 나란히? 그리고 제가 여기 있는 건 또 어찌 아시고……."

반가운 건 반가운 거고 궁금한 건 어쩔 수 없었던가 보다. 어린아이 체구처럼 작달막한 노인네는 파천을 안아주려고 했지만 결과적으로는 피친의 품에 내롱대롱 매달린 꼴이 되고 말았다. 그래도 좋은지 연신 얼굴에 웃음이 가득했다.

광마존은 오랜만에 만난 주인 앞에서 다짜고짜 절을 했다. 파천은 그런 그를 말리지 않았다. 차가운 돌바닥에 엎어져 있는 광마존의 어깨 위에 파천의 따스한 손이 닿았다. 파천은 광마존을 일으켜 세운 뒤에 두 손을 힘주어 잡아 신뢰를 표했다.

"잘 와 주었다. 있을 때는 몰랐는데, 네가 없으니 아주 죽을 맛이다. 폐관에 들어갔다는 소식은 들었다만…… 어느 정도 성과는 있었으니 기어 나온 거겠지?"

광마존은 어색한 웃음을 흘렸다.

"예전보다는 나아졌을 겁니다."

광마존이 저런 말을 하는 경우는 본 적이 없다. 제 실력에 대한 자부심이 남다른 사람이지만 담사황과 파천 앞에서는 그런 표현을 한 적이 없었다. 그새 사람이 뻔뻔해졌을 리는 없고 그만큼 제 늘어난 실력을 주군 앞에서 보여주고 싶어서 안달이 났다는 의미이리라.

"잘 왔다. 그나저나 두 사람이 어떻게 함께 온 거지?"

질풍노조 태행수가 손바닥을 반으로 접었다 폈다 하며 머리를 가까이 대라고 요구했다. 파천은 엉겁결에 머리를 갖다 댔고 태행수는 조막만한 손으로 힘차게 내려쳤다.

쾅.

"윽, 질풍 할아버지, 이러깁니까? 보자마자 머리를 때리는 법이 어디 있어요?"

"이놈아. 네놈 찾아 삼만 리를 뛰어다닌 생각을 하면 그거 한 대로 대신하는 걸 고맙다고 해야 한다."

파천은 괜히 심통이 난 척했다. 자기 머리 나쁜 탓이지 어디 그게 제 잘못이던가. 지금 파천이 항주에 있는 건 천마교나 혈마교에만 가도 바로 소식을 알 수 있는 일이다. 그리고 조금만 강호소식에 자세히 귀 기울였다면 새로운 와룡장주의 이름이 파천이라는 걸 알 수도 있었을 것이다.

"배가 고프니 일단 밥부터 차려 내놓아라. 네놈이 부자가 되었는데 설마하니 굶기기야 하려고."

그러더니 생각만 해도 신이 났던지 그 자리에서 폴짝폴짝 뛰는 것이었다.

"이히히. 이제 나는 밥 먹는 일은 해결되었구나. 네놈만 물고 늘어지면 만사형통이겠구나."

파천은 나이를 거꾸로 먹은 질풍노조가 마냥 귀엽다는 듯이 흐뭇하게 바라보고만 있었다.

"어서 들어가서 밥부터 차려내거라. 아, 그리고 배 채운 뒤에 할 얘기가 아주 많다."

파천은 그 순간 뇌리를 번쩍 스치고 지나가는 생각을 콱 움켜잡았다.

"질풍 할아버지, 혹시…… 할아버지 소식을 가지고 오신 건가요?"

"이놈아, 내가 네놈을 찾아 헤맸으면 당연 그 소식을 전하려고 온 게지. 네 할아버지한테 큰일이 생겼다."

파천은 심장이 쿵쾅거리고 귀가 먹먹해졌다. 왠지 모르게 불길한 소식일 것 같았다. 파천은 당황하는 기색을 애써 감추며 서둘러 두 사람을 내실로 안내했다. 음식을 차려오라고 일러둔 뒤에 파천은 쿵쾅거리는 가슴을 겨우 진정시키며 내실로 들어섰다.

그는 자리에 앉자마자 물었다.

"할아버지한테 무슨 일이 생겼죠?"

"크흠. 아주 큰일이 생겼지."

파천은 눈앞이 핑그르르 도는 기분을 느꼈다.

"그놈이 글쎄…… 다 늙어서 노망이 났지 뭐냐?"

파천은 맥이 쭉 빠졌다. 장난기 서린 질풍노조의 얼굴을 한 대 치고 싶었을 정도로 파천은 지금까지도 심장이 벌렁거렸다. 간신히 놀란 가슴을 진정시키고 쓸어내린 파천이 다시 물었다.

"할아버지는 지금 어디 계시죠?"

"천부에."

"천부요?"

"아느냐? 무림에서는 천외천부라고 부르기도 하지."

"거길 왜 가셨는데요?"

"지금 꼭 얘기해야 하냐? 밥부터 먹고 하면 안 될까? 지금 한마디 내뱉기도 힘에 벅차다. 등가죽이 뱃가죽과 상봉하기 직전이다."

"별일은 없으시죠?"

"노망이 났다니깐."

"씨, 자꾸 장난치실래요?"

쾅.

"이놈이 버르장머리 없이 노인네 앞에서 큰소리를 치고 지랄이야."

방심하다 또 한 대 얻어맞은 파천은 광마존을 쳐다봤다. 광마존이 입을 실룩거리며 웃고 있는 것처럼 보였기 때문이다. 파천은 엄한 광마존에게 심술을 부렸다. 낙양에서 뺨맞고 장강에서 눈 흘기는 짝이었다.

"방금 웃었지?"

"웃은 적 없습니다."

"웃었잖아."

"웃으면 안 됩니까?"

"으음, 할 말 없게 만드는군. 폐관수련이 좋긴 좋은가 봐. 멀쩡하던 놈도 폐관하고 나오면 간덩이가 커지는 거였군. 실력도 쑥쑥 늘고. 나도 언제 한번 시간 내서 폐관 한 번 더해야겠어."

광마존은 파천이 진지한 표정으로 톡 쏘아붙인 말에 몸 둘 바를 몰라 했다.

"죽을죄를 졌습니다."

"괜찮아. 주인이 우스운 꼴을 당해도 우스운 건 우스운 거니깐. 마음껏 웃어. 까짓 좀 웃음거리 되면 어때, 그렇지?"

"아닙니다. 앞으로는 절대 웃지 않겠습니다. 주의하겠습니다."

둘이 하는 양을 보더니 질풍노조가 바닥을 데굴데굴 구르며 폭소를 터트렸다. 파천은 그런 질풍노조가 이해되지 않아 멀뚱거리며 쳐다봤다. 대체 이게 저렇게 숨넘어갈 정도로 웃긴 이유가 뭘까를 고민했지만, 역시 사람은 다 같을 수 없다는 결론만 얻었을 뿐이다.

"질풍 할아버지, 그러다 숨 넘어가겠습니다."

질풍노조는 파천의 그 말에 발딱 일어나 앉더니 인상을 쓰면서 말했다.

"네 하는 짓이 어쩜 그렇게 네 할아비를 꼭 빼다 박았냐."

"제가요?"

"평소엔 그리 대범하고 소탈하고 그러던 노인네가 별일 아닌 것 같고 꽁하고 소심해지는 모습까지 영락없는 담탱이 판박이어서 내가 좀 웃었다."

"으음, 뭐 그건 그렇다 치구요. 할아버지는 정말 무슨 일로 천부로 가신거래요?"

"말로는 뭐 마지막 불꽃을 태우러 간다지만 내가 보기엔…… 노망이 난 게지. 천부가 어떤 곳이더냐? 황제가 어이없게 목숨을 버린 후에 그게 마음에 안 든다고 깽판을 치며 황제가 길러낸 전사들한테 시비를 건 무식한 자들이 아니더냐? 황제가 길러낸 전사들 중 태반을 결국에 가서는 몰살시켜 버린 무시무시한 곳이지. 자기가 천황이면 천황이지 그곳을 대책 없이 무작정 쳐들어가서 어쩌려고. 내력을 다 잃어버린 주제에, 그래도 겁이 쪼끔은 났던지 옛 제자들을 꼬드겨서 갈 생각이나 하고. 늙으면 교활해진다더니. 담탱이의 되도 않은 수작질에 놀아난 천마와 혈마 두 녀석도 한심하긴 마찬가지지만. 늙어서도 그놈의 승부욕들은 수그러들지를 않으니 다 헛산 게지, 헛살았어."

태행수의 말만 듣고는 뭐가 어찌 돌아가는 상황인지 파악이 안 됐다. 기실 광마존도 마찬가지였다. 그 역시 몇 번에 걸쳐 들었지만 아직까지도 정황을 파악하지 못하고 있었다.

파천은 어지러워진 머릿속을 차곡차곡 정리해가며 다시 질문했다.

"그러니깐 할어버지와 천마, 혈마가 천부로 간 건 사실이군요."

"그렇지."

"거긴 어떻게 찾았는데요?"

"어떻게 찾긴, 내가 데려다 줬지."

"네?"

"내가 젊은 시절 천부에서 축지성촌을 비롯한 몇 가지 잡술을 배워왔다는 건 모르나 보네."

담사황이 그 비슷한 얘기를 한 적은 있지만 그곳이 천부라고 한 적은 없었다.

"그럼 질풍할아버지도 천부의 제자겠네요."

"에이, 그건 다르지. 굳이 얘기하자면 식객이라고 해야 맞겠군. 사실 그것 때문에 쫓겨났지만. 밥 많이 처먹는다고, 감당이 안 된다는 이유로 쫓겨났으니…… 아마도 천부 역사상 그런 경우는 내가 유일할 거다."

"할아버지는 거길 왜 가셨데요? 무슨 목적으로?"

"그야 그놈 속을 들여다본 적이 없으니 정확하게는 모르지. 대충 짐작하기는…… 제놈이 내력을 다 잃고 무력해지고 나니 뭔가할 일이 남은 것 같은데 제 힘으로 못하는 게 답답했겠지. 내력을 상실한 노인네에게 남은 건 뭐겠어. 죽는 일밖에 더 있겠어? 어차피 얼마 살지 못하고 갈 바에는 모험이라도 한 번 해 보고 죽겠다는 심산이겠지."

파천은 설마 하는 심정으로 물었다.

"혹시 그럼 천부에서 내력을 회복할 생각으로?"

"아마도……."

그것이 가능하단 말인가? 파천은 그저 머리를 흔들었을 뿐이다. 이번의 질문이 무척 중요했다.

"할아버지께서 그런 결심을 한 계기가 무언지 혹 아세요?"

"듣긴 들었는데…… 뭐라더라? 아 맞다. 검성이라는 꼬마 놈이……."

"검성이요?"

"어, 그래 검성. 그 꼬마 녀석이 담탱이의 속을 긁은 게지. 천황은 그가 넘고 싶은 마지막 산이었는데, 그걸 목표로 삼고 달려왔는데 빈 거죽밖에 안 남은 담탱이를 보고서 허망함을 느낀 게지. 게다가 그놈은 지하로 가서 세 종족을 만나고 왔다는 게야. 담탱이 앞에서 그 얘기를 늘어놓으면서 속사정도 모르고 비겁하다고 했다는 게야. 책임을 져야 할 사람이 이 꼴이 뭐냐면서. 그 말에 꼭지가 돈 게지."

검성에게 자극받은 건 파천의 짐작대로인 듯싶었다. 수치심을 주었을 거란 애초의 짐작과는 거리가 좀 있었지만, 어쨌든 검성 때문에 담사황이 안락한 노년을 포기한 것은 맞으니 절반의 책임은 있는 셈이었다. 그런데 파천은 한 가지 이해 안 되는 게 아직 남아 있었다.

"천마와 혈마를 무슨 수로 설득했는지도 아세요?"

"끄끄끄. 그놈들 말이냐? 세상에 머리 빈 놈들이 많다지만 그놈들만 한 애들도 드물 거야. 글쎄 그놈들이 홀딱 넘어간 말이 무엇이었느냐 하면…… 광검의 최후 정화를 얻으려면 천부만한 곳이 없다고 한 게야. 거기서 벽을 못 깨면 담탱이가 내력을 되찾아서라도 두 녀석의 무공을 한 단계 끌어올려 주겠노라고 꼬드긴 게지. 물론 두 녀석이 무시무시한 지하세계 놈들을 겪은 뒤라 제대로 먹혔든 거겠지만."

파천은 천마와 혈마가 아닌, 그들의 선택을 이해 못하는 태행수를 도리어 이상하게 바라봤다.

"충분히 혹할 만 했겠는데요."

"헐, 너도 그런 소리를 하느냐? 힘 좀 더 세진다고 밥을 한 끼 더 먹기를 해, 아니면 똥을 더 시원하게 싸냐. 그도 아니면 영영 늙지를 않는단 말이더냐. 이제 웬만큼 한계에 도달했으면 만족할 줄도 알아야지. 끝없는 고행을 자초하는 꼴들이란."

"저, 할아버지."

파천이 진지하게 태행수를 불렀다.

"할아버지께서는 무공을 왜 익히셨죠?"

"몸 놀리는데 편할까 싶어 익혔지."

파천은 할 말을 잃어버렸다.

"그게…… 설마 무공을 수련한 목적의 전부는 아니겠죠?"

"그게 다야. 왜, 이상하냐?"

"그럼 모두가 할아버지 같다면…… 세 종족이 쳐들어오면 누가 막죠?"

"굳이 막아야 하나?"

파천은 시큰둥한 태행수의 대답에 절로 맥이 풀릴 지경이었다.

"그럼 저들이 종으로 삼든, 모조리 잡아 죽이든 처분대로 맡겨야 하나요?"

"으음, 물론 처음에는 그런 불편함이 있겠지. 그렇지만 좀 지나면 저들도 본성을 찾지 않을까?"

흔히 쓰는 '본성'이란 말이 하필이면 이럴 때 나오니 기분이 묘했다.

"본성이요?"

"그래, 본성. 원래 저들과 인간들이 잘 어울려 살았다고 하니 어느 쪽이든 양보하고 참다 보면 결국에는 예전처럼 돌아갈 수 있겠지."

"그게 되리라 보세요?"

"사람 중에도 이런 사람 저런 사람 있듯이 저들 중에도 다양한 부류들이 있을 거야. 인간을 죽이고 노예로 삼는 걸 즐기는 자들이 있는가 하면 그런 걸 부끄럽게 여기고 잘못된 걸 고치자고 하는 자들도 있을 거란 말이지. 한번 싸우고 말 게 아니잖아? 후대를 이어가며 영원토록 지겹게 싸운다고 생각해 봐. 그것이 더 고통스런 지옥이지 않을까?"

태행수는 흐르는 물 같은 사람이었다. 자기 삶의 흔적을 되도록 남기지 않으려 하고, 한자리에 오래 머물지도 않는다. 작은 일에도 자족하는 법을 배워 욕심도 없어 보였다. 파천은 그를 보고 있자면 사람이나 세 종족이나 모두가 질풍노조 같다면 세상은 참 살만할 것이란 생각을 했다. 그러나 모두가 그럴 수 없으니 문제였다.

'옳은 일은 옳다 하고 그른 일은 그르다고 해야 한다. 그러지 않으면 그른 것이 옳은 것이 되고 옳은 것이 그른 것이 되어도 끝내 바뀌지 않을 것이다. 무언가를 바꿔야 한다면…… 순응보다는 저항이 옳은 해답이다.'

파천은 자기 생각을 바꿀 생각이 없었다. 태행수의 신념은 생각할 여지를 많이 남겨주긴 했지만 결정적으로 현실성이 결여돼 있었다.

확실히 처음에 봤을 때나 지금이나 태행수는 달라진 게 없었다. 그 많은 양의 음식을 게 눈 감추듯 먹어치우는 것도 놀랍거니와 식사를 할 때는 다른 것에 눈길 한 번 주지 않는다는 것도 여전했다.

심지어 와룡장으로 돌아온 유백송이 모용상인과 궁서린 등이 철우명의 뒤를 밟아 지하뇌옥으로 들어갔으며 한참 뒤에 철우명보다 배는 강해 보이는 사람의 손에 천후영이 개 박살이 나서 끌려갔다는 말을 했을 때도 관심조차 기울이지 않는다.

파천이 다급하게 몸을 일으켜 유백송을 앞세워 장원을 벗어날 때까지도 태행수는 배를 두드리며 더 먹을 공간이 있나 없나를 따지고 있었다.

*   *   *

장원은 쥐죽은 듯 고요했다.

그 안에 숨 쉬는 사람들이 있기는 한 걸까 의심이 갈 정도로 주변은 고요했다. 장원의 대청에는 여러 사람이 모여 있었고 앞마당에는 시체들이 널려 있었다.

대청 안에는 잠시 침묵이 감돌았다. 설마하니 순종만 하던 뇌혼이 묵혼 앞에서 정면으로 반박할 줄은 철혼도 예상하지 못했던 일이었다. 철혼은 묵혼의 눈치를 살피더니 떠듬거리며 말했다.

"뇌혼, 너…… 제정신으로…… 하는 소리냐?"

뇌혼은 단호했다.

"사형의 말씀은 따를 수 없어요. 죽일 자와 살릴 자를 구분하지 못한다면 미치광이일 뿐이죠. 철혼 사형이 저지른 실수를 이 많은 사람의 목숨으로 대신하려 한다는 건 너무 비겁한 처사입니다."

묵혼은 눈을 가늘게 뜨고 뇌혼을 노려봤다. 철혼도 뇌혼의 대답이 마음에 안 드는지 화를 벌컥 냈다.

"네가 지금 내 잘못을 지적하는 게냐?"

"그렇잖아요. 애초에 이런 실수를 한 사람이 책임져야지. 이 많은 사람을 죽여서 꼬리를 자른다고 뭐가 달라지죠? 한번 신뢰를 잃은 사람이 원상복귀 되는 경우는 거의 없잖아요."

"그래서 어쩌자고?"

"이들이 비록 자신들의 지인을 구해내려고 한 짓이라지만 이들 역시 사람들을 해쳤으니 무공을 폐하거나 그도 안심이 안 된다면 노예상인에게 팔아버리는 선에서 마무리 지었으면 좋겠습니다. 더군다나 모두 젊은 사람들이고 그중에 셋은 여자들인데 어찌……"

묵혼은 짜증이 났다. 사제들이라고 셋 있는 게 하나는 마음이 모질지 못하고, 하나는 잔인하기만 했지 그에 비해 실력이 따르지 못하고, 나머지 하나는 고집이 세서 도무지 말을 들어 처먹지 않는다. 이런 사제들을 믿고 대업을 함께 이뤄가야 한다고 생각하니 눈앞이 막막해졌다. 묵혼은 뇌혼의 어깨를 부서져라 꽉 움켜쥐었다.

"뇌혼, 감상적인 소리는 집어치워라. 못난 네 사형이 마음에 안 들면 언제든 그 입속에다 칼을 쑤셔 박으면 된다. 그것이 태존께서 우리에게 내리신 가르침이다. 명심해라. 우리는 동지기도 하지만 언제든 등에 칼을 꽂을 수 있는 경쟁자이기도 하다는 사실을. 네가 이렇게 나약한 모습을 보이면 네가 가장 먼저 사형들의 손에 절단날 것이다. 어릴 때는 널 이해하려고 애썼다만 이제 너의 변하지 않는 모습을 대하고 나니 구역질이 나려고 한다. 나는 약한 사람이 싫다. 패배자도 싫어. 그리고 너처럼 맑은 눈동자를 가진 놈도…… 싫어지려고 한다."

"사, 사형."

"더 이상 말하지 마. 지금 마음 같아서는 너희 두 놈의 목을 잘라서 태존께 들고 가고 싶은 심정이니깐. 뭣들 하느냐. 이것들을 끌어내서 처단하지 않고."

"네."

이곳 장원의 책임자인 꼽추 노인이 수하들을 독려해 포박한 자들을 마당으로 끌어내게 했다. 문을 열고 밖으로 나가니 한치 앞도 분간할 수 없던 눈발은 다소 약해졌지만 여전히 폴폴 눈이 내리고 있었다.

잠깐 놓아두었건만 어느새 시체들은 눈을 소복하게 뒤집어쓰고 있었다. 핏자국도 보이지 않고 고통에 일그러진 싸늘하게 식은 얼굴도 보이지 않는다. 그 앞으로 끌려 나간 사람은 총 여섯 명이었다.

능추풍은 어깨에서 여전히 피가 새어나오는데다 기력이 다해서 간신히 눈을 치켜떴다. 엄동설한에 젖 가리개와 속곳만을 입고 있는 서화영은 추위에 덜덜 떨고 있었기만 실은 야기운이 다 되어 전신을 떨고 있다는 사실을 알 만한 사람은 다 알고 있다.

두 사람을 구해 보겠다고 침입한 모용상인, 궁서린, 천후영은 이렇게 어이없이 당한 것이 억울하고 분통했지만 체념한 빛도 내보이고 있었다.

그새 새로운 사람이 하나 더 추가돼 있었다. 자운경. 그녀는 아직까지도 자신이 왜 이런 처지가 됐는지 믿을 수 없다는 눈빛을 하고서 철우명을 간절한 눈빛으로 쳐다봤다. 그녀의 그런 눈빛을 철저하게 외면하고 있는 사내는 딴사람 같았다. 그녀가 어제까지 알고 있던 사람의 눈빛이 아니었다.

"철 상공, 저를 왜, 저를 왜 이리 대하시나요?"

그녀는 현재 제게 벌어지고 있는 일이 꿈이라고 생각했다. 그리고 철우명이 자신을 이리 냉대할 리가 없다고 생각했다. 더군다나 제 뱃속에는 그의 아이까지 자라고 있지 않은가?

묵혼이 포로들 앞에 섰다.

"마지막으로 할 말이 있거든 해라."

능추풍은 바로 옆에서 바들바들 떨고 있는 서화영을 애처로운 눈길로 바라봤다.

"단주님, 곧 따뜻해질 겁니다. 당신과 함께한 세월이 제게는 가장 행복했습니다. 제게는 가장 훌륭한 상관이셨습니다. 당신을 존경하고…… 또한 사랑합니다. 죽음 직전까지 모실 수 있어 다행입니다."

서화영은 대답이 없었다. 그런데 그의 말을 알아듣기라도 한건지 서화영의 눈에서 두 줄기 눈물이 주르륵 흘러내렸다.

묵혼의 시선이 모용상인에게 가 멎었다.

"너는 할 말이 없느냐? 그러고 보니 네가 마지막 모용세가의 혈손인 것 같은데…… 네가 죽고 나면 끈질기게 살아남은 모용세가의 명맥도 끊어지겠군."

모용상인은 허탈하게 웃었다. 자신이 이렇게 엉뚱한 장소에서 죽게 될 것이라고는 한 번도 생각해 본 적이 없었다. 세 종족의 침입에 맞서 싸우다 장렬하게 죽겠노라 결심했는데 이런 어이없는 죽음을 맞게 되다니. 허탈했다.

"큭큭큭. 네놈들 얼굴을 잊지 않겠다."

"흠, 치졸하게 원귀라도 되어서 복수하겠다는 말이 하고 싶은 게냐?"

"천만에. 너희를 찾을 사람은 따로 있을 것이다. 기억해 둬라, 파천이란 이름을. 너희는 그 이름을 평생 두려워하며 살아야 할 것이다. 먼저 가서 기다리고 있으마. 그의 손에 죽게 될 때 이 말을 꼭 전해다오."

"새로운 와룡장주를 말하는가 보군. 그럴 일은 없겠지만 들어는 주지. 혹 그의 손에 생을 마감하게 된다면 꼭 전해 주지."

"미안하다, 친구여. 끝까지 같이 있어 주려고 했는데 그러지 못해 정말, 정말…… 미안하다. 그리고 예전에 네가 숨겨놓은 꿀단지를 훔쳐 먹은 사람은 노존도, 율극도 아니고 바로 나였어. 쿡쿡쿡. 그것이 끝내 마음에 걸렸는데 사과하지 못해서…… 그것도 미안하다고 전해다오. 젠장, 이 말은 꼭 해 주고 싶었는데."

"끝인가?"

"개자식 어서 죽여라, 추워서 얼어 뒈지겠다. 내력을 쓰지 못하니 왼건 병신이 따로 없군. 큭큭."

곧 죽일 거면서 일일이 유언이라도 들어주는 듯이 별나게 굴고 있는 묵혼이나 하란다고 한마디씩 하고 있는 자들이나 철혼에겐 한심하긴 마찬가지였다. 철혼은 묵혼의 등 뒤에서 비릿한 조소를 날렸다.

'저런다고 자신을 원망하지 않으리라 생각하는가. 잘난 척은 혼자 다 하면서 네놈도 알고 보면 제정신은 아니지.'

묵혼이 이번에는 궁서린 앞에 섰다. 궁서린은 입가를 씰룩거리더니 끝내 아무 말도 하지 못했다. 그녀의 눈에서는 피눈물이 흘러내렸다.

"할 말이 너무 많아서 못하겠는가 보군. 말없이, 미련 없이 가는 것도 좋겠지. 다음 너!"

천후영의 차례였다. 그의 부상 정도가 일행 중에서 가장 컸다. 그는 묵혼에게 너무 호되게 당했는지라 정신이 가물가물했다. 그런 중에도 꼿꼿이 앉아 있는 것 자체가 기적에 가까웠다.

"너는 유언을 남길 상태가 아니겠군. 존경한다, 네 의지를."

"닥쳐!"

놀랍게도 천후영은 정확한 발음으로 말하고 있었다.

"유언이라고? 썩을 놈의 새끼가 개소리를 하고 있네. 나 이렇게 안 죽어. 이렇게 갈 거였으면 진즉 죽었어. 켈켈. 야, 인마, 두고 봐. 반드시 살아남을 테니깐. 너보다 오래 살 거야. 켈켈."

그 말을 끝으로 그의 몸은 기우뚱 한편으로 쓰러지고 말았다. 자운경의 무릎 앞으로 쓰러지는 천후영의 머리를 발끝으로 받쳐든 묵혼은 그의 머리를 궁서린의 어깨에 기대어 놓았다. 이제 한 사람만이 남았다.

"자운경, 너는 사실 이중에서 제일 억울하게 죽는 것이다."

"왜, 왜 내가 죽어야 하는 거죠?"

"사람을 잘못 본 죄, 그것 말고는 없지. 저놈이 하필이면 와룡장주의 정인인 너를 빼앗고 끼고 뒹굴었는데, 저놈이 아직 정파에서 할 일이 남았으니 곤란하지 않겠느냐. 너를 죽여 뒷말이 나오는 걸 막아야 하지 않겠어."

"단지, 단지 그런 이유 때문에 저를 죽인다구요?"

"그렇지. 한 마디로 재수가 없었다고 생각해라. 와룡장주를 배신하고 기껏 택한 놈이 저런 변태 자식이라니. 네년도 참 한심하기 짝이 없구나."

묵혼은 철혼을 개망신주기로 작정했는지 말을 가리지 않고 했다.

자운경은 머리를 세차게 흔들었다.

"철 상공, 아니라고 말해 줘요. 나를 이 꼴로 만든 게 누군데. 정 랑에게 다시 돌아갈 수 없도록 만들어놓고…… 뱃속의 아이는 어쩌라고! 이 나쁜 놈! 개자식아! 물어내! 돌려놔, 돌려놓으란 말이야! 엉엉엉."

묵혼은 순간 얼굴이 급변하더니 머리를 짚었다. 뇌혼도, 한곳에 내내 무표정한 얼굴로 서 있던 권왕의 얼굴마저 급변했다.

묵혼이 재차 확인했다.

"방금…… 뱃속의 아이라고 했느냐?"

"흑흑흑."

자운경은 우느라고 묵혼의 소리를 못들은 듯했다.

묵혼은 자운경의 넉살을 집어 일으켜 세우고 흔들며 다시 물었다.

"정신 차리고 대답해 봐. 자운경, 너 지금…… 임신 중이냐?"

"애기, 내 애기. 내 애기 불쌍해서 어쩌지. 흑흑흑."

묵혼의 손에서 힘이 스르르 풀렸다.

털썩.

자운경은 그대로 모로 쓰러졌는데 그녀의 울음소리는 마음속 원망의 부피처럼 자꾸만 커져만 갔다.

"젠장 빨리 처리 안 하고 뭐하고 있는 거야. 내 손으로 직접 할까?"

철혼의 고함 소리였다. 묵혼은 홱 돌아섰다.

"네놈 똑바로 말해 봐. 알고 있었냐?"

"알고 있었으면 뭐가 달라져?"

"허…… 허…… 허…….."

"금방 제 손으로 처리할 것같이 굴더니 뭐하는 짓이야. 후딱 처리하고 떠나던가. 아니면 남아서 도와주던가."

"개자식!"

그 소리는 묵혼이 아닌 뇌혼에게서 흘러나왔다. 철혼의 인상이 확 구겨졌다. 이 순간의 뇌혼은 마치 다른 사람을 보는 것 같았다.

"보다보다 너 같은 놈은 처음이다. 그러고도 네놈이 사람 새끼냐?"

"너, 너, 너 이 새끼 감히 누구한테…….."

묵혼의 반응도 싸늘했다.

"네 손으로 직접 처리해. 그리고 이곳은 잠시 폐쇄하겠다. 다들 2차 집결지로 모이도록. 특별한 명이 있기 전까지 거기서 대기한다. 뇌혼, 단 노야. 어서 떠나지 않고 뭐하고 서 있나! 나머지는 시체를 처리하고 떠난다."

뇌혼과 단 노야가 먼저 신형을 움직였다. 묵혼은 철혼을 노려보며 뇌까렸다.

"네 손으로 직접 처리해라. 너로 인해 생긴 일들이니…… 네 죄까지 내가 뒤집어쓰고 싶은 생각이 싹 사라졌다."

철혼은 신경질적으로 대답했다.

"그러지. 왜 내가 못할 줄 알고! 비켜. 내 손으로 깔끔하게 처리할 테니."

그는 놀랍게도 다른 사람들은 젖혀두고 가장 먼저 자운경의 앞에 가서 섰다. 철혼이 꼽추 노인에게 눈짓을 했다. 똑바로 앉히라는 의미라는 걸 깨달은 꼽추 노인은 께름칙한 일이라도 되는 듯 조심스럽게 자운경을 똑바로 앉혔다. 철혼이 힘주어 말했다.

"운경, 나를 똑바로 봐라."

자운경은 그때까지도 미련을 버리지 못하고 애원했다.

"아니죠? 아니라고 얘기해 줘요. 이거 다 장난이죠?"

철우명은 그 어느 때보다 진지한 얼굴로 말했다.

"솔직하게 말해 주지. 나도 이 순간만큼은 솔직해지고 싶군. 난…… 널 단 한순간도…… 사랑한…… 적이 없다."

자운경이 비명을 질렀다.

"아아아악!"

그녀 생애에 이보다 더 끔찍하고 잔인한 말이 또 있었을까? 철우명의 그 말은 자운경에게 씻을 수 없을 정도로 큰 상처와 절망, 고통을 안겨줬다. 그녀의 삶은 거기서 사실 끝난 것이나 다름없었다.

이제 숨을 쉬고 있다 한들 무슨 의미가 있겠는가. 그녀는 자신이 미치지 않고 정신이 멀쩡하다는 사실이 저주스러웠을 따름이었다. 누구든 좋았다. 누구라도 좋으니 속히 삶을 종료시켜 주기를 기원했다. 호기심이 빚어낸 잘못된 판단과 선택, 그리고 약간의 불운이 겹쳐 만들어낸 자신의 삶을 저주하고 또 저주했다.

철우명은 가슴 속에 남아 있던 한 가닥 연민의 감정마저 털어낸 상태였다.

"잘 가라."

철우명의 손에 들린 철검이 허공으로 번쩍 치켜들어졌다. 적을 베던 철검에 이제 한 이불을 덮고 사랑의 밀어를 속삭이던 여인의 피를 묻혀야 한다. 그것도 제 아이를 밴 여인을. 그럼에도 철우명은 조금의 망설임도 없었다.

철검이 떨어졌다. 이제 곧 제 차례를 기다리고 있는 다른 사람들은 말할 것도 없고, 장원에 배치돼 있는 경비무사들까지 숨을 죽이고 짐승보다 못한 사람의 잔인함을 지켜보고 있었다. 바로 그때였다.

"멈춰라!"

묵혼의 목소리가 아니다. 그렇다고 불같이 화냈던 뇌혼이 다시 돌아와 지른 소리도 아니었다. 이 소리는 하늘에서 불벼락처럼 장원을 강타하며 울렸고, 그 소리가 얼마나 컸던지 나뭇가지에 힘겹게 매달려 있던 눈뭉치들이 우수수 떨어져 내렸다. 누구보다 놀란 사람은 철검을 내리치던 철우명이었다.

그의 귀안으로 들어온 소리는 전신을 한 차례 크게 흔들어 놓더니 그것만으로도 부족했던지 내력의 운행을 일시지간 방해하며 진기의 흐름을 틀어막았다. 몸을 움찔 떤 것만으로 모자라 그는 상체를 휘청거렸다. 철검을 내리치지 못한 것은 말할 것도 없었다.

"우웩!"

철우명의 입에서 핏덩이가 토해졌다. 그는 현기증을 느끼며 비틀거렸지만 간신히 버티고 섰다.

파라라락.

휘리릭.

몇 사람이 하늘에서 떨어지는 유성처럼 포로들 앞으로 떨어져 내렸다. 그리고 그들이 나타난 순간 철우명 등은 본능적으로 거리를 넓히고 경계했다.

장원 앞마당에 천신처럼 떨어져 내린 세 사람은 파천과 광마존, 그리고 두 사람을 인도해 온 유백송이었다.

파천은 나타나자마자 이곳의 상황을 파악했고 자신이 조금만 더 늦었어도 돌이킬 수 없는 비극을 맞을 뻔했음을 깨닫고는 가슴을 쓸어내렸다. 그의 시선이 가장 먼저 향한 곳은 역시나 친우인 모용상인이었다.

모용상인은 가슴이 벅차올랐다. 이렇게 가기엔 너무 억울하고 분해서 제대로 눈도 감지 못할 것 같았는데, 때맞춰 파천이 나타나 주었으니 이보다 더 다행스런 일이 어디 있겠는가. 한편으로는 친구인 파천에게 걱정을 끼친 것 같아 부끄러운 마음도 살짝 들었지만 그 감정은 이게 살았다는 감격에 비할 바가 못 됐다.

파천은 몸소 모용상인을 결박하고 있는 포승줄들을 뜯어내며 제가 무슨 말을 하는지도 모른 채 작게 중얼거렸다.

"살아 있어 줘서 고맙다. 살아 있어 줘서……."

모용상인은 콧날이 시큰했다.

"미안하다."

달리 할 말이 떠오르지 않았을 것이다. 그럼에도 파천은 그 말 한 마디에 담겨 있는 수만 가지 감정을 올올이 가슴으로 느꼈다.

파천이 모용상인을 살피는 동안 광마존이 다른 부상자들의 포승줄을 끊어내고 일일이 몸 상태를 살폈다. 광마존이 빠르게 말했다.

"지존, 이자의 상태가 매우 위중합니다."

광마존이 말한 사람은 천후영이었다. 여기 있는 사람 중에 가장 큰 부상을 입어 피를 많이 흘린 데다 제때 치료를 하지 못해 목숨이 경각에 달려 있었다. 광마존이 응급처치를 하는 걸 보며 파천은 결심을 굳혔다.

"다들 뒤로 물러서라."

광마존과 유백송은 싸늘하게 얼어붙은 파천의 목소리에서 그가 지금 무슨 짓을 하려는지 깨달았다. 상태가 그나마 멀쩡한 편인 모용상인이 힘을 보태 부상자들을 데리고 뒤로 멀찍이 떨어진다. 모용상인도 알고 있었다. 파천이 눈앞에 있는 자들을 결단코 살리지 않을 생각이란 것을.

"긴말 않겠다. 너희가 한 짓대로 그대로 갚아주마. 책임이 덜한 자는 이 자리에서 목숨을 잃을 것이고, 책임이 무거운 자는 저들이 당한 고통의 딱 열 배로 갚아주겠다."

철혼은 뒤로 한 발짝 물러나며 묵혼을 바라봤다. 묵혼은 무슨 생각을 하고 있는지 자신만을 바라보고 있는 사람들에게 어떤 지시도 내리지 않고 있었다. 그는 이 순간 처음 경험하는 묘한 떨림에 몸과 마음을 맡기고 있었다.

'강하다. 내가 만나 보았던 어떤 사람보다도…… 이 사람은 강한 사람이다. 후광처럼 뻗치고 있는 저 기운 때문이 아니다. 운이 없구나. 이런 사람과 적으로 맞서게 되다니. 태존만이, 태존만이 감당할 수 있는 사람이다. 이런 사람이 하늘 아래 또 있었다니…….'

묵혼은 확실히 보는 눈이 정확했다. 그는 본능적으로 깨닫고 있었다. 지금 눈앞에 천신처럼 등장한 인물이, 자신이 마치 염라대왕이라도 된다는 듯이 거침없이 말하고 있는 저 사람이 자신은 물론 모두가 함께 덤빈다 해도 어쩔 수 없는 초강자임을. 심지어 수하로 보이는 뒤의 사람조차 깊이를 가늠하기 힘들지 않은가.

철혼은 떠듬거리며 말했다.

"장주, 나는 화산파 장문인의 사제고 또한…… 검성의 심복이오. 그런 나를…… 당신 임의대로 어찌할 수 있다 보시오?"

태평루에서 잠시 마주쳤을 때와는 분위기도 다른데다 그때는 느끼지 못한 두려움이 철혼의 심혼을 얼어붙게 만들었다. 조금 전 그 한 번의 외침에 자신은 내상을 입지 않았던가.

현 강호 무림에 자신을 이렇게 초라하게 만들 수 있는 사람은 많지 않았고 그중 하나가 하필이면 자신을 죽이겠노라 말하고 있지 않은가.

철혼은 지존심을 지키는 것보다는 살아남는 것이 백만 배는 더 가치 있는 일이라 믿는 사람이었다. 묵혼의 눈치를 보건데 그 역시 파천의 위압감에 눌려 있는 것 같다. 둘이 함께 덤빈다 해도 반드시 이긴다는 보장을 하기 어렵다면, 어떻게 해서든 살길을 마련해두고 싶었던 것이다.

파천은 확신했다. 철우명이란 이름을 가진 사람, 아니 짐승은 살려둘 가치가 없다. 그럼에도 살짝 망설여지는 것도 사실이었다. 증거가 확실하고 증인도 이렇게 많음에도 불구하고 제 손으로 처단하면 상황이 복잡해진다.

아무리 큰 죄를 지은 중죄인이라 해도 절차를 생략하고 즉결처분을 내리면 비난과 의혹이 동시에 쏟아진다. 그런 걸 모를 리 없는 파천이었지만 이 순간만은 그런 생각 따위를 하고 싶지 않았다.

"철우명, 네가 살 길은 없다. 네가 스스로 네 두 눈을 파고 사지를 자르고 저들에게 용서를 구한다면 혹 살 수 있을지는 모르겠지만, 너는 그러지 않을 것이다. 그러니 죽는 수밖에."

"장주, 살려 주시오. 나는 억울하오. 그저 시키는 대로 했을 뿐이오."

파천은 정신이 번쩍 났다.

'그러고 보니 이자들은 대체 어떤 조직에 속해 있단 말인가.'

크게 생각하면 저들 중에 하나는 살려두는 게 이롭다. 이 같은 일을 이토록 대담하게 저지를 수 있는 조직이라면, 더군다나 사람들의 눈을 속이고 철우명 같은 사람을 정파 깊숙한 곳에 심어둘 수 있는 조직이라면 알아둬야 할 필요성이 있었다. 파천은 속마음을 드러내지 않고 추상같이 선언했다.

"버러지 같은 자들에게 자비를 베풀 생각은 없다."

파천의 신형이 그 말을 끝으로 허공으로 붕 떠올랐다. 허리어

림에 늘어져 있던 두 손이 슬며시 들리는 순간 그의 주변 일 장이 선홍빛으로 물들었다. 눈송이처럼 둥그런 빛 무더기 안에서 파천의 두 손이 매우 느릿하게 앞으로 향했다. 그저 그뿐이었다.

번쩍!

눈을 똑바로 뜨고 마주보지 못할 빛의 폭풍이 전면을 휩쓸었다. 그 빛은 너무도 선명하고 찬란해 모두를 동시에 환상 속으로 끌어들이고 있다는 착각을 하게 만들었다.

그 빛이 담고 있는 위력은 상상을 초월하고 있었다. 철우명은 전력을 다해 몸을 위로 솟구쳤다. 묵혼도 감히 항거할 생각을 못하고 빛이 향하는 중심을 비껴나기 위해 신형을 움직였다.

그는 호신강기를 전력으로 펼치며 최대한 방어에 신경을 썼다. 묵혼과 철혼과는 달리 꼽추 노인을 비롯한 장원의 경비무사들은 병장기를 꼬나들고 불나방처럼 빛 안으로 뛰어들었다.

스스스스—

빛은 어둠을 살라먹고, 어둠을 밀어내며 퍼져나갔다. 그리고 그 빛에 닿는 것은 그 무엇이든 부서져 버린다.

꽈르르릉!

항주 전체를 들썩이게 만드는 폭발음은 빛이 소멸한 뒤에나 터져 나왔다.

참혹했다. 아니, 조금 전까지 과연 그곳에 무엇이 있었던가 싶을 정도로 휑한 전경이 살아 있는 사람들을 두려움에 떨게 만들었다. 비록 자신이 당한 일은 아니지만 인간으로서 저와 같은 일을 할 수 있다는 것 자체가 무섭게 느껴지는 일이었다.

마당에 수북하게 쌓여 있는 눈과 잠시 전까지 그 위를 걷고 뛰던 사람들과 그 뒤에 든든하게 버티고 있던 건물까지 흔적 없이 사라져 버린 것이다. 자세히 보면 남은 것은 있었다. 수북 쌓인 먼지들과 허공을 정처 없이 떠도는 정체모를 부유물들.

파천은 그 자리에 없었다. 그는 이미 하늘 높이 몸을 띄운 채 전력을 다해 도주하고 있는 철우명을 바라보고 있었다. 파천은 광마존에게 전음을 보냈다.

『광마존, 반대 방향으로 도주한 놈을 잡아와라.』

기실 파천이 그 명령을 내리기 전에 이미 광마존은 움직인 뒤였다. 광마존이 묵혼을 쫓는 사이에 파천은 철우명의 뒤를 그림자처럼 뒤따르고 있었다. 철우명은 혼이 달아날 만큼 놀랐지만 그가 지금 살길이 어디에 있는지 정도는 본능적으로 깨닫고 있었다.

'검성, 검성에게 가야만 살 수 있다. 저, 저, 저놈은…… 사람이 아니다. 사람이 아니야.'

철우명의 신형은 야조를 방불케 하는 속도로 전각들의 지붕을 박차고 날고 있었지만 감히 뒤를 돌아볼 엄두도 못 냈다. 이제 백 장쯤 벗어났을 것이다. 바로 그때다.

"너는 내 손에서 도망갈 수 없다."

귀신의 음성이었으리라.

"헉."

귀신이 아니다. 철우명은 본 것이다. 어둠속에서 귀신처럼 드러나고 있는 사람의 형체를. 그리고 그것이 귀신보다 더 무서운 파천이란 걸 알아본 순간 그는 어느 화려하고 큰 전각의 지붕 위에 멈춰서고 말았다.

"사, 살려 주시오."

스스스스—

이건 또 뭐란 말인가? 하얀 기류가 제 몸을 칭칭 휘감는 순간 철우명은 전신이 무력해짐을 느꼈다. 파천은 철우명을 뒤꽁무니에 매달고 원래의 자리로 돌아왔다.

모조리 녹아 수증기로 화한 까닭에 맨땅을 드러내 놓고 있는 곳에 철우명의 몸이 헌신짝 던져지듯이 내팽개쳐졌다. 그는 축 늘어진 채로 전신을 압박하고 있는 공포심에 숨을 헐떡이고 있었다.

파천이 그 앞에 서 있었다. 그는 다시 말했다.

"죽이는 것도, 사는 것도 이제 네 소관이 아니다. 미련을 버려라. 그것이 그나마 마음 편할 것이다."

철우명은 눈알만 뒤룩뒤룩 굴렸다.

천후영의 상태를 살피고 있던 궁서린이 파천을 향해 애원했다.

"장주님, 후영이, 후영이 위험해 보입니다. 살릴 길이 없을까요? 이대로 보낼 수 없습니다."

안타까워하는 눈빛들이 천후영을 향해 쏟아졌다. 그와는 앙숙처럼 지내왔던 능추풍이 자신도 성치 않은 몸임에도 불구하고 그에게 다가가 소리쳤다.

"정신 차려. 잠들면 죽는다. 조금만 견디면 살 수 있어. 나와 못다한 승부를 겨뤄봐야 할 거 아니냐. 개자식, 이대로 가면 넌 정말 비겁한 새끼다."

그 말을 알아들었기 때문임은 아닐 것이다. 어쨌든 천후영의 몸이 꿈틀거렸다. 파천은 자신이 시간을 너무 지체했다는 걸 깨달았다. 그는 마음이 다급해져서 엄한 유백송에게 고함을 질렀다.

"용한 의원이 있는 곳을 아느냐?"

"알고는 있소만…… 이미 늦은 듯싶습니다."

"살려야 한다. 의원을 와룡장까지 데려오자면 시간이 지체될 테니 어서 이자를 업고서……."

"틀렸습니다. 가망 없습니다. 도착하기 전에 숨을 거둘 것 같습니다."

다급해진 파천은 천후영을 바라봤다. 그 순간 그의 뇌리를 스치는 생각이 있었다. 모두 이제는 틀렸구나 싶어 낙담하고 있을 때 파천이 희망의 불씨를 지펴 올렸다.

"살릴 방법이 있다."

파천은 품속에서 목갑을 꺼냈다. 파천은 조금의 망설임도 없이 목갑 안에서 단약을 꺼내 천후영의 입을 강제로 벌린 뒤에 우겨 넣었다. 그런 뒤에 내력을 이용해 단약이 용해되도록 했고 곧바로 몸에 잘 흡수될 수 있도록 유도했다. 모용상인을 제외하고는 아무도 목갑 안의 단약이 무언지 몰랐다.

모용상인은 솔직히 좀 놀란 상태였다. 아무리 생명이 경각에 달렸다고는 해도 사실 따지고 보면 자신과는 하등 관계없는 사람을 살리기 위해 황제의 유물인 태양신단(太陽神丹)을 쓸 줄은 몰랐던 것이다. 파천은 천후영을 품 안에 안고서 유백송에게 빠르게 말했다.

"나 먼저 갈 테니 너는 사람들을 이끌고 와룡장으로 속히 돌아오라."

파천은 유백송이 대답하려고 입을 벌린 순간 이미 저 멀리 사라지고 없었다. 그런데 기절초풍할 일은 파천의 신형이 허공을 가른 순간 땅바닥에 널브러져 있던 철우명의 신형도 스르르 떠오르더니 귀신처럼 뒤를 따랐다는 점이었다. 보고도 믿을 수 없는 전경이 아닐 수 없었다. 유백송은 한숨을 푹 내쉬더니 사람들에게 말했다.

"자, 다들 들으셨지요? 저를 따라들 오시지요."

헌데 난감한 일이 있었다. 다른 사람들은 모르지만 자운경이 문제였다. 그녀가 어찌 맨정신으로, 제 발로 와룡장을 찾아갈 수 있겠는가. 그걸 깨달은 유백송이 자운경을 깊숙한 시선으로 쳐다보며 딴 마음을 갖지 못하도록 아예 못을 박았다.

"소저, 나를 아실 게요. 마음이 편치 않으면 상 장주를 뵙지 않아도 좋으니 일단은 장원으로 갑시다. 안전할 때까지는 그곳에 계시는 편이 좋을 겁니다."

"저는, 저는……."

"마음 쓰지 마십시오. 누구도 소저께 뭐라 하는 사람은 없을 테니. 그리고 상 장주는 거의 거처 밖을 나서지도 않으니 마주칠 일은 없을 게요."

능추풍은 아직도 제정신이 아닌 서화영을 부축했고 궁서린은 자운경을 부축했다. 모용상인은 혹 있을지 모를 적의 기습에 대비해 무리의 후미를 책임졌다. 지옥의 문턱에서 살아 돌아온 사람들은 유백송의 뒤를 따라 어둠속으로 빠르게 사라져갔다.

제6장 오! 대천신응(大天神鷹)!

예정된 시각이 되었다. 오시가 되자 맹주결정전 출전자가 마감 되었다는 공고가 붙었다. 사람들은 이리저리 모여서 우승자가 누 가 될지를 점치는 모습들이다. 우승자가 곧 맹주가 되기에 이번 비무에 관심을 갖지 않는 사람은 없었다.

　출전자들이 확정되고 난 후 검성은 지금까지와는 달리 주관자 적 위치를 정도십성에게 물려주고 시급한 사항이 아닌 한 웬만한 접견들은 모두 거절해 놓은 상태였다. 그도 사람인지라 제 운명 과 승부와 미래, 그 전부를 건 비무에 긴장이 되긴 하는가 보다. 후기지수들의 대표자들이 항의 차원에서 접견을 요청했음에도 거절했던 검성이 이번에는 모습을 드러냈다.

구파일방의 장문인들과 정도십성, 오대세가의 가주들뿐만 아니라 오혈신교의 여섯 수뇌부가 모두 자리 잡고 있었다. 그들 사이에 꿇어앉혀져 있는 사람은 철가장의 장주이자 화산파의 속가제자이며, 정의맹 창설에 지대한 공이 있는 것으로 알려져 있던 철검진천 철우명이었다.

그는 한 차례 심하게 고초를 당했는지 꼴이 말이 아니었다. 얼마나 호되게 당했는지 전신이 성한 구석이 없어 보였다. 지난밤 연회에 참석했을 때만 해도 멀쩡했던 걸로 기억하고 있는데 하룻밤 새 저 모양이 된 걸 보니 무슨 일이 있어도 크게 있었던 게 틀림없었다.

철없던 어린 시절부터 철우명을 봐온 화산파 장문인의 참담함은 이루 말할 수 없이 컸다. 화산파의 미래를 이야기하자면 빠지지 않고 거론되었던 그가 어쩌다가 저런 지경에까지 이르렀단 말인가.

철우명의 죄상이 낱낱이 밝혀지고 그가 정파 연합과 무림의 평안을 위해서가 아니라 괴 집단의 이익을 위해 일해 왔다는 사실까지 드러나고 나니 사람들은 할 말마저 잃어버렸다.

파천이 증인으로 내세운 사람들의 면면이나 그들의 증언을 굳이 참고하지 않더라도, 철우명 자신이 스스로의 죄상을 인정하고 있는 마당이니 이를 두고 다른 말이 나올 여지는 없었다.

모인 사람들은 철우명을 당장 처단해야 한다고 핏대를 세웠고 그가 아직 밝히길 꺼려하는 괴 집단에 대해 알아내야 한다고 입을 모아 의견을 보탰다.

그런데 단 한 사람, 검성이 반대의 뜻을 확실히 했다.

"그의 죄과가 모두 드러났다 해도 그의 처결권은 다른 사람에게 있소."

이건 또 무슨 소리란 말인가? 사람들은 의문을 드러냈다.

"정의맹 결성에 반대한 문파가 하나도 없고, 현재 정의맹을 구성하는 중이오. 그를 처단하든 방면하든 그 모든 것은 정의맹 구성이 끝난 연후, 맹주와 지도부가 결정할 일. 우리 소관이 아니오."

틀린 말은 아닌 것 같았다. 자신에게는 이제 아무런 권한도 책무도 없다는 이유로 공무에서 손을 떼고 접견도 마다하고 있는 그이고 보면, 그런 태도를 보이는 건 이해가 간다. 거기에서 끝났다면 원만하게 마무리 지어졌을 텐데, 검성은 느닷없이 파천을 물고 늘어졌다.

"와룡장주께서는 현재 정의맹 창맹과 이후 유지, 관리를 위한 자금을 책임져 주시는…… 본맹의 입장에서 보자면 아주 고맙고 소중한 분이오. 그렇지만 공과(功過)는 분명히 구별해야 한다는 것이 본좌의 생각이오. 장주께서 철우명에게 혐의를 둔 채 그에게 접근해 인질들을 구출하고 그의 죄과를 낱낱이 밝혀주신 공은 참으로 고맙고 또한 다행스러운 일입니다.

그럼에도 불구하고 분명히 밝히거니와…… 죄인을 심문하고 취조할 권한은 장주께 부여해 준 바가 없소. 더군다나 고문을 한 흔적까지 보이니 이는 명백한 월권이며 정파의 기강을 해이하게 할 소지가 다분한 과실로 인정되오. 장주를 공식적인 정의맹의 핵심 인사로 인정한다 해도 식권남용이라 볼 수 있소. 이를 그냥 묵과할 수는 없는 일. 차후 죄인에 대한 처결이 논의될 때 장주의 죄과도 함께 물어야 한다 생각하오."

파천은 하도 기가 막혀 대꾸하고 싶지도 않았다. 사람들의 반응도 대개 비슷했지만 제 일들이 아니니 열을 내며 반박하는 이도 없다.

이상한 것은 굉지대사나 평소 파천에게 호의를 보이던 정파의 인사들까지 마치 약속이라도 한 듯이 입을 닫아걸고 모른 척했다는 점이었다. 파천은 화가 나는데도 꾹 참았다.

"그냥 그 자리에서 죽여 버릴 걸 그랬나 봅니다. 그랬다면 이번엔 또 무슨 죄를 물었을까요?"

검성은 즉각적으로 대답했다.

"그랬다면…… 장주는 영광스럽게도 본맹의 첫 번째 척살 대상에 등재되었겠지요."

설마 그런 대답이 돌아올 줄은 몰랐던지 파천은 피식 웃고 말았다. 웃지 않고는 배길 수가 없었다. 점점 화가 나서 못 견디겠는데 웃지 않고서는 화를 폭발시키고 말 것 같았다. 파천은 이런 제 감정을 감추기 위해 필사적인 노력을 기울이고 있었다.

"그럼 이렇게 하죠. 지금 제가 철우명을 이곳에 데려온 것은 없었던 일로 해 주십시오."

"어찌 하시려고요?"

"제 손으로 이자의 목을 비틀어 버리고 정의맹의 척살 대상에 오르는 게 차라리 낫겠습니다."

파천이 분을 누르지 못해 억지를 부리고 있다는 걸 모르는 사람이 누가 있으랴만 검성은 그도 모른 척했다.

"그렇게 하십시오. 저야 말릴 생각이 없습니다만…… 여러분의 생각은 어떠십니까?"

파천은 검성을 이해하려고 노력해 왔다. 하지만 이제는 그러고 싶지 않았다. 늙은이들 여럿이 둘러 앉아 젊은 놈 하나 병신 만드는 것도 아니고, 말도 안 되는 꼬투리를 잡아 화를 돋우고 있으니 아직 나이 어린 파천이 화를 누그러뜨리지 못하는 것도 무리는 아니었다.

검성은 마치 내가 네 머리 꼭대기 위에 앉아 있다는 듯이 천연 덕스럽게 웃고 있었지만 파천은 그 미소조차 얄밉기 그지없었다. 마음 같아서는 한판 벌여보자고 들러붙고 싶은 심정이었다.

"아마도 내 말이 불합리하다고 생각될 겁니다. 장주께서도 생각해 보십시오. 크거나 작거나 모든 단체에는 그 단체가 지향하는 이상향이 있고 그것을 실현하기 위해 구성원들을 강제하는 규율이 있습니다. 질서란 구성원들이 이 규율에 대해 존중하고 복종하는 마음가짐이 있을 때 생겨납니다. 본맹을 예로 들면 지도부가 정하는 원칙을 누군가 어기게 되면 그의 직위가 높고 낮은 것에 관계없이 처벌을 받게 되겠지요.

이를 제대로 집행하지 못하면 조직의 기강은 해이해지고 구성원들은 제각각 따로 겉돌게 되겠지요. 그 상태로 제대로 된 결집력을 기대할 수 있을까요? 지도부가 결정한 일을 번복할 수 있는 예외의 경우는 지도부의 상위 결정권자라 할 수 있는 맹주뿐입니다. 불합리하다고 생각되면 바꾸면 됩니다.

제가 맹주가 되면 애초에 밝혔듯이 정의맹을 군대처럼 조직하고 싱명히복이 제대로 기커기기 않으면 누구라도 단칼에 베어버릴 것입니다. 저의 이런 정책이 불합리하다고 판단되면 누구라도 저를 제치고 맹주가 되면 됩니다. 장주께서는 맹주결정전에 끝내 출전의사를 밝히지 않았더군요. 그럼 더 말할 것도 없습니다. 하라면 하고 기라면 기면 되지요. 무얼 더 말하겠습니까. 군말 없이 따르면 됩니다. 아니면 목숨을 버릴 각오를 해야 할 겁니다."

파천은 검성이 왜 제게 이러는지를 알게 됐다.

'젠장 결국 그거였군. 나더러 왜 맹주결정전에 참여하지 않느냐는 거겠지. 두고두고 괴롭힘을 당하게 생겼군. 제대로 피곤해지겠어.'

파천은 살짝 후회가 밀려왔다. 검성은 지금 농담을 하고 있는 것이 아니었다. 네게 기회를 줬는데 스스로 거부했으니, 이제는 순응하는 길만 남았다는 뜻이 아니고 무엇이겠는가. 그렇다고 이제 와서 출전의사를 밝혀본다 한들 바뀌는 건 없었다. 그리고 사실 자신은 아직 표면에 나서서 진두지휘할 준비도 자격도 없다는 생각이 더 크게 자리 잡고 있었다.

게다가 무리의 수장이 되는 순간부터 객관성을 잃어버리게 될 것이고, 조직의 이해관계에 얽매이게 돼 무림 전체의 동향을 살필 수 없게 된다. 파천은 자신이 그리 되는 것은 바람직하지 않다고 생각했다. 그때 굉지대사의 전음이 파천의 흔들리는 마음을 더 크게 뒤흔들어 놨다.

『본사에게 배정된 자동출전권은 현재 공석입니다. 1차 비무의 맨 마지막이니 아직은 시간 여유가 좀 있는 편입니다. 그때까지 마음이 바뀌시면 언제든 제게 말씀해 주십시오.』

파천은 그제야 이 알 수 없는 분위기를 조금은 이해할 것 같았다. 사실 파천은 잘 모르고 있었지만 그가 몇 번 드러내 보인 신위는 소문이 날대로 나 있는 상태였다. 게다가 몇 사람은 그가 당대의 천황이란 사실까지도 알고 있다. 게다가 오늘은 또 그대로 두었다면 정의맹의 암적인 존재로 성장해 나갔을 철우명의 죄상을 만천하에 드러내 정파의 지도인사들뿐만 아니라 오혈신교 고수들마저도 그에게 감복하고 있는 실정이었다.

그런 그가 맹주결정전에 출전하지 않는다는 사실은 납득할 수 없는 일로 비춰졌던 것이다. 능력 있는 사람이 그 능력을 제대로 사용하지 않는 것도 죄라면 죄가 될 수도 있다.

파천이 지금처럼 와룡장주라는 애매한 위치에서 능력을 발휘하는 것과 그의 능력에 걸맞은 위치와 책임 권한을 갖고 행사하는 것에는 큰 차이가 있었다. 그런 좌중의 바람을 느낀 파천은 무거운 마음을 안고 돌아올 수밖에 없었다.

맹주결정전의 대진표가 발표됐다. 정도십성이 참관한 자리에서 공정하게 추첨을 통해 대진이 정해졌기에 출전자들은 불만이 있을 수가 없었다.

맹주결정전이 환혼자들만의 대결의 장이 될 것이라는 게 군웅들의 지배적인 예상이었다. 그런데 맹주결정전의 첫 시작부터 기현상이 벌어지기 시작했다. 출전하겠다고 막상 이름은 올려놓았지만 상대가 벅차다고 느꼈는지 한쪽이 출전을 포기해 버린 것이다.

파천도 가까운 지인들과 함께 중앙비무대가 설치돼 있는 곳으로 향했다. 첫 번째 대결이 시시하게 무산됐다는 소식을 들었는지 광마존이 황당해했다.

"저럴 거 무엇 하러 이름을 올렸는지 모르겠군요."

"상대가 검성이었으니 그럴 만도 했겠지. 그런데 상대는 누구였지?"

일행 중에 대진표를 줄줄 꿰고 있는 이는 오직 하나, 유백송뿐이었다.

"개방대표였던 걸로 기억합니다."

대파들에게 부여했던 자동출전권은 딱히 출전자를 명시하지 않아도 좋았다. 결전이 시작되기 전까지만 결정하면 됐다. 정의맹의 주축을 이루는 대파들을 예우하는 차원에서 배려한 조치였다. 개방의 최고수인 걸왕은 정도십성 중의 하나고 이미 정도십성은 불참을 선언하지 않았던가.

그렇다면 개방주나 장로들 중 하나가 출전해야 하는데 아무래도 상대가 상대이다 보니 나와 봐야 1차전도 넘기지 못할 것 같아 미리 포기한 것 같았다.

비무대 주변은 인산인해를 이루고 있었다. 중앙비무대 근처는 말할 것도 없고 멀찍이 떨어진 언덕까지 사람들이 들어차 있었다. 멀리 떨어져 있는 사람들은 그나마 편한 자세로 관전하면 되지만 비무대 근처는 서서 옴짝달싹 하기도 편치 않아 보일 정도로 빽빽했다. 무림사 최고의 고수들이 펼칠 비무를 보기 위한 사람들의 관심과 열의는 당연한 일이었다.

파천은 따라오겠다는 일리아나를 일부러 남겨두고 왔다. 그녀와 함께 동행하면 사람들의 시선이 몰리는 불편함을 겪을 것 같아 일부러 떨어트려 놓고 온 것인데, 파천은 좀 이상하다는 생각을 하고 있던 참이었다.

분명 자신들 일행 중에는 사람들의 시선을 끌만한 자가 없거늘

왜 저리들 힐끔거리며 쳐다본단 말인가? 별일이다 싶었다. 파천
은 아직 자신이 얼마나 유명해졌는지를 모르고 있었다. 설사 누
군가 그런 말을 해 준다 해도 그다지 실감하지 못했을 것이다.

　파천이 사람들의 힐끔거리는 시선을 부담스러워하고 있던 때였
다.

　오혈신교의 교주인 혈봉(血鳳) 서옥정과 오혈신교를 이루고 있
는 혈옥성(血獄城), 혈천각(血川閣), 혈룡대(血龍隊), 혈사단(血蛇
團), 혈랑곡(血狼谷)의 수장들이 수하들의 호위를 받으며 파천 등
이 자리 잡고 있는 곳으로 다가오는 것이 아닌가. 파천은 혈봉 서
옥정과는 달리 인사를 나눌 기회가 없었다. 그녀가 자신을 똑바
로 쳐다보며 걸어오자 파천은 아는 척을 안 할 수가 없었다.

　"교주님께서 어인 일이십니까? 설마 제게 용무가 있으신 건 아
니겠지요?"

　"장주님께 사의를 표하지도 못한지라 마음이 무거워 도저히 저
곳에 엉덩이를 붙이고 있을 수가 없더군요. 장주님이 아니셨다면
본교는 큰 슬픔에 잠길 뻔했습니다. 큰 은덕을 입었습니다. 이 은
혜는 평생을 두고 갚겠습니다. 아무리 힘든 일이라도 장주님의
요청이 있다면 본교의 제자들 전부를 움직여서라도 반드시 은혜
에 보답하겠습니다."

　혈봉 서옥정은 오혈신교라는 거대한 조직의 수장으로서의 지위
와 체면도 아랑곳없이 허리를 깊숙이 숙여 사의를 표했다. 그녀
는 의례적인 인사가 아니라 진심을 담아 기듭 사의를 표하고도
부족했던지 품속에서 무언가를 꺼내 파천에게 내밀었다. 파천은
엉겁결에 받아들고서 의문을 표했다.

"이건 무엇입니까?"

"장주님께 어느 정도로 쓸모가 있을지는 모르겠으나 본교의 지부가 있는 곳이라면 어디든 그 패를 이용해 그곳의 병력을 사용할 수 있을 것입니다. 필요하다면 언제든 사용하셔도 좋습니다."

파천은 황당했다. 철우명의 마수에서 구해낸 사람들 중에 비록 자신의 하나뿐인 혈육이 포함돼 있었다 해도 외인에게 그 정도로 권한이 막강한 영패를 주나 싶었기 때문이다. 파천은 무턱대고 받을 수 없어 다시 돌려줬다.

"받은 것으로 하겠습니다. 부담돼서 받을 수가 없습니다."

"제 마음입니다. 꼭 받아 주십시오."

한사코 거절하는 것도 예의가 아닌 줄은 알지만 그래도 이건 아니다 싶었다.

"교주님의 성의만 받겠습니다. 죄송합니다."

서옥정은 더 이상 강권하는 것도 은공을 불편하게 한다는 것을 알았다.

"후유, 그럼 하는 수 없군요. 제가 일간 시간을 내서 주석이라도 마련하고 싶은데, 그 정도는 괜찮겠지요."

"그럼요. 그런 자리라면 언제든 불러 주십시오."

파천은 어정쩡하게 서 있는 것이 불편했던지 화제를 돌렸다.

"서화영 낭자는 좀 어떻습니까?"

"차차 나아지겠지요. 마음의 상처가 아물려면 아무래도 세월이 많이 지나야 할 겁니다. 그 아이가 다른 사람은 곁에 오지 못하게 해도 추풍이 곁에 있는 건 부담스러워하지 않으니, 그나마 불행 중 다행입니다. 장주님을 다시 뵙고 싶어 하던데 꼭 한 번 찾아

주십시오.”

서화영은 현재 마음의 문을 꼭꼭 걸어 잠그고 누구도 만나려 하지 않았다. 능추풍이 옆에서 말동무가 되어주고 곁을 지키고 있어 안심하고는 있지만 언제 어느 때 엉뚱한 일을 벌일까 조마조마한 것이 서옥정의 심정이었다.

그런 서화영이 오늘 아침 별안간 어머니인 서옥정에게 청을 했으니 파천을 만날 수 있게 해달라는 것이었다. 그 얘기를 전해들은 파천은 무슨 일인가 싶어 의아함을 금치 못했다.

서옥정이 비무대 근처의 귀빈석으로 돌아가고 나서도 파천은 한참을 풀길 없는 의문에 매달려 있었다.

‘그녀가 왜 나를 만나고 싶어 한다는 걸까? 아무리 생각해도 이해할 수 없는 일이군.’

철우명의 손에서 죽음 직전까지 갔다가 살아 돌아온 여섯 명 중에 모용상인만 멀쩡하게 싸돌아다니고 있었고 나머지 사람들은 아직 치료를 하거나 요양을 하고 있는 중이었다. 상태가 가장 위중했던 천후영은 파천이 응급처치로 먹인 태양신단의 효험과 일리아나의 치료 덕분에 빠른 회복을 보이고 있었고 자운경도 심리적인 안정감을 되찾기 시작했다.

문제는 서화영이었다. 그녀의 마음에 생긴 상처는 어떤 의원도 함부로 손댈 수 있는 게 아니었고 죽어가던 사람을 벌떡 일으키는 신약으로도 별 차도를 볼 수 없는 불치의 병이었다. 오직 그녀 스스로의 의지만이 유일한 치료약이었다. 어쨌든 약속을 했으니 가보긴 할 참이었다.

비무대 위로 처음으로 두 사람이 올라서자 일대가 떠나갈 것 같은 함성이 한동안 이어졌다. 파천은 비무대 위로 올라선 두 사람 중에 하나는 알아보겠는데, 나머지는 처음 보는 사람인지라 유백송에게 물었다.

"누군지 알아보겠나?"

유백송도 모르긴 마찬가지였다. 대신 그는 대진표를 완벽하게 숙지하고 있지 않던가.

"차례대로라면 이번 대전자는 둘 다 환혼자들입니다. 하나는 구지신개(九指神丐)이고, 또 하나는 혈미불(血眉佛)입니다."

파천이 광마존에게 물었다.

"알겠느냐?"

광마존이 기다렸다는 듯이 제 식견을 자랑했다.

"구지신개는 검성이 포섭한 환혼자이고 원래 개방 출신이었으나 과거 마도 문파인 혈화성 일에 연루돼 파문된 이후로 개방을 등진 사람입니다. 환혼하고 나서도 개방과는 접촉을 꺼렸을 만큼 현재 개방과 연관 짓기 힘든 사람이라 할 수 있습니다. 나머지 한 사람은 새외에서 가장 뛰어난 네 명의 전설적인 고수 중 하나인 그 혈미불인 것 같습니다."

광마존은 묵혼을 추적했다가 빈손으로 돌아온 일 때문에 오늘 아침까지만 해도 의기소침해 있었다. 파천이 문책한 적도 없지만 폐관에서 출관한 후에 주군의 첫 임무를 완수하지 못했다는 자격지심으로 스스로를 괴롭히고 있는 중이었다.

그런 광마존의 마음을 풀어줄 요량인지 파천은 자꾸만 광마존에게 말을 시켰다.

"누가 이길 것 같으냐?"

모용상인이 제게 물은 것도 아닌데 참견하고 나섰다.

"나는 구지신개! 그의 지공은 듣기로 무림사상 첫손에 꼽을 만큼 강력한 위력을 자랑한다고 했으니 그가 좀 더 위력을 떨치지 않을까?"

광마존은 다른 견해를 밝혔다.

"저는 혈미불 쪽에 좀 더 높은 점수를 주고 싶습니다."

"왜?"

"그냥…… 그런 느낌이 듭니다."

파천은 흡족했다. 사실 그 대답이 듣고 싶었기 때문이다.

"나도 그렇군. 혈미불이 이길 것 같은걸."

파천의 말대로였다. 처음에는 구지신개가 압도적으로 밀어붙였지만 혈미불의 듣도 보도 못한 다양한 마공에 얼마 버티지 못하고 무릎을 꿇고 말았다.

한편 그런 승부와는 상관없이 사람들은 환혼자들인 두 사람이 보여준 무공에 기가 질려 있었다. 다들 상상 속에서나마 환혼자들의 무공이 어느 정도일까를 가늠해 보았겠지만 설마 이 정도일 줄은 몰랐다는 반응들이었다. 그건 유백송도 마찬가지였다.

"젠장, 그래도 좀 낫네. 어제는 꿈을 꾸는가 싶었는데 오늘은 그나마 사람 같이는 보이는군."

유백송은 어제 파천이 펼친 위력에 심장이 터질 것 같았다. 인간의 능력이 그와 같을 수 있다고는 지금까지 단 한번도 생각해 본 적이 없었다. 무공의 길이 아무리 멀고 무한하다 해도 그 한계란 것은 있으리라 생각해 왔었는데, 어제의 충격은 그간의 생각을 송두리째 바꾸고도 남음이 있었다.

모용상인도 기가 죽어 있는 건 마찬가지였다. 군웅들이 환호를 하면서도 한편으로는 좌절하고 실망하는 것은 자신이 아무리 노력하고 애쓴다 해도 과연 저기까지 도달할 수 있을까 싶은 회의 감 때문이었다.

모용상인은 솔직히 천무오룡 중에 하나가 되고 45신공 절학 중 하나를 익힌 후에 이 정도면 그래도 환혼자들하고 능히 겨룰 수 있겠다 싶었다.

죽었다 깨어나도 압도하지 못하겠지만 그들 손에서 대등하게나마 버틸 수 있다면 그것으로도 만족할 수 있었다. 그런데 그 자신의 그런 생각이 얼마나 한심했는지는 금세 드러나고 말았다. 철우명이 비록 화산파 무공이 아닌 생소한 무공으로 자신을 눌렀지만 그럼에도 그 정도의 고수한테도 꺾인 주제에 어깨에 힘을 줬다고 생각하니 부끄럽고 창피했다.

네 번째 비무의 주인공은 잠마지존 나극찰이었다. 오늘 예정된 비무 중 가장 관심이 높았다. 파천 역시 마찬가지였다. 현재 파천이 주의를 기울이고 있는 관심 인물은 검성, 잠마지존 나극찰, 옥기린 등유운 정도였다.

그 외에 미처 예기치 못했던 강자들이 있을 수 있지만 현재로서는 그 셋 중 하나가 우승자가 될 가능성이 컸다. 그 외에 북해검왕이나 천향군주, 여의성자(如意聖者), 적양신군(赤陽神君), 천무태공(天武太公) 등이 거론되고 있었지만 앞에 열거한 세 사람이 유력하다는 예상이 힘을 얻고 있었다.

그들 사이에 미리 실력을 겨뤄본 적은 없겠지만 그들이 활동하던 당시의 상황과 업적 등을 비교해 보면 대충 누가 더 실력이 우위에 있을지, 누가 더 유력한지 정도는 예상할 수 있는 일이었다.

나극찰이 비무대 위로 오른 순간 미리 비무대 위에서 대기하고 있던 사망적소(死亡赤簫) 두율령이 먼저 포권을 취해 보였다. 나극찰은 오만하게도 황당한 도발을 해 왔다.

"네가 가장 자신 있는 한 수로 나를 한 발짝이라도 움직이게 할 수 있으면 내가 패한 것으로 간주하겠다."

사망적소는 환혼자로 황금성의 36천강 중 천이성(天異星)에 해당하는 인물이었다. 상대가 태양마교의 전설을 당대에 완성시킨 잠마지존이라고는 해도 저런 식의 오만함은 눈살을 찌푸리게 만들었다. 두율령은 가타부타 대답도 없이 제 애병인 붉은 피리를 입술에 가져갔다.

아름다운 선율이 떠들썩한 주변의 소음을 압도하더니 금세 사람들의 애간장을 태우기 시작했다. 어찌하면 피리 소리 하나로 사람의 감정을 저리 자유롭게 움직일 수 있단 말인가?

나극찰은 코웃음 쳤다.

바로 그 순간 소성이 바뀌면서 귀청이 찢어질 듯 날카로워져갔고 곡조는 가파르게 상승했다. 불쾌감을 느끼게 할 정도의 불협화음은 비무대 아래에 있는 사람들에게는 그저 시끄러운 소음에 불과했지만 정작 당사자인 나극찰에게 이르러서는 태산 같은 노도가 되었고 먹장구름 사이로 번쩍이는 낙뢰같이 휘몰아쳤다.

나극찰은 호신기공을 펼치고 있었음에도 전신이 진동하고 가슴에 빽빽한 압박감이 느껴질 정도로 곤란을 느끼기 시작했다. 귀가 먹먹해지고 머리가 깨어질 듯 아파오더니 나중에는 눈앞이 흐릿해지고 호곡성하는 귀신들이 머리를 풀어헤친 채 눈앞을 날아다니는 것이 아닌가. 그제야 나극찰은 사망적소의 음공이 자신이 예상하던 경지 밖의 신공임을 절감할 수 있었다. 그는 결국 전력을 다 기울여야겠다고 생각했다.

나극찰이 잠마투살기를 일으킨 순간 그렇게 난리를 치며 전신을 괴롭히던 환상들이 하나둘씩 사라지더니 약간의 압력만 느낄 정도로 심신이 평안해졌다. 나극찰의 모공에서 뿜어지고 있는 기운은 여타의 신공, 마공과는 확실히 다른 점이 보였다.

보통은 모공에서 진기가 뿜어져 나오면 대개가 수증기와 같거나 빛 무리처럼 보이는데, 저것은 꼭 끈적끈적한 먹물 같지 않은가. 잠마투살기를 극성으로 펼쳤을 때 나타나는 현상이었다. 물방울처럼 끝이 갈라진 기운들이 점차 세력을 확장하고 있었다. 그걸 본 사망적소도 내력을 모조리 피리에다 몰아넣었다.

이제 소성은 사람 귀에 들리지 않을 정도로 고조되었다. 그 순간 나극찰의 몸 주변을 에워싸고 있던 검은색 기류들이 출렁이기 시작했다. 단지 그것뿐이었다. 사망적소는 절망했다.

'뚫을 수 없다. 저 튼튼하고 질긴 기운의 막은 그 무엇으로도 뚫을 수 없다. 불가항력이다.'

더 이상 버틴다면 생명을 건질 수 있을지조차 미지수였다. 사망적소의 전신이 세차게 흔들리기 시작했다. 끝까지 포기하지 말고 죽음마저 불사할 것인지, 이 정도에서 패배를 자인할 것인지를 아직 결정하지 못했다.

바로 그때였다.

"크하하하. 잠마의 힘은 그 무엇이든 굴복시킨다."

나극찰이 두 손을 앞으로 쫙 뻗은 순간 그를 뒤덮고 있던 묵기

류가 연체동물의 촉수처럼 전면을 향해 뻗었다.

"졌소."

더 이상 버티면 죽을 수밖에 없다. 사망적소는 그 생각이 든 순간 패배를 자인하며 비무대 밖으로 몸을 날렸다. 그런데도 나극찰은 공격을 멈추지 않았다.

사망적소의 신형은 쏘아진 화살처럼 빠르게 날아갔고, 그 뒤를 따르는 잠마투살기의 진력은 그보다 더 빨랐다.

"멈추시오."

누군가가 사망적소 앞으로 뛰어들었다. 중인들은 모두가 이 돌연한 변화에 아연실색했다.

푸시시식.

"승부는 끝났소. 진력을 거두시오."

사망적소의 앞을 막아선 사람은 놀랍게도 옥기린 등유운이었다. 현재 36천강의 수좌 노릇을 자임한데다 수하라고 할 수는 없어도 뜻을 함께하는 동지가 패배를 자인한 것만 해도 마음 아픈 일이다. 그런데 승부가 결정됐음에도 불구하고 상해를 입히려 하는 나극찰을 그냥 두고 볼 수 없어 나선 것이다.

옥기린은 자신이 나선 순간 나극찰이 진력을 거둬들였다는 걸 깨달았다. 그는 기실 사망적소를 끝까지 몰아칠 의도는 없었던 것 같았다. 그럼에도 살짝 스친 잠마투살기에도 옥기린은 내부가 진탕되는 느낌이었다.

"시시하군. 내 피를 끓게 해 줄 사람은 진정 하늘 아래 없단 말인가. 크크크."

나극찰이 비무대 아래로 내려가며 던진 그 말은 많은 사람들의 가슴을 흔들었다. 한번 겨뤄보고 싶다. 잠마투살기가 어떤 위력을 지녔는지 몸으로 직접 겪어보고 싶다. 그런 생각을 하는 사람들은 의외로 많았다.

멀리서 그 장면을 지켜보고 있던 파천도 마찬가지였다.

'역시 강하군. 게다가 나극찰은 전력을 다 기울이지도 않았다. 검성이 아니고서는 나극찰의 밑바닥을 드러나게 하긴 힘들겠어.'

파천은 만약 자신이라면 결과가 어떻게 될까를 생각했다.

'해 보기 전에는 모르겠어. 저자 역시 큰소리칠 만큼은 된다.'

*　　　*　　　*

파천은 비무를 다 보지 않고 와룡장으로 돌아왔다. 중요한 비무들은 다 보았기 때문이기도 하지만 그에게 찾아와 출전을 강요한 사람들이 성가셨기 때문이었다. 아직은 기회가 남아 있었다. 핑지대사의 말처럼 소림사 몫으로 배분된 자동출전권은 마지막 비무에 배정돼 있었다.

앞의 비무가 빨리 끝난다 해도 내일 유시쯤에나 시작될 것이다. 늦으면 술시를 넘길 수도 있었다. 해가 져서 비무를 진행하기 어렵다고 판단된다면 다음 날로 미룰 수도 있는 일이었다. 오늘 비무를 관전해 보니 파천의 마음이 뜨거워진 것만은 부인할 수 없는 사실이었다. 그런 파천의 심경변화를 눈치챈 일리아나가 자꾸만 귀찮게 했다.

"간단한 방법을 두고 왜 그리 멀리 가려고 그러지? 너야말로 너무 자신을 속이려는 것 아냐?"

"귀찮게 하지 말고 잠이나 자."

"하루 종일 잤더니 허리가 다 아픈데 또 자라고? 내일은 꼭 가서 볼 거야. 그러니 너도 출전해라, 응?"

"싫어."

"왜 싫은데?"

"그냥…… 여러 가지로 귀찮아서 그래."

"솔직히 말해 봐. 네 표정은 반대로 말하고 있는 것 같은데."

파천은 일리아나를 속일 순 없다고 생각했다. 그녀는 귀신도 찜 쪄 먹는 수준의 눈치를 지니고 있었다. 그나마 술법을 쓰지 않는 것만 해도 다행스런 일이었다.

"그래. 겨뤄보고 싶어 미치겠다. 맹주 자리를 놓고서가 아니라 순수하게 실력을 겨뤄보고 싶은 마음이 굴뚝같아. 그런데 그러면 안 될 것 같아서 참는 거야."

"하고 싶은 대로 해. 너는 아직 나이도 어린 게 너무 생각이 깊은 것도 탈이다. 너 혼자 모든 걸 지려 하지 마. 너 아니면 안 된다는 생각도 버리고."

"그래서가 아니라……."

"아니긴, 맞는 것 같은데. 솔직히 말해 줄까? 요 며칠 사이에 본 인간들은 확실히 강한 놈들 천지야. 상위급 전사들에 해당하는 실력자들이 대부분이고 그중의 일부는 나조차 가늠하기 힘든 강자들이야. 너를 비롯해서 말이지. 비관적으로 볼 필요 없어. 네기 겪었던 녀서들 별거 아냐. 현재의 너라면 지지는 않을 거야. 자신감을 가져도 돼. 그러니…… 하고 싶은 대로 해."

파천은 피곤하지도 않은데 잠을 청하려는지 침상에 가서 누웠다. 옆에서 계속 일리아나가 쫑알거리자 베개를 접어 귀를 틀어막았다. 그런데도 어쩜 그리 쏙쏙 잘도 들어오는지. 한참을 뒤척거리던 파천이 간신히 잠들고 나서였다. 일리아나는 파천의 잠든 얼굴을 물끄러미 내려다보더니 한숨을 푹 내쉬었다.

"힘들겠지만 넌…… 너라면 해낼 수 있을 거라 믿어. 도와주고 싶지만…… 그럴 수 없어서…… 미안해."

일리아나는 파천을 홀로 두고 밖으로 나왔다. 그녀는 지붕 위로 올라가 아기가 어머니 뱃속에 있을 때의 모습처럼 잔뜩 웅크리고 누웠다.

밤바람이 찬데다 아직 눈도 녹지 않은 지붕은 보통 사람이라면 잠시도 있지 못할 만큼 추웠다. 그런데도 일리아나는 전혀 추위를 느끼지 못하는지 반짝반짝 빛을 발하는 별에 시선을 두고 있었다.

"저 아름다운 모습을 볼 날이 내게 얼마나 남았을까. 불안해. 최악의 상황이 도래할까 봐 불안해. 그가 만약 넘지 말아야 할 마지막 단계마저 넘어 버렸다면…… 그를 막을 수 있는 건 이 세상에 그 무엇도 없을 텐데. 그땐 어떻게 해야 하지? 이 아름다운 세상을 지켜낼 수 있을까? 이 흥미로운 사람들을…… 파천 넌 지켜낼 수 있어?"

일리아나는 이대로 시간이 멈춰줬으면 좋겠다는 생각을 했다. 이제 기억도 희미하지만 처음 사람들과 어울려 지내던 때를 떠올렸다. 그때의 사람들은 순박했다.

'그랬던 그들이 변해 버린 것은 우리들 때문일까? 진정 함께 어울려 살아갈 순 없는 걸까?'

일리아나는 꿈을 꾸고 있는지도 모른다. 그녀가 바라는 세상은 영영 오지 않을 가능성이 많았다. 그럼에도 일리아나는 멈출 수가 없었다. 꿈꾸는 것마저 중단해 버리면 그녀가 사는 세상은 너무 삭막해진다.

일리아나가 꿈꾸던 그 시간 파천도 꿈을 꿨다. 아름다운 춤이었다. 불꽃은 휘황한 빛을 사방으로 뿌리더니 점차 모양이 변해 갔다. 반딧불 같기도 한 작은 별모양으로 바뀌더니 그것들은 꼬리에 꼬리를 물고 하늘을 수놓았다.

일부는 흩어져 별이 되고 일부는 다시 하늘을 훨훨 날아 반대쪽으로 향했다. 그 빛 조각들은 희한하게도 더 많은 빛을 끌어 모으고 있었다.

급기야 그것은 큰 날개를 가진 새가 되었다. 무한한 공간을 향해 비상하는 새의 꼬리를 따라 길게 이어진 빛 무리는 무지개 같기도 했다.

번쩍.

저절로 눈이 떠진 파천은 자신이 방금 꿈을 꾼 건지 생각을 한 건지 헷갈렸다.

잠시 잔 것 같기도 하고 존 것 같기도 하다. 어쨌든 정신이 너무 맑고 또한 기분이 좋았다. 일리아나의 종알거리는 소리 때문이었는지도 모르겠다.

"별 시답잖은 꿈을 다 꾸고."

일리아나는 하루 종일 잤다면서 파천 옆에서 또 잠들어 있었다. 파천은 흘러내린 이불을 일리아나의 목까지 덮어주었다.

우우우우우웅.

꾸르르륵.

이상한 소리였다. 새가 우는가? 벌이 날개를 비비는가? 비슷한 것 같기도 하지만 달랐다.

우우우우웅.

무슨 소린지 알 수 없는 소리가 점차 커져가자 파천은 침상에서 일어나 앉았다.

우우우우웅.

그 소리는 머릿속에서 나는 게 아니다. 틀림없이 귀로 들리는 소리였다.

"대체 이게 무슨 소리지?"

파천은 창문을 활짝 열어젖히고 먼 하늘을 쳐다봤다. 오늘따라 유난히 별이 많고 선명했다. 밤하늘에 초롱초롱하게 박혀 있는 별들 사이로 유성이 떨어지고 있었다.

"어?"

떨어지던 별똥별이 다시 하늘로 솟구친다는 얘기는 들어본 적이 없었다.

"내가 잘못 봤나?"

아니었다. 틀림없었다. 무언지 모를 자그마한 빛이 하늘에서 천천히 움직이고 있었다. 그러다 갑자기 빠르게 선회하는가 싶더니 반대쪽으로 휙 움직였다.

파천은 제가 잘못 보았나 싶어서 몇 번이나 눈을 끔벅거렸지만 그건 엄연한 사실이었다.

파천은 이 기이한 장면을 좀 더 자세히 보기 위해 지붕 위로 올라갔다. 일리아나가 누워 있었던 바로 그 자리에 파천이 우뚝 섰다.

파천은 지붕 위에서 움직이는 별을 똑똑히 관찰할 수 있었다. 별인 줄 알았던 그 빛은 별이 아니었다.

"새다. 저건 새야."

더 말이 안 되는 소리였다. 몸이 빛나는 새란 있을 수 없다. 들어본 적도 없었다.

"아니다. 있어. 저런…… 새가 있지 않던가. 바로…… 대천신응!"

파천은 정신이 하나도 없었다. 황제가 부리던 영수인 대천신응이 갑자기 나타났단 말인가? 허무맹랑한 사실만은 아닌 게 담사황도 그 새를 직접 보았다고 하지 않던가?

파천은 더 이상 생각을 이어갈 정신이 없었다. 그 빛이 빠르게 멀어지고 있다는 걸 느꼈기 때문이다. 파천의 신형은 빛과 같은 속도로 허공을 갈랐다.

얼마나 시간이 지난 걸까? 한 시진? 두시진? 정신없이 그 빛을 따라 뒤쫓던 파천은 동녘에 붉은 해가 떠오를 때쯤 돼서야 멈춰 섰다.

"대천신응이다! 정말로 대천신응이었어!"

전신을 가득 채우고 발끝에서부터 머리끝까지 차오르고 있는 이 떨림을 어떤 말로 형용할 수 있으랴. 파천은 감격했다.

황금빛 서기로 빛나는 독수리는 산 정상에 안착한 채 파천 쪽을 내려다보고 있었다.

마치 너를 기다리고 있었다는 듯이 독수리는 정확히 파천을 응시하고 있었다. 신비한 경험이었다. 온몸에 전율이 일어났다.

이건 꿈이 아니었다. 수천 년의 시공을 뛰어넘어 자신에게로 이어져 있는 어떤 숙명을 느끼게 하는 사건이었다.

대천신응은 그 자체로 파천에게는 새로운 하늘이 열리는 운명의 전주곡이나 다름없었다.

〈6권에서 계속〉

황규영 신무협 장편소설

ORIENTAL FANTASY STORY & ADVENTURE

참마전기

『표사』, 『천하제일협객』, 『금룡진천하』의 작가!

황규영 그의 열 번째 이야기!

스승마저 두려움에 떨게 했던 극악 마존 유난극이 돌변했다!

상한 영약을 먹고 기억을 잃은 채 돌아온 고향.
전직 마존 유난극이 곳곳을 누비며 악인 징벌에 나선다!

dream books
드림북스

EVENT ONE

이벤트를 진행하는 3종의 책을 '모두 구입하신 분들 중' 추첨을 통해 사은품을 드립니다.

[사은품]
1명 : <최신형 디지털 카메라> + 3종의 3권(작가 친필사인)
('EVENT ONE에 참여하신 분들 중 30명'에게 작가 친필사인이 들어 있는 3종의 3권을 드립니다.)

[응모요령]
1,2권 띠지에 부착된 응모권 6개를 오려 드림북스로 보내주세요.

EVENT TWO

이벤트를 진행하는 3종의 책을 '개별적으로 구입하신 분들 중' 추첨을 통해 사은품을 드립니다.

[사은품]
3명 : <백화점 상품권(10만원)> + 구입한 도서의 3권(작가 친필사인)
(『군림마도』(1명), 『마검왕』(1명), 『천마금』(1명))

[응모요령]
1,2권 띠지에 부착된 응모권 2개를 오려 드림북스로 보내주세요.

EVENT THREE

책을 읽고 감상평을 올리시는 분들 중 11명을 추첨하여 사은품을 드립니다.

[사은품]
으뜸상(1명) : Mplayer Eyes MP3 + 서평을 쓴 도서의 3권(작가 친필사인)
우수상(10명) : 문화상품권(1만원) + 서평을 쓴 도서의 3권(작가 친필사인)

[응모요령]
이벤트 진행 도서들 중 하나를 읽고 인터넷 서점(YES24)리뷰란에 감상평을 올려주시고,
그 내용을 복사하여(이메일, 아이디 기재) 한 번 더 '드림북스 홈페이지 감상란'에 올려주세요.

[보내주실 곳] (우)142-815 서울시 강북구 미아8동 322-10
(주)삼양출판사 2층 드림북스 이벤트 담당자 앞

[이벤트 기간] 2008년 12월 15일~2009년 2월 16일

[당첨자 발표] 2009년 2월 27일(당사 홈페이지 및 장르문학 전문 사이트에 발표합니다.)

드림북스 홈페이지 http://www.sydreambooks.com
드림북스 블로그 http://www.blog.naver.com/dream_books
문피아 사이트 http://www.munpia.com/출판사 소식/드림북스
조아라 사이트 http://www.joara.com/출판사 소식

※ 응모권을 보내주실 때는 '이름, 연락처, 주소'를 정확히 기입해 주세요.
※ 사은품은 이벤트 진행도서 3종의 3권의 책이 모두 출간된 직후 일괄 배송합니다.
※ 사은품은 상기 이미지와 다를 수 있습니다.

창룡검전

최현우 신무협 장편 소설

ORIENTAL FANTASY & ADVENTURE

오랜 숙고 끝에 드디어 선보이는 『학사검전』 2부!

창룡전 학사의 붓 끝에서
무림을 격동시킨 폭풍우가 몰아친다!

무림의 격류(激流) 속으로 다시 돌아온 창룡검주 운현.
그가 소중한 사람들을 지키기 위해 붓 대신 검을 들었다!

dream books
드림북스